Ödland

Erstes Buch
Der Keller

Christoph Zachariae

Christoph Zachariae

Ödland

Erstes Buch

Der Keller

2. Auflage 2018
Herausgeber: Lucid Dreams eBook Verlag
Christoph Zachariae, Krossener Str. 34, 10245 Berlin
www.luciddreams.de

ISBN: 978-3-00-050110-4

Illustrationen: Colin M. Winkler
Dramaturgie und Lektorat: Karin Ostertag
Typografie Cover: Robert Hoffmann
Satz und Layout Printfassung: Terry Winkler

»Dieses Buch beschreibt eine Zukunft, die unserer Gegenwart näher ist, als uns recht sein kann. Eine Zukunft, von der wir alle wissen, dass sie kommen wird und die wir dennoch nicht verhindern werden. Es fehlt an Willenskraft, an Interesse und an Durchsetzungsvermögen. Denn die Kettenreaktionen, von denen ich spreche, wurden vor langer Zeit in Gang gesetzt. Sie sind nicht mehr aufzuhalten.

Die Herausforderungen, vor denen wir stehen, sind eruptive soziale Verwerfungen, globale Unruhen und schmutzige Kriege, die Regierungen gegen das eigene Volk führen werden. Ordnungskräfte und Militärs werden bei der Verteilung von Ressourcen, Nahrungsmitteln und Medikamenten schon sehr bald die Kontrolle verlieren.

Wir sind verwöhnte Kinder, die auf einem Pulverfass sitzen und mit dem Feuer spielen.«

Prof. Dr. Walden anlässlich der Veröffentlichung seines Buches ‚Das Jahr Null' auf der Frankfurter Buchmesse.

Datum unbekannt.

30 Jahre später

1. VERBRANNTE ERDE

Trockenes Gras raschelte in den Ritzen zwischen den Pflastersteinen. Asche und Staub wirbelten in kleinen Windhosen einem bizarren ballettartigen Muster folgend durch die Ruinen, vorbei an den Resten des Baumarkts, im vorderen, der Straße zugewandten Teil des anonymen Gewerbegebiets. Eigentlich hatte sich nichts geändert. Hier sah es genauso aus wie vor der Katastrophe. Verwaiste Monotonie. Nur nach Kaffee, dem Kunststoffgestank billiger Auslegware und nach Bohnerwachs roch es nicht mehr. Das Gewerbegebiet war menschenleer, genau wie die Stadt. Doch diese Leere, diese neue Leere war eine andere, eine unnatürliche. Als würde das Industriegebiet, als würde das ganze Land den Atem anhalten. Als müsste es sich verstecken. Vor dem, was zurückkommen konnte.

Umgestürzte Einkaufswagen lagen hier und dort. Verdorrtes Laub, Fetzen von Glaswolle und Styropor hatten sich in verrosteten Speichen verfangen. Ausgebrannte, umgeworfene Autowracks. Die Kämpfe waren lang vorbei. Jahre. Jahrzehnte vielleicht. Brauchbares war ausgeschlachtet und weggeschleppt worden, der Rest liegen geblieben. Eine Würstchenbude. Die dünnen Sperrholzwände durchgeweicht, grün verfärbt und eingefallen. Vom Regen verbogen und vergilbt. Übertöpfe und Zierleisten aus Presspappe. Eine Spur, die nirgendwo hinführte, aufgequollen und verbogen. Kaum noch zu erkennen.

Er schlich über den von Wurzeln und Unterspülungen unebenen Asphalt. Das Gesicht starrte vor Dreck, der schwarze Vollbart wucherte ungehemmt. Aus den Augenwinkeln spähte er in alle Richtungen gleichzeitig. Er war verwundet und entkräftet, doch aufgeben wollte er nicht. Noch nicht. Mühsam stellte er einen Fuß vor den anderen, versuchte aufrecht zu bleiben, nicht einzuknicken. Die schwarze linke Hand, die seit Monaten kein sauberes Wasser mehr gesehen hatte, in die feuchte Seite gepresst, umklammerte er mit der anderen verzweifelt das Messer. Immer wieder nachgeschliffen, die Klinge nur noch halb so groß wie ursprünglich. Er schlich über den leeren Parkplatz, begann zu taumeln, versuchte sich festzuhalten, schaffte es jedoch nicht mehr und fiel gegen das Rolltor. Entsetzlich lautes Krachen zerriss die Stille. Ausgeblichene Fassaden, leere Hallen, blinde Fenster warfen den Lärm erbarmungslos zurück. Er kroch in eine Ecke, traute sich kaum zu atmen, lauschte und versuchte herauszufinden, ob sich irgendwo in den Ruinen etwas bewegte. Der Krach konnte unmöglich überhört worden sein. Hatte er jemanden aufgeschreckt? Vielleicht drüben im Supermarkt?

Alles blieb ruhig. Mit hörbarer Erleichterung sog er die Luft ein, atmete ein paar Minuten gierig und aß die Luft, als wäre sie eine Speise. Die schweren Wanderschuhe hatte er schief gelaufen. Er brauchte dringend neue. Sollte er sich im Supermarkt umsehen? Vorsichtig richtete er sich auf. Machte sich bereit. Einen Schritt. Zwei. Zitternd blieb er stehen. Seine Beine wollten nicht mehr. Kalter Schweiß sammelte sich auf seiner Stirn.

»Irgendwann kippst du um. Doch nicht jetzt. Geh weiter! Geh weiter!«

Der Mann versuchte, seinen Namen zu vergessen. Eine Methode, die ihm mehrfach das Leben gerettet hatte. Er konzentrierte sich, strengte sich so sehr an, dass die Adern an seinen Schläfen schwollen. Der Name des Mannes, der versuchte seinen Namen zu vergessen, war Hagen. Einen Nachnamen besaß er nicht.

Die Hand mit dem Messer nach vorn gestreckt bewegte er sich zur Hausecke. Die Reste einer abgerissenen Markise flatterten über ihm im Wind. Die aufgedruckten Schriftzüge abgeblättert, nicht mehr zu entziffern. Werbung. Die Feldbanner des Untergangs. Sie wehten noch immer.

Vorsichtig spähte er auf die andere Seite. Scharfer Brandgeruch biss ihm in die Schleimhäute und noch etwas anderes. Eine dunkle Fläche unter einem schiefen Baldachin aus Wellblech. Ein großer Müllcontainer mit geöffneter Luke hatte als Grill gedient. Schatten verbargen menschliche Knochen und Schädel auf dem Boden. Der Anblick hätte ihn nervös machen müssen, doch die Feuerstelle war kalt, seit Jahren unbenutzt.

Unschlüssig spähte er zu den eingeschlagenen Scheiben des Supermarktes hinüber. Leergefegte Regale. Packungen, Dosen und Kartons aufgerissen und auf den Boden geworfen. Nur große Gegenstände hatten die Plünderer zurückgelassen. Reinigungsmaschinen standen auf den Korridoren, als hätte die Katastrophe den Markt kurz nach Ladenschluss überrascht. Mit Wasserflecken übersäte

Tiefkühltruhen. Das Flachdach des Marktes war an mehreren Stellen durchgeweicht und eingestürzt. Trübe graue Pfützen zwischen den Regalen.

Kurzentschlossen bog er ab und schlich zum Haupteingang. Er hätte durch die zerschlagenen Fenster klettern können, doch er wählte die Tür. Dumme alte Angewohnheit. Neben dem Eingang, dessen Glas seltsamerweise noch intakt war, ging er in die Hocke und lauschte. Ein leichter Luftzug trieb ihm den Moder aus den Inneren des Marktes entgegen. Er schnupperte. Etwas Säuerliches lag über dem kalten Geruch der Kühlschränke. Es zwackte in der Nase, als wäre eine Batterie ausgelaufen. Vorsichtig schob er die Tür auf. Mit leisem Schnick löste sich eine Haarklammer, die in die Tür geklemmt worden war. Instinktiv machte er eine Rolle rückwärts, hechtete mit einer Energie, die ihn überraschte, über eine Entfernung von vier Metern hinter die Hausecke, warf sich flach auf den Boden und öffnete den Mund. Alles blieb ruhig.

Einen Moment wartete er noch, dann stützte er sich mühsam auf, zog ein Bein nach vorn und erhob sich langsam. Das war das Schwerste. Sich immer wieder aufzurichten. Er konnte nicht sagen, warum er dazu noch immer in der Lage war.

Vorsichtig schlich er zurück. Eine dünne Angelschnur führte von der Klammer zu einem Haken auf dem Boden, der den Stift aus einer Splitterhandgranate gezogen hatte. Sie war nicht explodiert. Ein Blindgänger. Bedeckt von einer transparenten, blassgrünen Moosschicht. Der gelbe Aufdruck verwittert, kaum noch lesbar. Zahlenkolonnen und Buchstaben, ohne Bedeutung, ohne Bezug zur Gegenwart. Er nahm sie, warf sie im hohen Bogen auf den Parkplatz und ging erneut in Deckung. Er hörte das trockene Klacken des Aufpralls. Sie kullerte noch ein paar Meter, dann lag sie still. Wieder passierte nichts. Vorsichtig hob er den Kopf. Dieser Supermarkt hatte etwas gegen Besucher. Vielleicht gab es hier doch noch was zu holen. Er fuhr mit der Untersuchung der Tür fort. Auf weitere Überraschungen konnte er gut verzichten. Den Flecken nach war die Falle mehrere Jahre alt. Entweder hatte sich während der ganzen Zeit kein lebendes Wesen mehr hierher verirrt oder sie waren alle durch die Fenster eingestiegen. Er war sich nicht sicher, welcher Gedanke der tröstlichere war.

Routiniert durchkämmte er die Gänge zwischen den Regalen. Aufgerissene Kekspackungen. Sie hatten es nicht abwarten können und alles vor Ort verschlungen. Daneben schwarze Flecken. Blut? Öl? Schwer zu sagen. Nirgendwo Krümel. Selbst der kleinste Rest war verschwunden. Was hatte er erwartet?

Der hintere Bereich des Marktes lag im Dunkeln. Er musste die Hand ausstrecken, um nicht anzustoßen. Plötzlich eine verschlossene Tür. Hagen drückte die kalte Metallklinke nach unten. Es knackte. Das Geräusch hallte an einer entfernten Wand. Hinter der Tür musste ein leerer Raum liegen. Vielleicht ein Lagerraum. Er neigte sich zum Schloss hinunter und entdeckte die Spuren zahlreicher Öffnungsversuche. Mit Brechstangen, Wagenhebern und schwerem Gerät waren die Plünderer vorgegangen. Niemandem war es gelungen, die Tür zu öffnen. Was mochte sich hinter ihr verbergen? Eigentlich konnte es nur ein Büro sein. Was konnte man in einem Büro finden? Einen Rechner, der nicht mehr funktionierte, Steuerunterlagen, Geld? Was sollte er damit anfangen? Geld besaß nicht mehr den Wert des Papiers, auf das es gedruckt war. Was machte er hier? Was hoffte er, zu finden? Hier gab es nichts, ermahnte er sich. Weder hier noch anderswo. Die Welt war ausgeplündert.

Hagen beeilte sich den Supermarkt zu verlassen. Er humpelte über den Parkplatz und schlug wieder die alte Richtung ein. Er musste die Stadt durchqueren. Irgendwo auf der anderen Seite hoffte er, jemanden zu finden. Sie hatten Gerüchte von einer Siedlung gehört. Von Leuten, die aufgebrochen und nicht zurückgekehrt waren. Die üblichen Geschichten von Menschen, die alles erzählten, um am Leben zu bleiben.

Er entschied sich, nicht in Richtung Zentrum zu gehen, sondern schlug den Weg zur Umgehungsstraße ein. Sie führte zunächst aus der Stadt hinaus, doch der Weg war sicherer. In der Innenstadt lebte manchmal noch jemand und schoss wild um sich, sofern er noch Munition besaß.

In dieser Region umgaben einen sofort verwilderte Felder, sobald man einen Fuß über die Stadtgrenze setzte. Sein Blick verlor sich nach mehreren hundert Metern im Dunst zwischen Autowracks, die im Graben der Landstraße liegen geblieben waren. Eine Mischung aus Nebel und Smog, die bestialisch stank. Das Getreide war abgefackelt und die Erde mit Chemikalien unbrauchbar gemacht worden. In absehbarer Zeit würde hier nichts mehr wachsen.

Bevor er sein Martyrium angetreten hatte, hatte er seinen Schutzanzug abgelegt. So gefährlich es auch war, er hätte ihn auf keinen

Fall tragen können. Er hätte ihn sofort verraten.

Auf der anderen Seite der Stadt traf die Umgehungsstraße wieder auf die Hauptstraße. Hier begannen die Vororte. Die Demarkationslinie der Zwistigkeiten, die nach Beginn der Krise ausgebrochen waren. Der Asphalt war aufgebrochen, Gräben ausgehoben, Sandsäcke, Backsteine und Betonreste gestapelt worden. Die Abbruchmasse öffentlicher Gebäude hatte man zu Verteidigungswällen und bunkerähnlichen Verschlägen aufgetürmt. Die Stadtgrenze glich einem militärischen Stützpunkt. Verlassen und verfallen. Moos war in den Ritzen gewachsen. Schwarzer Schleim bedeckte Wellbleche und Betonplatten. Die Barrikade schien zu warten. Jederzeit bereit ihre Aufgabe wieder aufzunehmen.

Ziemlich genau in der Mitte des Wachpostens nahm er eine Bewegung wahr. Lautlos ging er hinter der Leitplanke in Deckung, hielt den Atem an und lauschte. Leises, metallisches Quietschen. Von einer Tür, die sich im Wind bewegte? Sonst war nichts zu hören. Keine Stimme, kein Flüstern. Sollte er zurückweichen? Den Posten umgehen? Wieder das Quietschen. Gleichmäßig und monoton. Plötzlich fiel ihm etwas ein. Er hatte etwas gesehen. Die Silhouette eines Menschen. Doch sie konnte ihm nicht gefährlich werden.

Er erhob sich, näherte sich dem ersten Wall und spähte in die Mitte des Bollwerks. Alte Nummernschilder baumelten den Gehängten um die langgestreckten Hälse. Schlichte Botschaften in den Lack geritzt:

VERSCHWINDET
HIER GIBT ES NICHTS
WIR TÖTEN EUCH

Die Konstruktion hatte Schaufelräder aus Kotflügeln und Stoßstangen, in denen sich der Wind fing. Das Gerüst bewegte sich gleichmäßig und verursachte das metallische Quietschen. Eine überdimensionale Vogelscheuche, die ihren Zweck erfüllte. Der Anblick der verhältnismäßig frischen Kadaver jagte ihm einen Schauer den Rücken hinunter. Die Bastarde hingen kein halbes Jahr hier. Möglicherweise erst ein paar Monate. Ihr Fleisch war kaum verwest. Teilweise konnte er Gesichtszüge erkennen. Leere Augen, hohle Wangen. Wanderer auf der Suche nach etwas Essbarem. Ihr Verbrechen: das Eindringen auf fremdes Territorium. Er hatte sich nicht getäuscht. An den Gerüchten musste etwas dran sein. Die Siedlung befand sich irgendwo in dieser Gegend. Er hatte eine lange, zähe Suche hinter sich. Sollte sie am Ende erfolgreich sein?

Er schlich über den Seitenstreifen der breiten Landstraße in den Vorort. Vereinzelte Häuser. Backsteinfassaden ohne Schmuck. Vernagelte Fenster. Marode Ziegeldächer, zum Teil eingestürzt. Die Vorgärten verwildert, von Dornenbüschen und Unkraut überwuchert. Alle Gebäude aufgebrochen und geplündert. Die Wand eines Bungalows bedeckten Einschusslöcher. Eine Garage lag wie ein Kartenhaus zusammengeklappt am Boden. Kissen, Handtücher, Kinderspielzeug. Kaum noch zu erkennen. Schwarz vor Dreck, ausgeblichen, mürbe.

Das bekannte Bild wiederholte sich. Wieder und wieder. Stille und Zerstörung. Die Straßen aufgerissen, mit Barrikaden versperrt. Telefon- und Stromleitungen gekappt. Fahrzeuge angezündet und ausgebrannt. Dreckige Kleider, verblichene Fotos, ausgeschlachtete Elektrogeräte.

Plötzlich und unvermittelt hielt Hagen inne. Vor sich, mitten auf der Straße, hatte er etwas entdeckt. Zwischen verwitterten Gartenzäunen und einem schräg auf die Fahrbahn gekippten Strommast. Eine Erscheinung, die er sich nicht erklären konnte. Vor ihm auf der Straße stand eine Frau. Noch eigenartiger als der irritierende Fakt, dass sie überhaupt dort stand, war die Tatsache, dass sie keine Angst zu haben schien. Sie schien zumindest keine Vorsichtsmaßnamen ergriffen zu haben. Hagen war sich sicher, dass er so etwas noch nie gesehen hatte. Zumindest nicht in der Zeit nach der Katastrophe. Sie schien auf etwas zu warten. Auf etwas oder auf jemanden? Schnell sondierte er die Umgebung. Sie konnte nicht allein sein. Auf keinen Fall. Sonst würde sie nicht so unbefangen dort stehen. Dies war keine leichtfertige Zeit. Doch außer ihr und ihm war niemand anwesend. Hagen starrte das Wesen ungläubig an und entdeckte noch etwas. Noch eigenartiger, noch außergewöhnlicher. Sie wandte ihm den Rücken zu. Von ihrem Gesicht sah er nur das Profil. Was er jedoch genau erkannte: Ihre Augen waren geschlossen. Was zum Teufel machte sie da? Träumte sie? Genoss sie die Sonne, die nicht schien? Er wollte gerade hinter die Hausecke zurückweichen, als sie ihn bemerkte. Blitzschnell griff sie zu einem Sturmgewehr, das neben ihr am Zaun lehnte. Hagen hatte es übersehen. Es dauerte keine Sekunde, dann starrte er in den Lauf der Waffe. Er war mit grobem Stoff umwickelt. Als Schallschutz und gegen Reflexionen. Sie hatte Sommersprossen und versuchte die verfilzten, rotblonden Rastalocken in einem wilden Zopf am Hinterkopf zu bändigen. Darunter lugten blaue Augen hervor. Intelligent und durchdringend. Es gefiel Hagen nicht, wie die Frau ihn musterte. Viel zu schlau, viel zu wenig Angst. Warum hatte sie keine Angst vor ihm? Er musste aussehen wie der Teufel persönlich. Sie trug eine Kombination aus Fellen und derben Stoffen. Keinerlei Kunstfasern. Diese Kleidung war eindeutig nach der Katastrophe hergestellt worden sein. Die Mündung des Sturmgewehrs zielte auf seinen Kopf, trotzdem huschte ein Lächeln über sein Gesicht. Sie gehörte zu ihnen. Er hatte sie gefunden.

Hagen hob die Hand mit dem Messer, stieß einen Schrei aus und stürmte auf die sie los, als hätte er den Verstand verloren. Doch sie schoss nicht. Sie ließ das Gewehr sinken, machte auf dem Absatz kehrt und rannte geradewegs auf das offene Feld hinaus. Schlaues Mädchen, dachte er, verdammt schlaues Mädchen. Sie war unglaublich schnell und sprang wie eine Gazelle über den morschen Zaun, der an die Straße grenzte. Er heftete sich an ihre Fersen und versuchte, sich nicht abhängen zu lassen, doch die Verletzung schmerzte zu sehr. In dieser Geschwindigkeit würde er nicht mithalten können. Er musste etwas tun. In seiner Verzweiflung schrie er:

»Warte! Ich will nur Wasser! Warte! Ich tu dir nichts!«

Sie hörte nicht. Rannte weiter, ohne sich umzusehen. Er biss die Zähne zusammen, mobilisierte die letzten Kraftreserven, um nicht abgehängt zu werden, stolperte, fluchte, rannte weiter. Sie hatte sich bereits einen deutlichen Vorsprung erarbeitet.

Das verwilderte Feld war verhältnismäßig eben, der Untergrund hart. Das Gras trocken und farblos. Die wilde Wiese besaß nichts von der Pracht vergangener Zeiten. Nirgendwo Kräuter oder Blumen. Der Untergrund war rau und stumpf wie eine alte Scheuerbürste.

Auf der anderen Seite fehlte der Zaun. Die verrotteten Reste lagen auf dem Boden. Sie peilte zielstrebig ein Transformatorenhäuschen an, das ihr offensichtlich als Orientierung diente. Er hetzte weiter und merkte deutlich, dass die Luft feuchter wurde. Häuser gab es kaum noch. Aus der baumlosen Ebene ragten Backsteinruinen in den Himmel, die einzigen Erhebungen, die er im Umkreis von mehreren Kilometern erkennen konnte.

Die Vorstadt im Rücken folgte er ihr über sandige Feldwege. Sie sah über ihre Schulter, schätzte seine Kondition, tat nur so viel wie unbedingt notwendig. Möglicherweise war der Weg noch weit und sie musste ihre Kräfte einteilen. Er wurde langsamer, bekam kaum noch Luft. Sein Atem ging rasselnd und die Seite brannte wie Feuer. Er drückte die Hand fester auf die Wunde. Die schiefe, verkrampfte Körperhaltung bescherte ihm Seitenstiche. Seit drei Tagen hatte er nichts gegessen und viel zu wenig getrunken. Ihm wurde schwindelig. Noch einmal schrie er heiser:

»Warte! Ich will mit dir reden! Warte!«

Sie hörte nicht. Mit einem Stöhnen presste er die Hand stärker auf die Seite, stolperte weiter. Er wurde den Eindruck nicht los, dass sie mit ihm spielte. Sie hätte längst schneller laufen können, doch sie tat es nicht. Im Gegenteil. Sie ließ sich zurückfallen. Sie tanzt dir auf der Nase rum, dachte er. Macht sich lustig über dich. Das sollte sie nicht tun. Er tat, als sei er am Ende, stöhnte laut und schnaufte vor Schmerz, so sehr, dass sie es hören musste. Es funktionierte. Stück für Stück kam er näher.

Die Landschaft veränderte sich. Es wurde neblig. Sie waren bereits weit abseits der Landstraßen. In diesem Moment bog sie von dem sandigen Feldweg aus auf einen alten Bohlenweg, der geradewegs ins Moor führte. Ein archaisches Relikt aus grauer Vorzeit, weit entfernt von Städten und Dörfern. Hagen hatte vermutet, dass die Siedlung irgendwo hier sein musste. Er und seine Männer hatten das Gebiet mehrfach durchkämmt, gefunden hatten sie nie etwas. Nicht den kleinsten Hinweis. Doch die Berichte der Landstreicher stimmten überein. Alle hatten das Gerücht gehört:

»Im Moor gibt es eine Siedlung. Wer sie findet, muss sterben.«

Als sie noch zehn Meter von ihm entfernt war, drehte er den Spieß um. Er machte weiterhin Geräusche, als würde er gleich umfallen, lief jedoch so schnell er konnte. Sie hörte seine Schritte, registrierte, dass er schneller wurde, sah sich jedoch erst um, als er nur noch zwei Meter von ihr entfernt war. Er fletschte die Zähne und brüllte vor Anstrengung. Sie erschrak, achtete eine Sekunde nicht auf ihre Füße, kam ins Straucheln und stürzte der Länge nach. So schnell und abrupt, dass sie sich nicht abfangen konnte. Sie strampelte wie ein Wiesel, schnappte nach Luft, rappelte sich hoch und rannte weiter. Er kam bis auf eine Handbreit an sie heran. Wenige Zentimeter trennten sie. Kurze Zeit rannten sie so. Dicht an dicht. So schnell sie konnten. Er streckte die Hände nach ihr aus. Sie rannte vor ihm weg. Dann wurde ihm schwarz vor Augen. Er hatte sich zu sehr verausgabt.

Die Beine gaben nach, er sah den Boden auf sich zukommen, schlug hart auf, rollte noch ein Stück durch trockenes Schilfgras in den Schlamm, dann blieb er liegen. Der Frau ging es nicht besser. Der Schreck war ihr in die Knochen gefahren. Ihre Knie zitterten heftig.

Direkt vor ihnen lag eine weitläufige Senke. Der Bohlenweg machte an dieser Stelle einen Bogen und führte im 90-Grad-Winkel wieder aus ihr heraus. Die Frau verließ jedoch den Bohlenweg und näherte sich zielstrebig dem Rand eines Dornengestrüpps. Auf der Seite liegend und keuchend erkannte Hagen kaum noch etwas. Durch das Schilfgras und die roten Schleier vor seinen Augen nahm er dennoch wahr, wie sie einen Teil des Gestrüpps zur Seite zog. Ein schmaler Durchgang öffnete sich. Gerade breit genug für einen Menschen. Hinter sich zog sie die Zweige wieder vor das Schlupfloch und die Hecke sah wieder aus, als hätte es nie eine Öffnung gegeben.

2. DER ÄUSSERE RING

Hagen wälzte sich auf den Rücken, schnappte verzweifelt nach Luft, wie ein Fisch der aufs Land gefallen war. Es dauerte einen Moment, bis er wieder richtig sehen konnte. Ganz am Ende war er noch nicht. Ganz so schnell wurde man ihn nicht los. Er hatte ihr Geheimnis entdeckt. Auf die Dornenhecke waren sie natürlich gestoßen. Doch keiner von ihnen wäre auf die Idee gekommen, sie zu durchqueren. Zu dicht wuchs sie und zu sinnlos erschien der Versuch. Jetzt wusste er jedoch, dass genau dies das Geheimnis der Siedlung war. Er zwang sich auf die Beine. Eine Kraftanstrengung, die ihm fast das Bewusstsein raubte. Er war längst über jedes erträgliche Maß erschöpft. Doch sein Körper gehorchte mechanisch, als hätte er eine fremde Energiequelle angezapft. Als wäre eine höhere Macht auf seiner Seite. Der Gedanke belustigte ihn. Welcher perverse Gott könnte wohl auf seiner Seite sein?

Er wankte zur Hecke, fand die Stelle und entfernte die Abdeckung des Durchschlupfs. Ein kompaktes Stück, passgenau angefertigt. Hagen erstaunte die Einfachheit der Tarnung. Das blickdichte Unterholz stellte nicht nur ein perfektes Versteck dar, sondern bildete gleichzeitig einen wirkungsvollen Verteidigungsring. Doch selbst wenn sie gewusst hätten, dass sich hinter dem Gestrüpp etwas verbarg, hätten sie es nicht ohne Weiteres durchqueren können. Das kompakte, stacheldrahtartige Hindernis wucherte auf einer Breite von über zwanzig Metern. Fingerdicke Dornen, rasiermesserscharf und hart wie Wüstenblumen.

Auf der anderen Seite trat er ins Freie. Erst jetzt erkannte er das gesamte Ausmaß der Anlage. Mitten im Moor umgab die Hecke eine sanfte Mulde, die etwa einen Kilometer durchmaß. Die gegenüberliegende Seite erkannte er gerade noch im Dunst. Sie war gefüllt mit Morastflächen, die ihn an asiatische Reisfelder erinnerten. Zwischen ihnen lagen Gräben und Wälle zur Verteidigung. Es gab Flächen für Sonnenkollektoren und Äcker. Hagen lief das Wasser im Mund zusammen. Er konnte Kohlköpfe erkennen, Kartoffeln und Mohrrüben, die in Weidenkörben auf Abholung warteten. Von einer zweiten Hecke geschützt standen in der Mitte des Geländes eine Reihe von Hütten. Ein breiter Bohlenweg teilte die Einfriedung in zwei gleichstarke Hälften. Das Versteck war offensichtlich autark, bestens geschützt und damit ideal den Verhältnissen der Zeit angepasst. Deshalb hatten die Bewohner hier überlebt. Weil sie nicht gefunden worden waren. Aufmerksam sah Hagen sich um. Er hatte sie offensichtlich bei der Arbeit überrascht, doch er entdeckte niemanden. Wo hatten sich die Bewohner versteckt?

Der Hauptweg führte zur Wohnanlage. Etwa auf der Hälfte des Weges entdeckte er das Mädchen. Es schien die Bohlen genau zu untersuchen und machte vorsichtige Schritte. Sie lagen deutlich sichtbar vor ihr. Irgendetwas stimmte da nicht. Hagen ging in die Hocke und versuchte, sich die Stellen zu merken, an denen sie langsamer wurde. Als er ihr zu folgen begann, erschrak sie und erhöhte das Tempo. Erneut schlug sie keinen Alarm. Das wichtigste Überlebensprinzip der Gruppe schien offensichtlich Stille zu sein.

Hagen kam zu der Stelle, an der sie das erste Mal langsamer geworden war. Doch so genau er sich den Boden auch ansah, er konnte nichts Verdächtiges feststellen. Vorsichtig setzte er einen Fuß nach vorn, stellte ihn auf den Boden, verlagerte sein Gewicht und prüfte die Bohle. Sie hielt und schien sicher. Er hob den anderen Fuß. Es knackte und der Steg sackte unter seinen Füßen weg. Er hatte die Findigkeit der Konstrukteure unterschätzt. Die Falltür gab erst nach, wenn man das gesamte Gewicht auf sie verlagert hatte. Mit einem peitschenden Knall schnappte die Falltür auf. Hagen verlor den Halt und stürzte in das Loch, das sich unter ihm auftat. Im letzten Moment gelang es ihm, sich zurückzuwerfen und am Rand der Grube festzukrallen. Der dumpfe, schwere Gestank von abgestandenem Brackwasser schlug ihm entgegen. Rostige Stahlplatten verstärkten die Wände. Aus der zähen Jauche ragten angespitzte Holzpfähle, der längste keine zwanzig Zentimeter von seinem Unterkörper entfernt. Viel hätte nicht gefehlt und er wäre durchbohrt worden. Mit letzter Kraft schwang er den Fuß nach oben und rollte sich auf den Rücken. Die Falltür glitt geräuschlos in ihre Ausgangsposition zurück und rastete automatisch ein. Ein paar Sekunden blieb er geschockt liegen und versuchte sich einzureden, dass es nicht nur Glück gewesen war, weshalb er noch atmete.

Die Bohlen lagen unberührt vor ihm, taten, als wenn nichts gewesen wäre. Schon jetzt war er sich nicht mehr sicher, wo sich die

Luke befunden hatte. Vorsichtig tastete er weiter. Fünf Schritte später zögerte er schon wieder. Der Boden schwang an dieser Stelle nicht wie der Rest des Steges. Eine weitere Grube musste sich in der Nähe befinden. Ihm blieb nichts anderes übrig. Er ging in die Knie und untersuchte den Boden mit den Händen. Allmählich verstand er, warum das Mädchen so vorsichtig gewesen war.

Er musste zugeben, dass die Verteidigungsanlagen seine Fantasie übertrafen. Ein findiger Geist musste sie ausgetüftelt haben. Es wunderte ihn nicht mehr, dass die Siedlung so lang durchgehalten hatte. Er versuchte die Frau nicht aus den Augen zu verlieren und kroch tastend, wie ein Baby, das zum ersten Mal eine fremde Umgebung erkundet, auf allen Vieren voran.

Es war ein Stück Arbeit, die Gruben zu umgehen. Mehrfach, wenn das Holz plötzlich unter seinen Füßen knackte, schnürte es ihm den Hals zu und er verharrte wie angewurzelt. Die Gruben sahen jedes Mal anders aus und die begehbaren Stege zwischen ihnen waren selten breiter als einen halben Meter.

Nebelschwaden schoben sich zwischen ihn und das Mädchen. Er musste sich beeilen, wenn er sie nicht verlieren wollte. Sie hatte an Boden gewonnen und näherte sich bereits dem Wohnbereich in der Mitte der Anlage. Der Abstand zwischen ihnen schien ihr ein Gefühl von Sicherheit zu geben, denn sie blieb stehen und beobachtete ihn. Was hatte sie vor? Und wo waren die Bewohner?

Das Innere der Anlage lag erhöht, wie eine Hallig. Hagen beobachtete, wie das Mädchen einen weiteren Durchgang im Dornengestrüpp der inneren Hecke öffnete und verschwand. Hagen folgte ihr durch die schweigende Anlage. Nach dem zweiten Durchgang musste er nicht lang suchen. Im Gegensatz zur äußeren Hecke entdeckte er hier deutliche Spuren auf dem Untergrund. Weiche Ledersohlen, von zwanzig oder dreißig Personen. Vielleicht auch mehr. Vorsichtig schob er sich in die innere Dornenhecke. Dicke Stacheln in Augenhöhe ließen ihn die Geschwindigkeit reduzieren. Während er den zweiten Schutzwall durchquerte, verschwanden sämtliche Geräusche. Im Inneren der Anlage war es totenstill. Im Herzen der Senke bewegte sich nicht das geringste Lüftchen. Hagen hatte das Gefühl, den leisesten Ort des Ödlands zu betreten. Die äußere Hecke verschwand im Nebel und die innere schwebte wie ein verwunschenes Schloss in den Wolken.

Noch nie hatte er eine derart intakte Siedlung gesehen. Krieg und

Zerstörung waren vollständig an ihr vorübergegangen, obwohl sie erst nach Ausbruch der Unruhen gebaut worden sein konnte. Alles wirkte fremd und eigenwillig. Die Hütten bestanden aus Aluminiumblechen und Holzplatten, wild zusammengeschustert und mit Glaswolle und Rigipsplatten isoliert. Die Behausungen erinnerten an mongolische Jurten und schienen ursprünglich dafür konstruiert worden zu sein, schnell ab- und wieder aufgebaut werden zu können. Die Außenwände schmückten naive Malereien. Menschen bei der Feldarbeit, Frösche, Libellen, Riedgras, Zelte. Doch die Farben der Kindergemälde verblassten bereits.

Zusätzliche Barrikaden aus geschichteten Baumstämmen, direkt hinter der Hecke, machten die Siedlung endgültig zur Festung. Mit einem direkten Angriff, das wurde Hagen klar, war dieses Bollwerk nicht zu nehmen. Doch wer würde es erstürmen wollen? Es gab raffiniertere Taktiken. Vorsichtig umklammerte er das Messer und schob sich durch die Hüttenschatten zum Versammlungsplatz.

Das Mädchen wartete auf ihn. Es stand neben einer Zisterne, in der aufbereitetes Wasser gesammelt wurde, und füllte einen Metallbecher. Die Flüssigkeit plätscherte herrlich. Auffordernd streckte sie ihm das Gefäß entgegen. Sein Verstand setzte aus. Er riss ihr den Becher aus der Hand und wollte den Inhalt in einem Zug hinunterstürzen, doch sie bremste ihn:

»Lass dir Zeit! Langsam!«

Erneut füllte sie den Becher und er trank. Diesmal etwas langsamer. Das Wasser war kalt und klar. Aufbereitet und angereichert. Frisches, transparentes Gold. Er hatte noch nie in seinem Leben etwas Köstlicheres getrunken. Die kleinen weißen Hände der Frau lagen weich und warm unter seinen dreckigen Pranken und sie rochen, dass ihm die Tränen kamen. Hagen grinste blödsinnig und reichte ihr den Becher zurück.

»Mehr!«

Gehorsam füllte sie den Kelch. Er schluckte langsamer, schloss die Augen, atmete laut. Ihre Stimme war ruhig und klar wie das Wasser, das er trank.

»Es ist genug da. Lass dir Zeit!«

Er setzte ab und stieß einen Laut des Vergnügens aus. Unwillkürlich sah er dem Mädchen ins Gesicht. Und zum ersten Mal sah er es wirklich und nicht mehr die Vorstellung, die er bis zu diesem Augenblick von ihm gehabt hatte. Es lächelte. Offen und freundlich.

Ein breites Lächeln mit vielen Sommersprossen, umrahmt von festen, rotblonden Dreads. Keine Angst, kein Schatten, kein hinterhältiger Gedanke war in diesem Gesicht. Noch nie hatte er etwas Schöneres gesehen. Unter dem rechten Auge trug die Frau eine Tätowierung. Einen fünfzackigen, blauen Stern. Er starrte sie an, sah sie deutlich vor sich und in diesem Augenblick erkannte er sie.

Ein eigenartiges Zucken durchfuhr ihn, als würde er von einem spastischen Anfall heimgesucht werden. Er wich instinktiv zurück und hob die Hände, als müsste er etwas abwehren. Wie vom Blitz getroffen blieb er in dieser Körperhaltung. Die Augen weit aufgerissen, als würde er einen Geist anstarren. Die junge Frau beobachtete ihn irritiert. Sie öffnete den Mund und schien etwas sagen zu wollen. Doch die Reaktion des Mannes war so befremdlich, dass es ihr die Sprache verschlug. Einen Moment standen sie sich gegenüber und sahen sich an. Sahen sich an und schwiegen. In Hagens Erinnerung regte sich etwas. Aus dem schwarzen Strudel der Zeit kam mit Wucht etwas an die Oberfläche geschossen. Und was dort schwamm, gefiel ihm nicht.

Hagen war so sehr mit sich selbst beschäftigt, dass er nicht mitbekam, wie Bewaffnete aus ihren Verstecken krochen und sich von allen Seiten lautlos näherten. Als er es endlich realisierte, war es zu spät. Er war in die Falle gegangen und das Mädchen war sein Köder gewesen. Die Moormenschen trugen ebenfalls Kleidung aus selbstgewebten Stoffen mit eingearbeiteten Fell- und Lederstücken. Sie waren mit selbstgebauten Speeren und alten Sportbögen bewaffnet. Er sah sich vorsichtig um und schätzte ihre Zahl auf dreißig oder vierzig. Zu viele. Zumal das mit Sicherheit noch nicht alle waren. Schmale, harte Gesichter starrten ihn an, distanziert und kühl. Diese Leute hatten den Landstreichern die Schilder um die Hälse gehängt, um Leute wie ihn abzuschrecken. Dumm nur, dass er sich von solchen Dingen nicht abschrecken ließ.

Hagen wagte es nicht, sich zu bewegen. Die junge Frau mit der Tätowierung zog sich zurück und die Reihen schlossen sich hinter ihr. Einen Moment herrschte Stille.

»Ich wollte nur Wasser ... Wenn ich störe, geh ich wieder ... In Ordnung?«

Vera, eine ältere, weißhaarige Frau verlor die Beherrschung. Sie zielte mit einem Speer auf Hagens Rippen und zischte ihn tonlos an:

»Du hast sie umgebracht. Verfluchtes Schwein. Du hast meine Enkelin umgebracht.«

Sie wurde aufgehalten und weinend und strampelnd fortgeschleppt, wie eine Gefangene. Alles geschah in eigenartiger Stille, steif und ritualisiert, wie ein Pantomimenspiel.

Hagen streckte vorsichtig die Hände aus. Bewohner nahmen ihm mit schnellen Handgriffen die Habseligkeiten ab. Sein Messer, die Trinkflasche, den Schleifstein, das Werkzeug, einen öligen Schraubenzieher, einen mit Paketband notdürftig geflickten Dosenöffner. Seinen gesamten Besitz. Zumindest das, was er im Moment bei sich hatte. Hagen ließ es geschehen, ohne zu protestieren.

»Zieh dich aus!«

Hagen betrachtete den Mann, der ihn angesprochen hatte. Er war größer und breitschultriger als die anderen. Eisgraue Haare umrahmten ein zerfurchtes, altes Gesicht und stechende, dunkle Augen. Emotionslos, bis auf eine leichte Traurigkeit. Tito, der Anführer der Moorbewohner. Er war es, der die Anlage erdacht hatte. Das zumindest sagte die Legende.

»Ihr habt den Falschen.«

Tito sprach leise und tonlos, doch so scharf, dass sich Hagen die Nackenhaare aufstellten:

»Runter mit den Klamotten!«

Hagen nickte und begann die zerschlissene Jacke, seine Hose und die Schuhe abzulegen. Als er die Füße aus den schiefgelaufenen, harten und viel zu engen Schuhen zog und sie auf den kühlen, weichen Moorboden setzte, durchfuhr ihn angenehmes Kribbeln, als wollte er sich an den Strand legen. Ein absurdes Gefühl, das alten Erinnerungen nachtrauerte. Hagen ließ sich Zeit und niemand hetzte ihn. Alles geschah in großer Stille. Als er fertig war, führten ihn zwei Bewohner schweigend zu einem dicken Pfahl an den Rand des Platzes. Ein schwerer, breiter Stamm aus schwarzem Holz, der am oberen Ende mit Ornamenten und Schnitzereien verziert worden war. Der Ort, an dem dieser Pfahl stand, und die Art und Weise, wie er dort hingeführt wurde, ließen keinen Zweifel, welchem Zweck er diente. Hagen wurde mit dem Rücken davor gestellt, die Arme nach hinten gebogen und sein verwahrloster, narbenübersäter Körper festgezurrt. Tito ließ ihn nicht aus den Augen:

»Du kannst uns die Sache erleichtern, indem du uns sagst, was wir wissen wollen.«

Hinter ihm stand ein Mann, dessen Gesicht so entstellt war, dass man es kaum noch erkennen konnte. Die Hälfte der Unterlippe und die Lider seines rechten Auges fehlten. Es sah aus, als würde er es aufreißen. Das andere verdeckte zur Hälfte eine hässliche Hautfalte. Das offene starrte Hagen an, ohne zu blinzeln und ein dünnes Tränenrinnsal lief die Wange hinunter.

»Das ist Marko. Er hört nicht mehr auf zu weinen. Erinnerst du dich an ihn?«

Hagen versuchte möglichst aufrichtig zu wirken, als hätte er Marko noch nie zuvor gesehen. In Wahrheit hatte er den Verstümmelten natürlich sofort erkannt. Er selbst war es gewesen, der ihn so zugerichtet hatte. Und Roderick, der verrückte Bastard, hatte ihm die Zunge abgebissen und sie vor seinen Augen gegessen. Hagen musste sich konzentrieren, um den richtigen Tonfall zu treffen:

»Ihr habt den Falschen ... Wenn ihr mich töten wollt, ... tötet mich schnell!«

»Halt dein verdammtes Maul!«

Tito verlor kurz die Fassung, zwang sich jedoch sofort, seinen Tonfall zu ändern. Emotionale Ausbrüche waren in der Moorfestung verboten. Der Anführer atmete durch, machte ein paar Schritte, um sich zu beruhigen, dann fuhr er fort:

»Wir wissen genau, wer du bist. Wenn es nach mir ginge, würde ich dich einfach töten lassen. Von Leuten wie dir lass ich mir nicht den Tag versauen. Aber ich muss Rücksicht nehmen. Auf die Mütter und Väter, deren Kinder du getötet hast.«

Vaith, ein junger Mann mit schmalem Gesicht kam aus dem Hintergrund und neigte sich zu Titos Ohr. Tito nickte kaum merklich:

»Eine Sache interessiert uns besonders.«

Hagen ahnte, was jetzt kam. Titos Tonfall verriet es. Alles andere war Routine. Ödland-Routine. Diese eine Sache jedoch gehörte nicht dazu.

»Warum bist du erschrocken, als du sie erkannt hast ... Warum hast du Angst vor ihr?«

Tito griff Hagen in die Haare und schlug seinen Kopf überraschend heftig gegen den Pfahl, dass das schwarze Holz einen dumpfen Klang von sich gab.

»Woher kennst du sie?«

»Ich dachte, ich hab sie schon mal gesehen ...«

»Und?«

»Ich hab mich geirrt. Das kann nicht sein.«

»Wieso nicht?»

»Das ist zwanzig Jahre her oder länger. Sie ist noch keine zwanzig.«

»Woher willst du das wissen?«

Tito ließ den Kopf los, entfernte sich und sah sich um.

»Wo ist sie?«

Bewohner schoben das Mädchen nach vorn. Sie sträubte sich und war nicht dazu in der Lage, Hagen in die Augen zu sehen. Ihr schlechtes Gewissen wirkte so deplatziert, dass es alle Anwesenden irritierte.

»Kennst du den?«

»Nie gesehen.«

»Sicher?«

»Sicher.«

»Wie alt bist du?«

»Neunzehn.«

»Tatsächlich?«

»Was soll das? Glaubst du mir nicht?«

»Könnte doch sein, dass du's nicht so genau weißt.«

»Ich weiß es aber. Ich bin neunzehn Jahre alt.«

»In Ordnung. Und wie heißt du?«

»Was soll das, Tito? Du weißt, wie ich heiße.«

»Tu mir den Gefallen: Sag deinen Namen!«

Die junge Frau verstand und wandte sich an Hagen. Diesmal war er es, der auswich und auf den Boden sah. Klar und selbstbewusst durchschnitt ihre Stimme die dunstverhangene Luft, wie eine scharfe Klinge:

»Mein Name ist Mega.«

Viel zu laut für die Siedlung. Einen Moment herrschte Stille. Die Bewohner erkannten, dass Hagen sich erinnerte. Es war nicht nur der Name, sondern der Klang der Stimme und die Art und Weise, wie sie sprach. Etwas an all dem war gleich geblieben, schien sich in all den Jahren nicht verändert zu haben. Der Vorhang hob sich und der Film begann zu laufen. Man konnte das Flimmern auf der Leinwand sehen.

Die Ereignisse lagen lang zurück. Hagen hatte bereits gehofft, die Erinnerung an jenen schicksalhaften Tag wäre seiner Fantasie entsprungen.

»Was ist? Klingelt da was? Ich kann von hier aus sehen, dass du dich erinnerst. Woher kennst du sie?«

»Nur ein Déjà-vu.«

»Ein, ...«,

Tito kostete das Wort aus,

»ein Déjà-vu. Was du nicht sagst. So was Kompliziertes hab ich schon lang nicht mehr gehört. Dein Psychiater scheint gute Arbeit zu machen. Hat er noch Termine frei?«

Plötzlich und unvermittelt begann Tito zu zischen wie ein bösartiges Reptil. Und dieses Zischen war weit wirkungsvoller, als es jedes Brüllen hätte sein können:

»Hör auf, mich zu verarschen, du verfluchtes Stück Scheiße. Ich will wissen, woher du sie kennst. Ich halt dich so lange am Leben, bis ich es weiß. Hast du verstanden?«

Nachdenklich verschwand Mega zwischen den Hütten. Sie konnte sich beim besten Willen an keine Begegnung mit dem Fremden erinnern. Doch er schien sie zu kennen. Er kannte sie nicht nur, er hatte Angst vor ihr. Doch warum sollte jemand Angst vor ihr haben? Vor ihr? Sie war doch nur ein Mädchen. Sie hatte nicht die leiseste Ahnung.

Kalter Schweiß sammelte sich auf ihrer Stirn. Ihre Hände begannen zu zittern. Plötzlich und unvermittelt zerbrach das Bild, das sie sich von ihrem Leben geschaffen hatte. Sie hatte sich etwas vorgelogen, das wurde ihr in diesem Moment klar. Sie wusste nichts über sich, nichts über ihre Vergangenheit. Mega krallte sich verzweifelt an einer Hütte fest, um nicht umzukippen. Der Dreckskerl hatte ihr den Boden unter den Füßen weggerissen, ihr alles genommen. Sie war sich so sicher gewesen. Hatte gewusst, wo sie hingehörte. Nichts davon entsprach der Wahrheit. Alles, woran sie sich erinnerte, waren jämmerliche Ausreden.

Sie fiel einen tiefen, dunklen Schacht hinunter. Endlose Backsteinwände rauschten an ihr vorbei. Es ging nach unten, immer weiter nach unten. Immer tiefer, immer schneller, immer heißer, immer stickiger wurde es.

Still und unbemerkt sank sie zwischen den Hütten auf den feuchten Moorboden, die Augen aufgerissen, als wäre sie von einem Pfeil durchbohrt worden.

3. DER STERN

Megas Schrei hallte durch die dunklen, stickigen Betongänge im Keller unter der alten Universität. Sophia saß in der Bibliothek in einem von Hrn. Bernhards selbstgebauten Liegestühlen. Sie waren nicht besonders bequem, aber immer noch besser als die Metallstühle aus den Seminarräumen. Sie war in ihre Lektüre vertieft und erschrak so heftig, dass ihr das Buch aus der Hand rutschte. Es blieb aufgeschlagen auf dem Boden liegen. Einen Moment überlegte sie, ob sie es aufheben sollte, doch dann rannte sie los, ohne sich zu bücken. Ihr Sorgenkind war wichtiger. Sophia hatte in der Zwangsgemeinschaft die Aufgabe der Mutter übernommen. Im Keller lebten nur noch wenige Kinder, deshalb hatte Prof. Walden die ungewöhnliche Entscheidung getroffen, eins aufzunehmen. Und eben dieses eine war das Sorgenkind. Ein eigenartiges Mädchen mit rotblonden Haaren und Augen, so blau wie der Himmel. Der Himmel, den es früher gegeben hatte. Es war nicht so, dass Sophia Mega nicht mochte. Sie liebte das kleine Biest insgeheim mehr als die anderen Kinder. Doch etwas an ihr blieb fremd. Mega besaß keine Vergangenheit. Niemand wusste, woher sie kam, und sie selbst konnte sich an nichts erinnern. Dr. Kamura hatte sie untersucht. Sie war mager gewesen, fast verhungert und am Hinterkopf hatte er Spuren einer schlecht verheilten Schusswunde gefunden. Er vermutete, dass das Mädchen neben einem schweren Trauma auch physiologisch bedingt das Gedächtnis verloren hatte und bezweifelte, dass es jemals zurückkehren würde. Sophia lief den Korridor hinunter. Prof. Walden kam ihr entgegen:

»Was ist jetzt schon wieder?«

»Keine Ahnung.«

Prof. Walden machte Anstalten Sophia zu folgen, doch sie hob dankend die Hände:

»Ich kümmer mich darum.«

Walden machte eine unbeholfene Bewegung, die einen halbherzigen Protest bedeuten konnte. Am Ende des Korridors hatte die Gemeinschaft Badezimmer und Toiletten eingerichtet. Sehr einfach, doch die Räumlichkeiten erfüllten ihren Zweck. Verglichen mit der Oberfläche waren sie Luxus. Sophia eilte in den Waschraum der Frauen und fand Mega.

Das siebenjährige Mädchen stand auf dem Hocker, den Hr. Bernhard für sie gebaut hatte, und starrte wütend in den angelaufenen Spiegel, dessen Silberbeschichtung an den Kanten bereits abblätterte. Er hing an der nackten Betonwand über einem angelaufenen Waschbecken aus Metall. Megas leidgeplagte Ersatzmutter seufzte erleichtert, als sie erkannte, dass ihrem Schützling nichts fehlte. Sie lächelte, um das Mädchen zu beruhigen:

»Was hast du denn, Mega?«

Der kleine Quälgeist hatte extrem schlechte Laune und schrie vor Wut:

»Warum hab ich dieses Ding im Gesicht?«

Sie deutete mit dem Finger auf den Stern unter ihrem rechten Auge. Sophia lächelte und strich Mega durchs Haar:

»Ich weiß nicht, Mega. Du hattest ihn schon, als wir dich gefunden haben. Er ist doch schön.«

»Warum bin ich die Einzige, die so ein Ding hat?«

»Hat dich Mark wieder geärgert?«

»Ich will es weghaben!«

»Du kannst ihn nicht wegmachen, Mega. Das ist eine Tätowierung. Die Farbe ist in der Haut. Sie bleibt ... für immer.«

»Ich will ihn aber nicht haben!«

Mega stampfte heftig mit dem Fuß auf den Hocker und brüllte so laut, dass es durch den gesamten Keller hallte. In diesem Augenblick erschienen neugierige Wissenschaftler in der Tür zum Waschraum und spähten vorsichtig hinein. Mega entdeckte sie im Spiegel, drehte sich mit einem Aufschrei um, schubste sie weg und rannte den Korridor hinunter. Sophia seufzte. Fr. Dr. Kobe, eine resolute, grauhaarige Physikerin, baute sich vor den männlichen Kollegen auf:

»Das ist die Damentoilette. Die DAMENTOILETTE.«

»Is' nicht zu überhören.«

Die Antwort kam aus Richtung der Männer. Sophia und Fr. Dr. Kobe konnten jedoch nicht orten, von wem genau. Die Männer trollten sich. Fr. Dr. Kobe wandte sich mit gedämpfter Stimme an Sophia:

»Es war ein Fehler, sie aufzunehmen. Es wird immer schlimmer. Wir werden Schwierigkeiten bekommen. Schneller als uns lieb ist.«

»Mega ist ein normales Mädchen. Mark zieht sie nur immer mit der Tätowierung auf. Ich knöpf mir den Burschen vor.«

»Mark ist nicht das Problem, Sophia. Mega ist das Problem.«

Sophia antwortete nicht.

»Sie muss verstehen, dass sie hier nicht schreien kann. Sie wissen, was passiert, wenn uns draußen jemand hört. Machen Sie ihr das klar, sonst mach ich es.«

Fr. Dr. Kobe machte energisch kehrt und verschwand.

Mega hatte sich im staubigen Abstellraum hinter der alten Bohnermaschine versteckt und alles mitbekommen. In ihrem Kopf hallte Kobes Satz nach:

»Mega ist das Problem.«

Das Mädchen kniff die Augen zusammen und starrte mit verschränkten Armen trotzig die Wand an, dann stampfte sie mit dem Fuß dagegen, doch nicht sehr stark, eher aus Verzweiflung als aus Wut.

4. IM SCHUTZRAUM

Ihren 19. Geburtstag verschlief Mega. Sie hatte ihn einfach vergessen. Im Keller waren der Lauf der Zeit und der Wechsel der Jahreszeiten nicht sichtbar. Sie waren an diesem Ort noch abstrakter, als sie es ohnehin schon waren. Alles schien stillzustehen in den Schutzräumen unter der Universität. Manchmal kam sie sich vor wie eine der in Formaldehyd konservierten Mutationen, die Dr. Hammer in seinem Labor aufbewahrte. Ewig geschah nichts und plötzlich wurde einem klar, dass schon wieder ein Jahr vergangen war. Alles, was passierte, glich sich irgendwie, verlief in vorhersehbaren Bahnen, schien sich in endlosen Schleifen zu wiederholen. Im Käfig, wie Mega den Keller nannte, waren die Tage lang und in der Nacht lösten sie sich in Wohlgefallen auf. Wenn sie zurückdachte, konnte sie sich selten an Details erinnern. Einfache Dinge wie Geburtstage konnte man hier unten schon mal vergessen. Man musste Buch führen. Prof. Walden verbrachte viel Zeit damit, jedem Bewohner einen persönlichen Kalender zu basteln, mit Bildern aus der alten Welt. Es gab sie zu Weihnachten. Bilder fand Prof. Walden in den Büchern, die er vor der Katastrophe „ausgeliehen“ hatte, wie er gern augenzwinkernd erzählte. Er hatte die halbe Bibliothek leer geräumt, bevor das Chaos ausgebrochen war, und die Bücher in den Keller unterhalb des Verwaltungsgebäudes geschafft, in dem er und ein paar Kollegen nun schon seit über dreißig Jahren ausharrten. Er war geräumig, Belüftung und Heizung hatten die Wissenschaftler auf Solarenergie umgerüstet und einen Raum weiter oben gab es sogar Sonnenlicht, wenn auch kein direktes. Über ein Spiegelsystem hatte die Physikerin Fr. Dr. Kobe Sonnenlicht in einen der Räume gelenkt. Es war nur wenig und der Spiegel an der Oberfläche starr installiert, sodass sich im Laufe eines Tages nur für kurze Zeit schwaches Sonnenlicht in den Keller verirrte. Doch jeder Strahl wurde von den Bewohnern genossen. An der Farbe des Lichtes in diesem einen Raum konnte man viel erkennen. Nicht nur, ob es draußen bedeckt oder neblig war, sondern auch, ob es regnete und sogar, wie stark der Regen war. Wenn es schneite, war das Licht grell, intensiv, diffus. Kaltes, bläuliches Licht.

Im Sommer war es trocken, hart. Doch nicht wie früher von Feuchtigkeit erfüllt. Sie war verschwunden. Das Licht der neuen Sommer war ein erbarmungsloses Rostbraun. Mega wusste es nicht, obwohl das Licht es ihr eigentlich verriet. Das intensive Dunkelgrün schattiger Laubwälder gab es nicht mehr. Bäume waren verschwunden. Es gab nur noch Gras und Gestrüpp. Ein blasses Graubraun. Asche und Sand. Die Farben des Ödlands. Dessen, was übrig geblieben war.

Mega konnte sich zumindest noch an die Außenwelt erinnern. Wenn auch nicht vollständig. Sie wusste jedoch sicher, dass es sie gab. Die Kinder, die im Käfig zur Welt gekommen waren, kannten nur den Käfig. Er war ihre ganze Welt. Geschichten von der Oberfläche und der Zeit vor der Katastrophe waren für sie Märchen. Selbst die Bilder der Außenkameras konnten sie nicht von der Existenz der Oberfläche überzeugen. Sie zeigten immer das Gleiche. Ruinen. Schwarze Gebäudereste, grauen Himmel. Das könnten Kulissen sein, die Bilder könnten manipuliert worden sein. Das war ohne Weiteres möglich. So viel wussten die Kinder. So lang sie es nicht mit den eigenen Augen gesehen hatten, würden sie den Erwachsenen gegenüber skeptisch bleiben. Mega versuchte sich vorzustellen, wie es sein musste, nichts über die Außenwelt zu wissen. Eine furchteinflößende Übung. Die Bedrohung, die außerhalb der Stahltüren lauerte, nahm gigantische Ausmaße an. Der Fantasie der Kinder waren keine Grenzen gesetzt.

Die Sehnsüchte und Gedanken aller hingen an der Oberfläche, doch nur „Privilegierte" durften nach draußen. Zur Entrostung und Wartung der versteckten Ein- und Ausgänge, für die Reinigung von Dr. Kobes Spiegelsystem sowie für notwendige Reparaturen an Außenkameras, diversen Windrädern und Solarzellen. Die Einsätze waren gefährlich und entsprechend unbeliebt. Zahlreiche Kellerbewohner, die es gewagt hatten, waren getötet oder verschleppt worden. Niemand wusste wohin. Marodierende Horden überfielen jeden. Für diejenigen, die nach draußen mussten, war es deshalb leidige Pflicht, was immer wieder zu Unstimmigkeiten unter den Bewohnern führte. Kindern und Frauen war es grundsätzlich verboten, die Oberfläche zu betreten. Für Kinder war es zu gefährlich und Frauen waren zu wichtig für das Überleben. Frauen konnten gut ohne Männer auskommen. Männer jedoch nicht ohne Frauen. Zumindest nicht langfristig. Deshalb galten sie als besonders „schützenswert". Einzige Ausnahme war Fr. Kem. Sie musste sogar nach oben, weil sie sich besser als die Männer zur Wehr setzen konnte. Die Protektion der Frauen war kein Sexismus, wie Prof. Walden immer wieder betonte, sondern diente ausschließlich der Verbesserung von Überlebenschancen. Ihren Forderungen nach mehr Mitspracherecht kam Prof. Walden so weit es ging nach. Frauen hatten inzwischen in allen Bereichen das letzte Wort. Mit Ausnahme des Bereichs Sicherheit. Er war die letzte Bastion der Männer. Und Sicherheit, das respektierten alle, stand in Zeiten wie diesen nun mal über allem. Nur deshalb war Prof. Walden nach wie vor der unangefochtene Führer der kleinen Gemeinschaft.

Mega fühlte sich lange Zeit als Eindringling. Sie war als Einzige gerettet und in die Gemeinschaft aufgenommen worden, während alle anderen draußen bleiben mussten. In der Enklave lebten neben sieben Erwachsenen, zu denen sowohl Wissenschaftler als auch Mitglieder des ehemaligen Sicherheitspersonals der Universität gehörten, noch Mega, drei Kinder und ein junger Mann namens Mark. Während die Erwachsenen, mit Ausnahme von Prof. Walden und Sophia, ihr gegenüber zunächst distanziert blieben, hatte Mega schnell Freundschaft mit dem Jungen geschlossen. Mark war ein paar Jahre älter als sie, trotzdem wurden die beiden wie Pech und Schwefel und unternahmen alles gemeinsam. Expeditionen in die Tiefen des Kellers, die Erforschung der Bibliothek und das Studium der verschrobenen Kellerbewohner. Letzteres war ihre Lieblingsbeschäftigung. Sie spielten selbst Wissenschaftler, bastelten sich weiße Kittel, setzten sich alte Brillen auf, kritzelten fleißig Berichte auf Notizblöcke und erforschten die bemerkenswerten Verhaltensweisen der vom Aussterben bedrohten Spezies namens Schissenwaffler.

Es gab zahlreiche Entbehrungen, die das Leben als Kellerbewohner mit sich brachte. Da war zunächst der Vitaminmangel. Walden hatte vor dem Zusammenbruch einen beachtlichen Vorrat an Vitaminpillen zusammengetragen, doch der würde nicht ewig halten. Ein weiteres Problem war die Schlaflosigkeit. Die immer gleichen Lichtverhältnisse brachten den zirkadianen Rhythmus der Bewohner durcheinander. Der Tag des einen wurde immer länger, der des anderen immer kürzer. Besuche in Dr. Kobes Lichtraum brachten kaum Abhilfe. Die hellen Momente waren einfach zu kurz, die Dunkelheit des Kellers zu dominant. Die größte Herausforderung war jedoch das beklemmende Gefühl der Sinnlosigkeit, das einfach nicht weichen wollte. Die Depression war die schlimmste Krankheit, die die

Kellerbewohner kannten. Es gab zu wenig Ablenkung. Regelmäßige Sport- und Spieleabende schweißten die Gruppe zusammen und sorgten für Ablenkung und Endorphinausschüttung, konnten jedoch das fehlende Sonnenlicht nicht ausgleichen. Es war ein unfairer Kampf. Und immer wieder geschah es, dass Bewohner unterlagen. Niemand sprach über das Thema. Es war tabu. Niemand im Keller wollte den Kindern erzählen, wie ihre Eltern wirklich gestorben waren. Die Depression hatte zahlreiche Schattierungen. Im Laufe der Jahre lernte Mega sie alle kennen. In einer besonders gefährlichen Phase konnten sie in Aggression umschlagen.

Mega erinnerte sich nur ungern an ihren schwärzesten Tag. Sie war neun Jahre alt gewesen und hatte, wie so oft, darum gebeten, nach draußen zu dürfen. An die frische Luft. Nur kurz. Nur die Tür ein Stück öffnen, um rausgucken zu können, und Walden hatte es ihr, wie so oft, verboten. Mega hatte das Verbot immer akzeptiert. Sie hatte gemurrt und geschimpft, doch am Ende hatte sie eingesehen, dass es nicht anders ging. Doch an diesem schicksalhaften Tag hatte Mega das Verbot nicht akzeptiert. Im Nachhinein konnte sie sich nicht mehr daran erinnern, was in sie gefahren war. Zunächst sah es aus, als wenn sie weglaufen und schmollen würde, so wie sie es normalerweise immer tat, doch an diesem Tag rannte Mega in die Werkstatt, holte sich einen Hammer, so groß, dass sie ihn kaum tragen konnte, und rannte nach oben zum Haupttor. Ein sensibler Bereich, dessen Betreten verboten war. Die Neunjährige nahm den Hammer, schlug ihn gegen das Tor und schrie so laut und so schrill, dass es den Bewohnern einen Schauer den Rücken hinunterjagte:

»Ich will raus! Ich will hier raus!«

Immer wieder drosch sie mit dem Hammer auf die Stahlplatten, dass es nur so krachte. Der Hall der Schläge rollte unheilvoll durch die Betonröhren des Kellers. Fr. Kem und Hr. Bernhard, die von einem Angriff ausgingen und dem Prozedere des stummen Alarms folgten, staunten nicht schlecht, als sie auf halber Treppe endlich Megas Stimme erkannten und auch wieder nicht erkannten. Auf der im Anschluss eilig anberaumten Konferenz berichtete Fr. Kem verstört:

»Das war nicht Mega. Das war jemand anderes.«

Die Wissenschaftler waren äußerst beunruhigt. Dr. Kobe erzwang eine Abstimmung und setzte sich gegen Prof. Walden durch, der von seinem Veto Gebrauch machen wollte. Es ging um nichts Geringeres als um die Entscheidung, ob Mega für die Gemeinschaft weiterhin tragbar war oder nicht. Von diesem unberechenbaren Kind ging offensichtlich Gefahr aus. Ein Fehlverhalten dieses Ausmaßes, ein solch eklatanter Verstoß gegen die überlebenswichtigen Gesetze des Kellers, konnte nicht toleriert werden. Schon gar nicht von einer Außenseiterin. Wenn sie im Ödland jemand gehört hätte, hätte das den Tod aller bedeuten können. Nach heftigen Diskussionen gab Walden sich schließlich geschlagen und ließ die Abstimmung zu. Mit einer Stimme Mehrheit entschied die Gemeinschaft, dass Mega bleiben durfte. Eine Stimme weniger und das neunjährige Kind wäre verstoßen und in den sicheren Tod geschickt worden.

Depressionen waren zweifellos ein großes Problem. Das größte war jedoch die Ernährung. An der Oberfläche etwas anzubauen, war zu gefährlich. Der Speiseplan der Gemeinschaft gestaltete sich deshalb äußerst übersichtlich und selbst die beste Kreativität hatte ihre Grenzen. Früher oder später wiederholte sich jedes Gericht. Die Erwachsenen kochten abwechselnd. Grießbrei war Dr. Hammers Spezialität. Die Kollegen schätzten die Speise wegen ihrer Ausgewogenheit und ihrer Vielseitigkeit. Dr. Hammers Spezialgrießbrei kombinierte hohen Nährwert und optimale Energiebilanz. Für Mega war es fader Schleim. Es gab im Keller jedoch ein ungeschriebenes Gesetz: Über das Essen wird nicht gemeckert. Erlaubt waren konstruktive Verbesserungsvorschläge. Die Koordination des hochsensiblen Bereichs der Nahrungsmittelproduktion war Dr. Kamuras Aufgabe.

Kamuras Gewächshäuser nutzten den zur Verfügung stehenden Platz, zwei alte Seminarräume, optimal aus. Auf flachen Metallbühnen, die schmale Gänge freiließen, wuchsen auf mehreren Ebenen Pflanzen auf Schaumstoffmatten. Jede Pflanze hing an einem Seil. Plastikschläuche, dünn wie Kapillargefäße, ließen die Feuchtigkeit gegen die Schwerkraft nach oben steigen und sickerten durch winzige Löcher direkt auf die Wurzeln. Feuchtigkeit, die in die Luft entwich, wurde mit Kondensatoren aufgefangen und wieder dem Kreislauf zugeführt. Jeder Tropfen wurde genutzt. An den Blättern sank Kohlendioxid nach unten. Durch ausgeklügelte Ventilation stieg die Konzentration des Gases nur unmittelbar über dem Boden auf die vierfache Menge der Atemluft an. Aus diesem Grund betrat Dr. Kamura die Räume nur mit einem Sauerstoffgerät, das sich im Notfall automatisch aktivieren würde.

Eine eigenartige unwirkliche Atmosphäre herrschte im violetten, schalltoten Zwielicht dieser zugewachsenen Höhlen. Giftig und lebensspendend zugleich. Dr. Kamura hatte sich angewöhnt, leise zu summen, während er die Regale abschritt und seine Schützlinge begutachtete. Er behauptete, dass die Pflanzen es hören würden. Mega war sich jedoch sicher, dass er summte, um nicht den Verstand zu verlieren.

Die Räume waren sowohl Rückgrat als auch Achillesferse der Gemeinschaft. Man vergaß leicht, wie sehr sie darauf angewiesen waren, dass Dr. Kamura keinen Fehler machte, wenn er an einer Zwergweizenzüchtung arbeitete oder die Schaumstoffböden mit neuer Nährlösung tränkte. Es gab Reis, Süßkartoffeln, Sojabohnen und Weizen, Tomaten, Gurken, Rettich, Kohl und Luzernegras. An Früchten gab es Weintrauben und eine Reihe von Beeren. Sie waren klein und schrumpelig, doch sie schmeckten am besten. Die meisten Mahlzeiten bestanden jedoch aus Kartoffeln und Tomaten oder eben aus Grieß.

Im zweiten Seminarraum gab es einen Bereich ohne Wachstumslampen, in dem Kamura Pilze und Bleichgemüse wie Chicorée und Spargel züchtete. Die anspruchslosen Gewächse reiften problemlos in der Dunkelheit. Das sparte zum einen Strom, zum anderen schmeckten Chicorée und Spargel sogar besser, weil die Bitterstoffe des Blattgrüns gar nicht erst entstanden. Dr. Kamuras Lieblinge waren Pilze:

»Die sind genau wie wir«,

pflegte er zu sagen,

»Wir sitzen auch seit Jahren in der Dunkelheit und leben trotzdem noch.«

Es gab noch einen dritten Raum. Er war deutlich kleiner, nicht viel mehr als eine Abstellkammer, hatte jedoch den intensivsten Geruch aller Räume im Keller. Mit diesem Raum verband Mega äußerst zwiespältige Gefühle. Als Kind, kurz nach ihrer Ankunft, hatte sie ihn geliebt, bis sie eines Tages die Wahrheit über ihn erfuhr. Alle zwei Wochen gab es Fleisch. Es gehörte mit Abstand zum Leckersten, was man im Keller essen konnte. Mega liebte es, genauso wie sie die Kaninchen liebte, die Dr. Kamura in seinem Stall züchtete und die Mega hingebungsvoll mit Luzernegras und Karotten fütterte. Kurz, nachdem sie acht Jahre alt geworden war, kam jedoch der grauenhafte Tag, an dem sie verstand, dass es ihre heißgeliebten, flauschigen Kaninchen waren, die sie aßen und die so herrlich schmeckten. Für die Kleine brach eine Welt zusammen. Sophia hatte Mühe, sie nach ihrem Hungerstreik wieder aufzupäppeln.

Das künstliche Licht der Wachstumsdioden war der wertvollste Besitz der Enklave. Doch auch sie waren ein Schatz auf Zeit, denn der Vorrat schrumpfte. Für die Herstellung neuer Dioden fehlten die Geräte und die nötigen Energiemengen.

Die Vorräte an Talg, Wachs und anderen Materialien, mit denen man das Feuer einer Lampe speisen konnte, waren längst aufgebraucht, der von Schwindsucht befallene Benzinvorrat zu wertvoll. Den Bewohnern blieb nur elektrisches Licht. Doch die notwendige Energie aus Windrädern und Solarzellen reichte selten. Meistens war es dunkel im Keller. Das Problem war nicht die Energiemenge an sich. Die vorhandene Menge an Solarzellen und Windrädern würde problemlos ausreichen, um sie zu versorgen. Ein unlösbares Problem war es, sie so an der Oberfläche zu montieren, dass sie Sonne und Wind gut einfingen, aber von Marodeuren nicht entdeckt wurden. Eine Ortung durch Ödlandbewohner brachte die Kellermenschen in Lebensgefahr. Wenn man sie nicht angriff oder versuchte sie auszuräuchern, wurde die Technik zerstört oder demontiert. Sie hatten schon mehr verloren, als sie verkraften konnten, und brauchten dringend Nachschub und Ersatzteile. Die verbliebenen Windräder mussten regelmäßig geölt werden. Nichts verriet eine Ansiedlung schneller als das regelmäßige Quietschen von Metall. Sie waren dazu übergegangen, viele kleine Solarzellen, die kaum als solche zu erkennen waren, in den Ruinen zu verteilen. Wenn Einzelne zerstört wurden, wurde die Leistung geschwächt, aber nicht die gesamte Anlage zerstört. Eine Taktik, die sich bewährt hatte. Sie hatte außerdem den Vorteil, dass Belagerer nicht wussten, wo sie nach dem Eingang suchen mussten.

Elektrisches Licht war Luxus für die Bewohner des Kellers. Der Normalzustand war Dunkelheit. Entsprechend waren auch Bilder Luxus, denn selten hatte man Gelegenheit, ihren Anblick zu genießen.

Im Herzen des Kellers gab es einen besonderen Ort, der für Mega zu eine Art Tempel geworden war. Ein leerer Raum mit einem schlichten Tisch, auf dem eine winzige Öllampe brannte. Der einzige Raum dieser Art im Keller. Die Flamme wurde klein gehalten, damit sie nicht zu viel Material und Sauerstoff verbrauchte, doch sie brannte immer. An den kalten Betonwänden des Raumes hingen Fotos,

Zeichnungen und gerahmte Bilder mit schwarzen Stoffbändern an den Ecken. Porträts von Menschen. Männern, Frauen und Kindern mit ernsten, müden Gesichtern. Nur wenige lächelten. Die meisten sahen dem Betrachter mit feierlichem Ernst in die Augen. Sie waren bei Exkursionen in die Außenwelt ums Leben gekommen. Bei der Ernte, bei der Wartung der Windräder oder einfach nur, weil sie frische Luft schnappen wollten. Mega hielt sich häufig in diesem Raum auf. Hier diskutierte niemand. Hier war es still und das Licht brannte immer.

5. DER NEUNZEHNTE GEBURTSTAG

Mega wachte in der Dunkelheit des Kellers auf. Es war kalt und feucht und sie hatte weniger als gar keine Lust aufzustehen. Doch Aufstehen musste sie. Prof. Walden würde sie zur Not mit kaltem Wasser wecken. Niemand durfte im Bett bleiben. Jeder hatte eine Aufgabe. Jeder hatte sein Soll zu erfüllen. Anders ging es nicht. Mega verstand das und bis zu einem gewissen Grad konnte sie es auch akzeptieren, doch diese eine Stunde könnte man sie ruhig noch schlafen lassen. Nur noch eine Stunde, maximal zwei. Niemand würde es merken. Schlafen. Ewig schlafen und nie mehr aufwachen.

Ihr fiel ein, dass sie Dr. Hammer versprochen hatte, ihm beim Säubern der Regale zu helfen. Er führte alle paar Monate eine Grundreinigung durch, registrierte, sortierte und katalogisierte alles von Neuem. Irgendwie freute sie sich darauf. Dr. Hammer war ein wenig gruselig. Mit seinen schütteren grauen Haaren drückte er sich immer leicht vorgebeugt an den Kellerwänden entlang und warf versteckte Blicke aus seinen in dunklen Höhlen liegenden Augen, wobei er den gesamten Oberkörper drehte, als hätte er einen steifen Nacken. Hammer versank gern in seiner Forschungsarbeit. Sehr zum Missfallen von Prof. Walden und den anderen Wissenschaftlern trug er seine provokanten Thesen oft leidenschaftlicher vor, als es erwünscht war. Das Beunruhigende – oder Spannende, wie Mega fand – an seinen Thesen war, dass er Beweise hatte. Und diese Beweise lagen auf seinen Obduktionstischen und standen in seinen Regalen.

Mega erhob sich schwerfällig und sah sich in der greifbaren Schwärze um. Sie wusste, wo sie die Kleidung abgelegt hatte, und fand sie problemlos auf dem Holzstuhl, ohne sie zu sehen. Zitternd und vor Kälte schnaufend schlüpfte sie hinein. Heute würde eine Katzenwäsche reichen. Geduscht hatte sie sich vor drei Tagen. Die Obergrenze des Erlaubten. Das Gute am Wassermangel war, dass man immer eine Ausrede hatte, sich nicht waschen zu müssen. Es gab nämlich ausschließlich eiskaltes Grundwasser oder grob gefiltertes Brauchwasser. Das Brauchwasser hatte bereits mehrere Arbeitsgänge hinter sich, war zum Spülen und zum Waschen verwendet worden. Zum Duschen reichte es, als Trinkwasser durfte es nicht mehr verwendet werden. Es hatte den Vorteil, dass es relativ warm war. Mega bevorzugte jedoch eindeutig Grundwasser. Mit dem Gedanken, sich mit Spülwasser zu reinigen, konnte sie sich einfach nicht anfreunden. Das Grundwasser wurde halbwegs aufbereitet, doch der Strom reichte nicht, um es aufzuwärmen. Sie ließ den dicken Wollpullover, den Sophia ihr gestrickt hatte, auf dem Stuhl liegen, wickelte sich das muffige Handtuch um, das hier unten einfach nicht trocknen wollte, griff zur Zahnbürste und schob die ausgebesserte Holztür des ehemaligen Abstellraums auf. In der Dunkelheit auf dem Gang bewegte sich etwas. Mehrere Personen standen dort, schwiegen und schienen auf sie zu warten. Es roch nach Karotten. Mega blieb verdutzt stehen, blinzelte in die Dunkelheit, konnte aber nichts erkennen. Was standen die da rum? War etwas passiert? Wurden sie angegriffen? Mega erschrak. Hatte sie den stummen Alarm übersehen?

In diesem Moment klackte ein Benzinfeuerzeug und entzündete etwas laut Knisterndes und Funkensprühendes auf einem kleinen Karottenkuchen. Im unruhigen Schein der Wunderkerze aus geraspeltem Aluminiumschrott begannen die Bewohner des Kellers in gedämpfter Lautstärke zu singen:

»Happy Birthday to you. Happy Birthday to you. Happy Birthday, liebe Mega. Happy Birthday to you.«

Sie standen in zwei Reihen, ordentlich sortiert. Ein Überraschungsständchen. Mega hatte den eigenen Geburtstag verschlafen. Umso schöner war jetzt die Überraschung. Die junge Frau war gerührt und musste sich eine Träne wegwischen. Mark, Prof. Walden und Sophia lachten. Sogar Fr. Dr. Kobe, die sonst wenig freundliche Worte für Mega übrig hatte, konnte sich zu einem gleichgültigen Gesichtsausdruck durchringen. Der positivsten Miene, zu der sie fähig war. Nachdem der Chor geendet hatte, bedankte sich Mega brav bei jedem Einzelnen. Alle waren anwesend. Niemand fehlte. Jonas, ein aufgeweckter achtjähriger Junge, gab Mega Anweisungen:

»Du musst die Kerzen auspusten!«

»Du Schlingel! Du weißt genau, dass man die nicht auspusten kann.«

Mega kitzelte ihn. Jonas gackerte. Als Nächstes traten Emily und Mia vor. Die fünf- und sechsjährigen Schwestern. Emily streckte Mega einen, mit zerknittertem Geschenkpapier umhüllten,

Pappkasten entgegen:

»Das haben Mia und ich gebastelt.«

»Das ist aber lieb von euch. Vielen Dank. Was mag das sein?«

Mega ging in die Knie, nahm das Geschenk entgegen und schüttelte es vorsichtig neben dem Ohr. Die Mädchen mussten lachen:

»Das klappert doch nicht.«

»Warum klappert das nicht?«

»Na, ein Buch klappert doch nicht.«

»Ach so, dann bekomm ich also ein Buch.«

»Mensch Emily, jetzt hast du alles verraten.«

»Das macht doch nichts. Emily hat nicht gesagt, was in dem Buch drinsteht. Dann wollen wir mal sehen ...«

Mega öffnete das Geschenkpapier vorsichtig, um es nicht zu beschädigen. Sophia hatte ein paar Bögen aufgehoben. Sie wurden bei jedem Geburtstag neu verwendet. In dem Pappkasten lag ein handgebundenes Buch aus dunkelgrauem, im Keller recyceltem Papier mit Bleistiftgemälden der beiden Mädchen. Lustige Strichmännchen, die sich durch lange Tunnel und Höhlen bewegten, auf der Suche nach der Sonne. Einem großen, mythischen Kreis. Mega war ergriffen:

»Vielen Dank, ihr beiden. Das ist lieb von euch. Ich werde es gleich heute lesen.«

Sophia schaltete sich ein:

»So, nun geht unser Geburtstagskind aber erst mal brav ins Bad und macht sich zur Feier des Tages sauber.«

»Ich war gerade auf dem Weg.«

»Sehr schön. Wir warten mit dem Frühstück auf dich.«

Alle, bis auf Prof. Walden und Mark, gingen. Prof. Walden legte Mega die Hand auf die Schulter, seufzte und sah sie ein wenig traurig an. Mega war sich bei dem Professor immer nicht sicher, ob diese Traurigkeit eines unschönen Tages noch gefährlich werden könnte. Für ihn und für sie alle.

»Ich weiß noch, wie wir dich vor der Tür gefunden haben ... Zwölf Jahre ist das her ... Du bist jetzt erwachsen und damit ein stimmberechtigtes Mitglied unserer Gemeinschaft. Herzlichen Glückwunsch, Mega.«

Er öffnete den Mund, als würde er noch etwas sagen wollen, doch dann nickte er nur und ging ohne ein weiteres Wort. Als er in der Dunkelheit verschwunden war, stellte Mark sich neben Mega:

»Willkommen im Club.«
»Was ist?«
»Was soll sein?«
»Wo is‘ mein Geschenk?«
»Hab ich vergessen.«
»So eine Überraschung aber auch. Und was jetzt?«
»Gehen wir zusammen ins Badezimmer?«
Mark grinste unverschämt.
»Das hättest du wohl gern.«
»Also, wenn du mich so direkt fragst ...«
»Wovon träumst du nachts?«
»Das ist ja das Problem.«
Mega ließ ihn stehen und verschwand in der Dunkelheit. Sie musste grinsen. So sehr, dass ihre Sommersprossen in den Lachfalten verschwanden.

Mit geputzten Zähnen eilte sie frierend, aber erfrischt zurück zu ihrem Raum und warf sich den warmen Wollpullover über. Ein zufriedener Seufzer entfuhr ihr, als endlich die Wärme in ihren Körper zurückkehrte. Sie hatte noch immer den unangenehmen Nachgeschmack der alten Zahnbürste im Mund. Den würde sie erst beim Frühstück loswerden. Deshalb freute sie sich doppelt auf ihren Möhrenkuchen. Ein echter Möhrenkuchen. Mega bedauerte ein wenig, dass sie ihn mit den anderen teilen musste.

6. UNERWARTETER BESUCH

Als Mega über den dunklen Betongang huschte und das fahle Licht der Küche am Ende des Ganges anpeilte, ertönte ein durchdringendes metallisches Krachen, das sie sofort, als hätte sie einen elektrischen Schlag bekommen, an Ort und Stelle erstarren ließ. Im ersten Moment hoffte sie noch, sich verhört zu haben. Als der zweite Schlag ertönte und der dumpfe Nachhall durch die Betongänge rollte, bestand jedoch kein Zweifel mehr. Die Geräusche kamen von oben. Jemand schlug einen schweren Metallgegenstand gegen das Tor. Jemand versuchte, es aufzubrechen und hineinzukommen. Einen Moment später begannen die grünen LEDs, die in jedem Flur und in jedem Raum in Bodennähe montiert waren, zu pulsieren. Der stumme Alarm. Also doch, dachte Mega. Wär' auch zu schön gewesen.

Die Verhaltensregeln in einem Fall wie diesem waren klar. Alle befolgten sie ohne Diskussion. Innerhalb weniger Sekunden erlosch das Licht und jedes Geräusch im Keller. Zum eingespielten Prozedere gehörte, sich die Schuhe auszuziehen. Obwohl die Aktivität deutlich zunahm, blieb es still im Keller. Die Kinder wurden von den Frauen in den Fluchtraum gebracht. In der letzten Bastion horteten sie immer einen Notvorrat an Wasser und Lebensmitteln. Sechs Personen konnten hier mehrere Monate überleben. Die Männer verteilten Waffen, postierten sich an strategischen Positionen und warteten. Bernhard, der Leiter des ehemaligen Sicherheitsdienstes der Universität, übernahm das Kommando. Mega wusste nicht, was sie tun sollte. Sie war zu weit vom Fluchtraum entfernt, in den sie sonst immer gegangen war, verharrte deshalb einfach an Ort und Stelle und lauschte dem eiligen Tappen. Mehrere Personen näherten sich auf Wollsocken. Mega spürte die kalten, großen Hände von Bernhard auf ihren. Sie zuckte zurück, doch dann verstand sie. Er wollte ihr etwas zeigen. Andere Hände berührten sie am Kopf, dann ertönte ein leises Klicken und sie konnte plötzlich etwas sehen. Vor ihr standen Bernhard und Fr. Kem, die Koreanerin, mit Infrarotnachtsichtgeräten auf den Köpfen. Sie hatten ihr ebenfalls eins aufgesetzt und verständigten sich mit Handzeichen. Hinter ihnen erkannte sie Prof. Walden, Dr. Kamura, Dr. Hammer und Mark. Alle trugen Nachtsichtgeräte. Nur Hr. Bernhard und Fr. Kem trugen Schusswaffen, alle anderen hatten Küchenmesser, Stahlrohre, Holzkeulen und andere Provisorien. Sie sahen merkwürdig aus mit ihren verlängerten, mechanischen Augen und der vorsintflutlichen Bewaffnung. Nicht besonders gefährlich. Küchenschaben auf dem Kriegspfad. Prof. Walden legte den Finger auf die Lippen. Er sah unglücklich aus. Wie alle Anwesenden. Niemand wollte kämpfen. Sie waren keine Helden. Sie wollten einfach nur am Leben bleiben. Mega nickte mechanisch und ein wenig benommen. Bernhard teilte sie in drei Gruppen. Mega wurde Fr. Kem und Dr. Hammer zugeteilt und nach oben geschickt. Es gab zwei Gänge, die dorthin führten, und zahlreiche Nischen, in denen sie sich verstecken und potenziellen Eindringlingen auflauern konnten. Leise eilten sie in der Dunkelheit über Gänge und Treppen. Vor sich nur die schimmernden Umrisse des Vordermanns und die groben Konturen der Gänge.

Von Wänden oder Gegenständen war nicht viel zu erkennen. Gegenüber Eindringlingen, die aus dem Tageslicht zu ihnen in die Dunkelheit eindrangen, hatten sie jedoch einen Vorteil. Sie huschten in die linke Nische, ein Stockwerk unter dem Haupteingang, auf der anderen Seite bezogen Hr. Bernhard, Mark und Prof. Walden ihren Posten. Dr. Kamura bildete die Nachhut und wartete am unteren Treppenabsatz. Die letzte Verteidigungslinie. Wenn es jemandem gelang, bis zu ihm vorzudringen und ihn zu überwältigen, waren sie verloren. Mega stellte sich hinter Fr. Kem. Dr. Hammer gab ihr mit Handzeichen zu verstehen, dass Fr. Kem zuerst angreifen würde. Nur wenn sie überwältigt werden sollte, würde es Megas Aufgabe sein, sie zu verteidigen und über die Treppe unversehrt nach unten zu bringen. Mega sah, wie Dr. Hammers Hände zitterten, als er ihr mit einfachen Gesten den komplizierten Vorgang zu erklären versuchte. Sie wäre in der nächsten Woche in das Prozedere eingewiesen worden. Zum ersten Mal sah Mega, was bei einem Angriff außerhalb des Fluchtraums geschah. Ihr war klar, dass es um Leben oder Tod ging, doch sie fand das Ganze eher aufregend. Endlich passierte mal was. Außerdem hatte es in den Jahren, in denen sie im Keller lebte, noch nie jemand geschafft, die Tür aufzubrechen. Sie fühlte sich sicher. Verhältnismäßig sicher.

Die anderen waren nervös. Musste sie sich Sorgen machen? Die

Anspannung übertrug sich auf sie und ihr Puls erhöhte sich. Das Krachen am Tor war ohrenbetäubend. Sie zuckte jedes Mal unwillkürlich, als spürte sie den Schlag am eigenen Leib. In stillen Momenten schienen sich Stimmen vor der Tür etwas zuzurufen. Doch der Stahl machte den Klang dumpf. Mega war sich nicht sicher, ob es sich überhaupt um Sprache oder Worte handelte. Es könnten auch Schmerzenslaute sein. Auffällig war, dass die zeitlichen Abstände zwischen den Schlägen länger wurden. Wurden die Angreifer müde? Oder wollten sie nur, dass sie das glaubten?

Sie warteten. Zählten die Sekunden zwischen den Schlägen. Wie bei einem Gewitter. Die Zeit zwischen Blitz und Donner: ein-und-zwanzig, zwei-und-zwanzig, drei-und-zwanzig ... Wieder krachte es. Wieder zuckten sie synchron, wie die Kaninchen im Stall, wenn man die Tür öffnete. Es gab eine Gegensprechanlage und einen Spion, durch den man spähen konnte. Doch die Benutzung konnte sie verraten. Es half nicht, zu wissen, wer draußen war. Es erschwerte nur die Entscheidung. Fremde durften die Enklave nicht betreten. Unter keinen Umständen. Die Ressourcen der Gemeinschaft waren begrenzt. Und sie wussten nicht, wie viele dort draußen standen. Ein Teil konnte sich in den Ruinen verstecken und darauf warten, dass sich die Tür öffnete. Selbst wenn es nur eine Person war, die an die Tür schlug, ein Mensch, allein, erschöpft und harmlos, selbst dann konnte das Ganze eine Falle sein. Walden hatte ihr erzählt, dass sie am Anfang Überlebende aufgenommen hätten. Eines Tages hatte einer von ihnen in einem unbeobachteten Moment das Tor geöffnet und eine bewaffnete Horde hineingelassen. Die Hälfte der Bewohner starb an diesem Tag. Dem schwärzesten in der Geschichte des Kellers. Walden und die anderen kamen mit knapper Not davon. Seit diesem Tag war niemand mehr aufgenommen worden. Niemand außer ihr.

Der Tag, an dem sie aufgenommen worden war, vor zwölf Jahren, war Megas Geburtstag. Ihren richtigen Geburtstag kannte sie nicht. Die Zeit vor der Ankunft lag im Dunkeln. Nur verwirrende Gefühle waren ihr aus dieser Zeit geblieben. Beklemmung und Schmerz übermannten sie von Zeit zu Zeit, plötzlich und heftig. Meistens konnte Mega sie verdrängen. Manchmal jedoch begann sie im Traum zu fallen und erwachte schreiend. In den letzten Jahren hatte sie weniger Albträume gehabt und sie waren nicht mehr so schlimm gewesen. Ganz verschwunden waren sie jedoch nie.

In diesem Moment entstand eine Pause. Noch ein Schlag folgte, dann kehrte die Stille zurück. Tiefe, bleierne Stille. Mega empfand sie in diesem Moment als besonders bedrückend. Sie wollte nicht mehr zurück in die stickigen, feuchten Seminarräume, die ihr in diesem Moment wie Grabkammern vorkamen, in die man sie lebendig eingemauert hatte. Sie war der Oberfläche so nah. Sie konnte sie riechen, bildete sie sich ein. Alles in ihr verlangte danach, das Tor zu öffnen, nach draußen zu gehen und frische Luft zu schnappen. Wie schön das sein musste. Die Gefahr war ihr in diesem Moment egal. Sie wollte raus.

Ferngesteuert strebte sie dem Tor entgegen. Fr. Kem folgte ihr, packte sie energisch am Arm und zerrte sie zurück. Ihr Griff schmerzte, doch sie wehrte sich nicht. Der kleine Ausflug war beendet. Weiter würde sie nicht kommen. Sie wusste, dass Prof. Walden das Tor lange Zeit nicht anrühren würde. Bis jemand rausging und nachsah, würde mindestens eine Woche vergehen. Die Erfahrung hatte gezeigt, dass sich kaum jemand länger als eine Woche auf die Lauer legte. Irgendwann trieb sie der Hunger weiter. Man musste nur Geduld haben.

Megas Geburtstag verlief den Umständen entsprechend leise und bedrückt. Alle bemühten sich, so zu tun, als wäre nichts geschehen. Doch niemand sang, niemand unterhielt sich mit ihr. Schweigend teilten sie den Karottenkuchen. Mega bedauerte sehr, dass Bernhard und Fr. Kem, die als Wachen am Eingang zurückgeblieben waren und Prof. Walden, der die Außenkameras überwachte, nicht dabei sein konnten. So wollte sie nicht feiern. Doch ihr blieb nichts anderes übrig.

Sophia hatte ihr einen neuen Pullover gestrickt. Mega freute sich sehr über das Geschenk. Sophia war eine Künstlerin. Stricken war immer nur ihr Hobby gewesen. Jetzt war es eine ihrer nützlichsten Fähigkeiten. Mega war unübersehbar zur Frau geworden. Und dies war nicht nur Sophia, sondern auch den männlichen Bewohnern des Kellers aufgefallen. Sie zog vor lauter Aufregung den alten Pullover an Ort und Stelle aus und den neuen über. Obwohl es dunkel war, konnten Mark und die anderen Männer den einen oder anderen Blick erhaschen. Sophia ermahnte Mega. Doch es war bereits zu spät. Sie lief vor den Spiegel und hob die Haare an, um sich den Pullover ansehen zu können. Er war farbenfroh und passte wie angegossen. Mega juchzte vor Vergnügen, fiel Sophia um den Hals und gab ihr einen Kuss. Es war natürlich Fr. Dr. Kobe, die den Finger auf die Lippen presste, Mega anzischte und die Anwesenden wieder in die Realität zurückholte. Sofort verstummten alle. Mega nickte erschrocken und bat Fr. Dr. Kobe um Verzeihung, doch die Physikerin war nicht dazu in der Lage, sie ihr zu gewähren. Sie schüttelte nur den Kopf und verließ stumm den Aufenthaltsraum. Die Geburtstagsfeier war beendet.

Den ganzen Tag über trauten sie sich nicht, in normaler Lautstärke zu sprechen. Sie flüsterten, als würde der Gegner hinter der nächsten Ecke lauern.

Als Mega und Mark später Prof. Walden im Kontrollraum besuchten, schlichen sie noch immer. Walden starrte leicht vorgebeugt auf die Monitore, als könnte er in die grünstichigen, verrauschten Videobilder hineinkriechen. Draußen war Nacht. Sie näherten sich so leise, dass der Professor zusammenzuckte:

»Herrje.«

»Entschuldigung.«

»Macht ein Geräusch, wenn ihr kommt, Herrgott. Das kann ins Auge gehen. Ich könnte einen Herzinfarkt bekommen.«

Mega musste grinsen, was Prof. Walden sofort milde stimmte. Mark näherte sich den Videobildern:

»Tut sich was?«

»Absolut nichts. Als wenn sie wüssten, wo die Kameras sind.«

»Woher sollen sie das wissen?«

»Eben. Das kann nicht sein. Also ist draußen niemand.«

»Und wer hat gegen die Tür geschlagen?«

Mega entdeckte auf einem der Monitore etwas.

»Was ist das da?«

»Wenn dort was liegt, dann hat es sich seit drei Stunden nicht bewegt.«

Prof. Walden lehnte sich zurück, gähnte herzhaft, rieb sich die Augen und streckte sich, dass die Knochen knackten. Mega hatte Mitleid:

»Wie lang sitzen Sie schon hier?«

»Seit heute Morgen. Dr. Kamura löst mich in zwanzig Minuten ab. Was macht ihr Kinder hier? Es gibt sicher nettere Beschäftigungen, oder?«

Mega baute sich vor Prof. Walden auf:

»Wir sind keine Kinder.«

Prof. Walden lächelte:

»Stimmt. Entschuldige Mega, ihr beiden ... Wenn mir klar wird, wie alt ihr seid, fällt mir das eigene Alter ein und darüber will ich lieber nicht nachdenken.«

Mega sprach einfach aus, was ihr durch den Kopf ging:

»Was sollen wir bloß machen, wenn sie mal nicht mehr da sind?«

Prof. Walden zog irritiert die Augenbrauen zusammen.

»Das ist hoffentlich noch nicht so bald der Fall. Kommt. Lasst mich allein! Das hier ist meine Aufgabe. Ihr müsst euch noch früh genug darum kümmern.«

Mark verließ den Raum. Mega folgte ihm und sah sich noch einmal zu Prof. Walden um. Grauhaarig und gebeugt. Er wirkte alt und müde in diesem Moment. Sie bereute die dumme Bemerkung. Was auch immer dann sein würde. Es würde nicht gut sein. Wenn Prof. Walden ihnen keine Aufgaben geben würde, hätten sich die meisten von ihnen schon aufgegeben.

7. DR. HAMMERS THESE

Sechs Tage später öffneten Hr. Bernhard und Fr. Kem, ausgerüstet mit Schutzanzügen, vorsichtig die Außentür und kamen eine Stunde später mit einem luftdicht versiegelten, schwarzen Plastiksack auf einer Metallbahre wieder nach unten. Die Bahre wurde sofort in Dr. Hammers Labor getragen und er ging unverzüglich an die Arbeit.

Ein ausgemergelter Ödlandwanderer hatte mit letzter Kraft eine verrostete Eisenstange gegen das Tor geschlagen, war zusammengebrochen und verdurstet. Die Bewohner nannten sie die Stummen, da sich viele von ihnen aus Verzweiflung oder Hunger die Zunge abgebissen hatten. Die in Lumpen gehüllten, entsetzlich abgemagerten Gestalten durchwühlten in unregelmäßigen Abständen die Ruinen der Universität nach Essbarem. Sie irrten orientierungslos umher. Früher oder später starben sie an Erschöpfung, Wassermangel oder, was noch häufiger vorkam, an Lebensmittelvergiftung. Sie aßen alles, was sie finden konnten. Das Wenigste davon war Nahrung. Ab und zu entdeckte einer von ihnen den Eingang und schlug dagegen. Keine Falle, kein Hinterhalt. Nur ein verhungernder Mensch. Und sie hatten ihn sterben lassen.

Dr. Hammers Labor im ersten Stock des Kellers betrat niemand außer ihm. Hier obduzierte er die Toten aus dem Ödland, um aus ihrem Zustand Rückschlüsse auf das Leben an der Oberfläche zu ziehen. Er notierte alles in Tabellen und Listen und heftete sie ab. Er hatte eine Theorie über den Verlauf der Katastrophe entwickelt und eine Prognose für eine mögliche Erholung gestellt. Sie war nicht ermutigend. Dr. Hammers Meinung war entsprechend unbeliebt unter den Kollegen. Seine Ansichten mochten realistisch sein und auf Fakten beruhen, doch sie waren nicht dazu angetan, die Stimmung der Kellerbewohner zu heben. Entsprechend vehement wurden Dr. Hammers Thesen kritisiert. Während jedoch seinen Gegnern nach kurzer Zeit die Argumente ausgingen, lief Dr. Hammer erst zur Höchstform auf. Zwei Tage nach der Obduktion fasste er seine Erkenntnisse für die Kollegen zusammen und schlug in der anschließenden Diskussion erneut über die Stränge:

»“Auf der Evolutionsleiter geht es immer nur nach oben.“ Wer sagt das? Der unbedingte Glaube ans Wirtschaftswachstum? Diesem Gedankengut haben wir die Katastrophe zu verdanken. Dieser Irrtum hat uns geradewegs in den Untergang geführt. Die Entwicklung des Menschen ist rückläufig. Im Moment machen wir vier Schritte zurück, um irgendwann wieder einen nach vorn machen zu können. Ich glaube nicht, dass wir in absehbarer Zeit an die Oberfläche zurückkehren können. Wir werden uns daran gewöhnen müssen, hier unten zu leben. Voilà. Der moderne Höhlenmensch. So, wie wir es immer befürchtet haben. Das war kein Pessimismus, keine Schwarzmalerei, das war die Ahnung einer Möglichkeit. Eine realistische Prognose, die nun zweifellos eingetreten ist. Aber immerhin: Wir haben uns unsere Höhlen selbst gebaut. Aus Stahlbeton. Das ist doch was, oder? Ein Fortschritt.«

Nach Dr. Hammers Reden war es im Keller immer noch ein ganzes Stück stiller als sonst schon. Man verteilte sich und ging seiner Arbeit nach. Jeder für sich. Die Bewohner wollten allein sein. Besonders mit Dr. Hammer wollte erst mal niemand mehr etwas zu tun haben. Dabei wussten alle, dass ihn nicht die Schuld an der Misere traf. Für Mega war er der Einäugige unter den Blinden, der Aufrechte unter Lügnern. Wobei Lügner ein hartes Wort war. Mega verstand, dass es allen anderen einfach nur unendlich schwerfiel, die Wahrheit zu akzeptieren. Und die Wahrheit war: Einen Weg zurück gab es nicht mehr. Es würde nie wieder so werden, wie es mal gewesen war. Sie würden die Oberfläche nie mehr betreten.

Auch Dr. Hammer verschwand in seinem Reich, schob die Leiche, die er obduziert hatte, in das selbstgebaute, abgasfreie Krematorium, das gleichzeitig als Heizung diente, beschriftete die aus einer Konservendose gebastelte Urne, füllte sie mit den sterblichen Überresten des Toten, einem feinen grauweißen Pulver, und stellte sie ans Ende einer langen Reihe in sein Regal. Dann trat er vier Schritte zurück, betrachtete sein Werk und realisierte, wie sinnlos seine Arbeit war. Es war vorbei. Die Zeit des Homo sapiens war abgelaufen. Dr. Hammer war sich dessen sicher. Für ihn war es keine These, sondern ein Faktum. Es gab da nämlich etwas, was nur er wusste. Etwas, was er den anderen verschwieg. Die Situation war noch viel schlimmer, als er zugeben wollte. In regelmäßigen Abständen fand er Bissspuren an den Kadavern. Doch die Abdrücke stammten nicht von Tieren. Sie stammten von Menschen. Selbst ihre Zungen hatten sich die Stummen nicht immer selbst abgebissen.

8. STELLGAR

Schwarze Wasserflächen kräuselten sich neben dem Bohlenweg, während sich die Dunstschleier langsam schlossen. Hagen sah sich aufmerksam um. Auf trockenen Feldern schimmerten Sonnenkollektoren, auf anderen reihten sich Weidenkörbe mit Gemüse aneinander. Die Stille war unheimlich. Die ganze Anlage schien auf etwas zu warten.

Die Falltür hatte sich vor seinen Augen geschlossen und war verschwunden. Vorsichtig richtete er sich auf, machte einen Schritt nach rechts und einen nach vorn, ohne sein volles Gewicht auf den Fuß zu verlagern. Er durfte das Mädchen nicht aus den Augen verlieren. Am Ende des Bohlenwegs erkannte er es gerade noch. Es konzentrierte sich auf den Boden vor seinen Füßen und sah deshalb nicht, wie Hagen sein Bein zu schütteln begann. Aus der Hose rieselte feiner, weißer Sand auf die Bohlen. Er bewegte den Fuß einmal horizontal und einmal vertikal und zeichnete einen rechten Winkel auf den Untergrund. Eine Markierung. Aus der Entfernung war nicht zu erkennen, was er tat. Seine Bewegungen waren die eines Mannes, der vorsichtig über schwankenden Grund balancierte.

Die Bewohner der Festung, die ihn die ganze Zeit über mit Ferngläsern beobachteten, schöpften deshalb keinen Verdacht und ahnten nichts von der tödlichen Gefahr, die vor den Toren der Moorfestung auf ihren Einsatz wartete.

Etwa ein Kilometer von der äußeren Hecke entfernt hockte ein kahlköpfiger Mann zwischen den Grashügeln und kaute auf einem Stück Knochen, kaum größer als ein Knopf, um die Speichelproduktion anzuregen und das nagende Hungergefühl zu unterdrücken. Sein Gesicht war wettergegerbt, die rechte Wange von drei parallelen Narben entstellt. Kalte, helle Augen. Wachsam, ruhelos. Das Gesicht schmal, fast asketisch. Ihm war deutlich anzusehen, dass er seit Tagen durchs Moor kroch, ohne feste Nahrung zu sich zu nehmen. Er lauschte konzentriert in die Stille hinein. Während ihm der Schweiß den Rücken hinunter lief, kletterte hinter dem Dunst eine unsichtbare Sonne den Himmel hinauf. Er trug abgewetzte Stiefel, einen dicken Tarnparker und einen breiten Gürtel mit Munitionstaschen über einem dicken Schutzanzug. Auf seinem rechten Knie ruhte eine Kalaschnikow, von der die Farbe abblätterte. Sie war nicht in bestem Zustand, doch ihr Magazin mit scharfer Munition gefüllt und ein zweites mit Klebeband am ersten befestigt.

Hinter ihm, im Schutz des Torfwalls kauerten vierzig weitere Gestalten im Schilf. Kaum zu erkennen zwischen Ried und Humus. Gesichter und Hände mit Dreck beschmiert, Kleidung in der Farbe des Untergrunds. Man sah sie erst, wenn man direkt vor ihnen stand. Einige trugen Monturen aus Armeebeständen, andere Schutzanzüge mit Luftfiltersystemen, die aussahen, als stammten sie aus der Raumfahrt. Wild zusammengewürfelte Reste. Taucherhauben aus Neopren, kombiniert mit schussfesten Polizeiwesten. Strahlenschutzanzüge und Anzüge zur Beseitigung von Chemieabfällen. Einige Männer trugen gummibeschichtete Overalls und sahen aus wie Kanalarbeiter. Sie lagen mit den Köpfen auf Stofftaschen, die mit Granaten und Minen gefüllt waren, starrten in den Himmel und studierten unsichtbare Bewegungen in der Luft. Andere hockten im Schneidersitz und bauten Steinkreise ins Moor. Sie schwiegen und sahen sich nicht in die Augen, um nicht aus Unachtsamkeit ein Gespräch zu beginnen. Ihre Waffen lagen griffbereit. Automatische Pistolen, Sturmgewehre. Einfache Modelle, leicht zu reparieren. Sie warteten und lauschten. Der Kahlköpfige tauchte hinter dem Erdwall auf, ging vor ihnen in die Hocke und nahm sich schweigend ein Knochenstück vom Haufen.

»Was ist?«

»Wir warten.«

»Wenn wir noch lang warten, ist nichts mehr von ihm übrig.«

»Wir warten.«

»Wann ist es so weit?«

»Wirst du dann sehen.«

Ohne ein weiteres Wort verschwand der Kahlköpfige, den Hagen und seine Männer Stellgar nannten, wieder hinter dem Wall.

In der Moorfestung hatten die Bewohner dem Mann am Marterpfahl einen Knebel in den Mund geschoben. Der geschundene Körper war mit Blut bedeckt. Die Augen zugeschwollen. Aus Nase und Ohren führten schwarze Spuren den Kopf hinunter, der kraftlos zwischen den Schultern hing. Er schnaufte durch die verkrustete Nase, bekam kaum noch Luft. Die Bewohner hatten den Tag damit verbracht, ihn zu foltern und Marko, der Mann mit dem lidlosen, weinenden Auge, hatte darauf geachtet, dass der Gefangene unter keinen Umständen vorzeitig starb.

Tito packte das verklebte Haar, riss Hagens Kopf zu Seite, dass das Blut nur so spritzte, und starrte ihm ins Gesicht. Es war angeschwollen und verschmiert, kaum noch zu erkennen.

»Letzte Gelegenheit: Woher kennst du Mega?«

Tito zog Hagen den Knebel aus dem Mund. Es dauerte einen Moment, bis der Gepeinigte wieder Luft bekam und sich gesammelt hatte. Die Artikulation bereitete ihm Schwierigkeiten. Der geschwollene Mund nuschelte Unverständliches. Tito warf Hagens Kopf zur Seite wie Unrat, den er am Straßenrand gefunden hatte. Die Bewohner der Moorsiedlung standen im Halbkreis. Warteten darauf, dass Tito ihnen die Erlaubnis gab. Einem nach dem anderen sah er in die Augen. Niemand reagierte. Niemand traute sich. Die Beantwortung der Frage, woher der Mann Mega kannte, schien unwichtig geworden zu sein. Sie wollten ihn töten. So schnell wie möglich.

»Er gehört euch. Macht es kurz ... Den Knebel wieder rein!«

Tito wandte sich missmutig ab und zog sich an den Rand des Platzes zurück, um den anderen die Bühne zu überlassen. Marko bot mit einer Geste an, seine Arbeit fortzusetzen, doch Tito schüttelte unlustig den Kopf.

Die Bewohner sahen Hagens Gesicht in diesem Augenblick nicht. Es wurde von verklebten Haaren verdeckt. Das war sein Glück, denn er lächelte. Er konnte nicht anders. Er hatte eine erstaunlich hohe Schmerztoleranz, die ihn selbst manchmal erschreckte. Ab einem bestimmten Level war es so, als wäre er nicht mehr anwesend. Als wäre es nicht sein Rücken, von dem die Haut abgezogen wurde. Als wären es nicht seine Hände, denen die Fingernägel ausgerissen wurden. Als wäre es nicht sein Körper, der dort am Marterpfahl stand. Hagen war sich nicht sicher, ob die Eigenschaft Fluch oder Segen war. Er wusste nur, dass sie ihm schon häufig das Leben gerettet hatte. Die Spuren dieser Ereignisse hatten sich tief in sein vernarbtes Fleisch gegraben. Eine erschreckende, entsetzliche Kraterlandschaft. Hagen war geschwächt, doch seinen Willen hatten sie nicht angetastet. Er war genauso stark wie zu Beginn der Tortur, als wäre das alles ein Witz und die Menschen, die ihn umgaben, nur die stümperhaften Statisten des blutigen Passionsspiels, in dem er die Hauptrolle spielte und gleichzeitig Regie führte.

Hagen hatte mit Genugtuung festgestellt, dass Tito erst durch die Folter klar geworden war, mit welchem Gegner er es zu tun hatte. Die Welt des Schmerzes war seine Bühne. Einen Meister beeindruckte man nicht mit einem Gesellenstück. Es war Hagen, der Tito vorführte. Nicht umgekehrt.

Vera, die weißhaarige Frau, die Hagen mit einem Speer hatte töten wollen, drängte sich jetzt durch die Reihen und schob Isaak, einen schüchternen zwölfjährigen Jungen vor sich her. Die Bewohner machten dem ungleichen Gespann Platz. Isaaks Hand umklammerte ein Küchenmesser. Als er direkt vor Hagen, dem blutigen, fast dreimal so großen Riesen stand, wurde klar, dass er nicht zustechen würde. Trotz der Grausamkeit, die den Jungen umgab, trotz des Schmerzes, den er erlitten hatte. Vera zischte ihn an:

»Der Kerl hat deine Schwester getötet! Hast du das vergessen? Worauf wartest du?«

Zu Hagens Verwunderung sah der Junge ihm in die Augen und schüttelte den Kopf. Er hatte keine Angst. Er war nur davon überzeugt, dass es nicht richtig war. Hagen musste sich zusammenreißen, um ihn nicht zu verspotten. Die Alte wurde rot vor Zorn, begann den Jungen zu schütteln und zu fauchen wie eine Katze:

»Stich zu! Stich das verfluchte Schwein ab!«

Vera hob Isaaks Hand mit dem Messer und schob den Jungen vorwärts, als wollte sie das Messer in seiner Hand führen. Verzweifelt stemmte sich der Junge gegen sie. Hagen konnte nicht mehr. Ein spöttisches Grinsen breitete sich auf seinem Gesicht aus. Vera traf der Schlag. Entsetzt taumelte sie zurück. Isaak beobachtete seine Großmutter, sah, wie sie litt. Einem plötzlichen Impuls folgend kniff er die Augen zusammen, holte aus und rammte Hagen das Messer in die Rippen. Es knirschte. Hagens Kopf zuckte zurück und schlug dumpf gegen den Pfahl. Er riss die Augen auf und schrie in den Knebel. Blut spritzte dem Jungen ins Gesicht. Ein weiteres Mal schoss sein Messer nach vorn und landete tief in Hagens Seite. Hagen schloss die Augen. Der Kopf sank zwischen seine Schultern. Ein Schwall Blut ergoss sich aus der Wunde. Hagens Zeit lief ab. Diese Behandlung würde er nicht ewig aushalten. Der zweite Stich veränderte Isaak. Ernst studierte er das Blut auf seinen Händen. Diesmal hob er das Messer rascher, holte weiter aus, wollte erneut zustoßen, dem Teufel den Rest geben.

Doch seine Bewegung stoppte abrupt. Ein Projektil traf unvermittelt seine Stirn und sprengte seinen Hinterkopf. Die Überreste trafen

Vera, die vor Schreck den Mund öffnete und ihre Hände hob. Der Schuss krachte einen Augenblick später in der Entfernung und ließ die Bewohner zusammenzucken.

Sie wurden angegriffen. Einige reagierten instinktiv und kauerten sich auf den Boden. Andere versuchten fieberhaft zu ermitteln, woher der Schuss kam. Als sie ihre Gegner endlich entdeckt hatten, war es zu spät. Tito brüllte Befehle. Und diesmal brüllte er wirklich:

»Erwidert das Feuer! Schießt, verdammt noch mal!«

Isaak guckte verdutzt. Das Loch in seiner Stirn war nicht größer als eine Fingerkuppe. Er ging in die Knie, sackte zusammen wie eine Marionette, der die Fäden abgeschnitten worden waren. Vera wischte sich hektisch mit den Händen durchs Gesicht, verteilte das Blut in ihren Haaren und warf irre Blicke auf ihre Hände. Sie hob den Kopf, wollte schreien, doch ein erneuter Treffer streckte sie nieder. Die Vorbereitungen der Bewohner dauerten zu lang. Hagens Männer brachen durch die innere Hecke und stürmten den Versammlungsplatz, wohlgeordnet, in drei Richtungen. Stellgar, Ruben und Jorlund schrien Befehle, die von Sturmgewehren übertönt wurden. Salven krachten. Innerhalb von Sekunden stürzten die ersten Bewohner zu Boden.

Tito hatte sich als Erster wieder unter Kontrolle. Er versuchte, seine Leute zum Gegenangriff zu sammeln und am Rand des Versammlungsplatzes in Deckung zu gehen. Doch die Bewohner brachen in Panik aus und flohen schreiend und unkoordiniert. Tito schrie, dass sie sich umdrehen und zurückschießen sollten, doch sie hörten ihn nicht mehr. Eine Granate explodierte in seinem Rücken, riss ihn, Marko und seine Mitstreiter von den Beinen und hinterließ qualmende Löcher in den Hütten.

Wenige Sekunden später war der Widerstand gebrochen. Ohne Anführer rannten die Bewohner kopflos umher und versuchten, sich in den Hütten zu verschanzen. Die Angreifer reagierten, schulterten die Schusswaffen und griffen zu Messern und Macheten, um Munition zu sparen. Brüllend folgten sie den Fliehenden. Einige Frauen retteten sich in eine Hütte und verrammelten die Tür. Mutige Bewohner warfen sich den Angreifern entgegen, überschätzten jedoch ihre Kräfte. Die von Stellgar und Ruben dem Roten angeführte räudige Horde atmete den Kampf wie eine frische Brise. Ihre Augen leuchteten. Sie lachten, während sie auf die Leiber der Verteidiger einhieben. Allein ihr irres Brüllen ließ den Moorbewohnern das Blut in den Adern gefrieren. Tod und Verderben war die Muttermilch dieser Männer und sie betranken sich daran, als hätten sie eine Wüste durchquert und könnten nicht genug bekommen von dem herrlichen Gesöff. Entsetzen lähmte die Bewohner, als ihnen klar wurde, welcher Feind über sie gekommen war. Die Teufel des Ödlands waren unter ihnen. Die Verteidiger erstarrten und wurden offenen Auges zerhackt. Die Gesichter der Barbaren färbten sich rot vom Blut ihrer Feinde. Gnade wurde nicht gewährt. Jeder, der eine Waffe hielt, wurde niedergemacht. Weitere Minuten später war der Kampf entschieden.

Die Verwundeten wälzten sich schreiend in ihrem Blut. Die Gefangenen schwiegen. Gelähmt vom Schock. Schwerer Dunst sammelte sich und hüllte die Festung ein. Breitete sich lautlos aus, wie ein Leichentuch.

Stellgar näherte sich dem Marterpfahl und zerschnitt Hagens Fesseln. Die Arme des Gepeinigten baumelten taub gegen seine Seiten. Mühsam hob er eine Hand, um sie auf die Stichwunde zu drücken, schob sich vorsichtig vom Pfahl weg und schaffte es, auf den Beinen zu bleiben. Er hatte viel Blut verloren und war kreidebleich. Stellgar unternahm nichts, um ihm zu helfen.

»Ihr kommt spät«,

flüsterte er.

»Wie befohlen.«

»Schön dich zu sehen, Stellgar. Schön zu sehen, dass es noch Männer gibt, die sich an Befehle halten ...«

Hagen machte einen Schritt und knickte ein. Stellgar richtete ihn auf, ließ ihn jedoch sofort wieder los.

»Wie sieht's aus?«

»Der Widerstand ist gebrochen. Die Festung gehört uns.«

Hagens Stimme war erstaunlich fest und viel energischer, als man ihm zugetraut hätte:

»Ihr werdet nicht vergessen, wem ihr das zu verdanken habt!«

Die Eroberer traten zwischen den Hütten hervor. Die Waffen locker in den Händen. Keinerlei Regung in den Gesichtern. Hagen wiederholte:

»Wem habt ihr das zu verdanken?«

»Dir, Hagen. Dir haben wir das zu verdanken.«

Stellgar sprach laut und stellvertretend für die anderen. Hagen nickte. Leise und schmerzverzerrt, während er einen nach dem anderen mit funkelnden Blicken fixierte, fügte er hinzu:

»Ihr werdet das nicht vergessen! Vergesst das nie!«

Dann ging er in die Knie. Stellgar fing ihn auf, Jorlund, Ramsan und Bassajew eilten hinzu und trugen ihn in eine der Hütten. Einen Moment herrschte Stille, dann stießen die Söldner Triumphgeheul aus, fuchtelten mit den Macheten in der Luft herum, führten wilde Tänze auf und feierten johlend den Sieg, während zu ihren Füßen den blutbedeckten Bewohnern das Entsetzen in die kaltweißen Gesichter gemeißelt war.

In der Frauenhütte versuchte Marthe, die im sechsten Monat schwanger war, Kontakt zu den Männern aufzunehmen, die vor der Nachbarhütte knieten und von Bewaffneten bewacht wurden. Neben ihnen auf dem Boden lagen die Verwundeten. Marthe rief immer wieder einen Namen, während ihr die Tränen die Wangen hinunterliefen:

»Vaith? Vaith? Wo bist du?«

Es kam keine Antwort. Schließlich rollte sie sich verzweifelt auf dem Boden zusammen und umklammerte ihren Bauch. Jolanta, Titos alte Freundin, eine Frau mit strengen tiefen Furchen im Gesicht, nahm sie in den Arm und versuchte sie zu beruhigen. Plötzlich fiel Jolanta etwas ein:

»Wo ist Mega?«

Die Frauen suchten sie. Sie war nicht in der Hütte.

»Hier ist sie nicht. Wo ist sie?«

»Sie liegt draußen, bei den anderen.«

Die Frauen schwiegen. Eine, die mit angezogenen Knien im Schatten saß, fügte leise und bitter hinzu:

»Oder sie ist bei ihnen.«

Jolanta erwiderte sofort:

»Hör auf! Das weißt du nicht.«

»Ich kenn sie nicht, du kennst sie auch nicht, ... aber Hagen, der Teufel, er kannte sie ... Sie hat uns verraten. Sie ist eine von ihnen.«

9. GESCHICHTEN AUS DER ALTEN WELT

Die Kinder saßen in der Leseecke, die Sophia sich in der Bibliothek eingerichtet hatte. Decken und Kissen, verteilt auf einer Matratze, für die Hr. Bernhard einen Unterbau aus alten Tischen zusammengeschraubt hatte. Eigentlich war die Matratze für ein Ehebett gedacht, doch im Keller gab es keine Eheleute, deshalb lag die Matratze jetzt in der Bibliothek. Sophia saß gern mit ausgestreckten Beinen auf ihr, selbstgestrickte Wollsocken an den Füßen, in denen sie die Zehen kreisen lassen konnte. Sie liebte ihre Ecke und hatte diese Leidenschaft an die Kinder weitergegeben. Die Bewohner des Kellers lasen viel. Internet und Fernsehen gab es nicht mehr. Und das Anschauen alter Filme war nur in der Gruppe und nur zu besonderen Anlässen erlaubt, weil die Geräte geschont werden mussten. Sophias Vorlesestunden waren deshalb der Höhepunkt im monotonen Alltag der Höhlenbewohner. Zum Glück hatte Prof. Walden nicht nur wissenschaftliche Abhandlungen und Aufsätze gerettet, sondern auch Romane, Kurzgeschichten und Novellen. Darunter erfreuten sich – darin bestand kein Unterschied zur Zeit vor der Katastrophe – besonders spannende und fantastische Erzählungen großer Beliebtheit. Geschichten von Drachen, Trollen und edlen Menschen erlaubten es den Zuhörern, für kurze Zeit in eine einfache Welt mit einfachen Lösungen abzutauchen. Und so las Sophia auch an diesem Tag eine Geschichte vor, die in einer Zeit spielte, als die Menschen noch an Geister und Hexen glaubten und die Wälder dicht, hoch und dunkel waren. Besonders die Beschreibungen der Wälder faszinierten die Kinder, hatten sie doch noch nie einen echten Baum gesehen. Dr. Kamura besaß einen Bonsai. Die Kinder hatten verstanden, dass die eigenartige Pflanze ein kleiner Baum war. Sophia behauptete jedoch, dass an der Oberfläche riesige Bäume gestanden hatten, tausendmal größer als der Bonsai, gewaltige Mammutbäume, älter als jeder Mensch auf der Erde, die ältesten Lebewesen überhaupt. Bei der Vorstellung blieben die kleinen Münder offen. So richtig glauben konnten sie das alles jedoch nicht. Geschichten von Bäumen waren Fantasiegeschichten und Bäume so real wie Drachen oder Zauberer.

An diesem Tag hatte Sophia sich dazu überreden lassen, ein Märchen vorzulesen. Sie wollte zunächst nicht, doch Jonas hatte einen der Wissenschaftler über Dr. Hammer sagen hören, dass er sich in seiner Theorie „verirrt" habe, „wie Hänsel und Gretel im Wald". Da ihn Wald und Bäume sehr interessierten, hatte er sich das gemerkt. Er bearbeitete die Mädchen, bis sie seiner Meinung waren. Schließlich ließ sich Sophia ebenfalls überreden, doch sie warnte die Kinder:

»Die Geschichte ist gruselig. Wenn ihr nicht weiterhören wollt, sagt ihr das. Einverstanden?«

»Öööh, gruselig«,

sagte Jonas nur, als gäbe es nichts, was ihn erschüttern könnte.
Emily und Mia nickten ernst. Mega musste lächeln. Sie saß Sophia gegenüber, zwischen den Mädchen. Sie erinnerte sich daran, wie klein Jonas gewesen war, als er geboren wurde, wie er Sprechen und Laufen gelernt hatte. Jetzt war er bereits ein großer Junge oder tat zumindest so. An die eigene Kindheit konnte sie sich nicht erinnern. Sie wusste nicht, ob ihr als Kind jemand vorgelesen hatte. Anstelle von Erinnerungen besaß sie nur diese wirren Gefühle. Die waren gruselig. Oh ja, das waren sie. Mega mochte nicht an sie denken. Davon bekam sie schlechte Laune. Dankbar wandte sie sich der Gegenwart zu.

Sophia strich sich sorgfältig die grauen Haare nach hinten und befestigte sie mit einer Haarklammer, damit sie ihr nicht vor die Brille fielen. Auch das tat sie immer, bevor sie zu lesen begann. Dann legte sie sich das Buch auf die Beine und las mit ihrer tollen Stimme:

»Vor einem großen Wald wohnte ein armer Holzfäller mit seiner Frau und seinen zwei Kindern. Der Junge hieß Hänsel und das Mädchen Gretel.«

»Hänsel und Gretel«,

tönte Jonas dazwischen. Mega legte den Zeigefinger auf die Lippen. Jonas duckte sich und drückte die Hand auf den Mund. Sophia las unbeirrt weiter:

»Er hatte wenig zu beißen und zu brechen und einmal, als große Teuerung ins Land kam, konnte er auch das täglich Brot nicht mehr bezahlen. Wie er sich nun abends im Bett Gedanken machte und sich vor Sorgen herumwälzte, seufzte er und sprach zu seiner Frau: „Was soll aus uns werden? Wie können wir unsere armen Kinder ernähren, da wir für uns selbst nichts mehr haben?" „Weißt du was, Mann", antwortete die Frau, „Wir wollen Morgen in aller Frühe die Kinder hinaus in den dunklen Wald führen, wo er am tiefsten ist. Da machen wir ihnen ein Feuer an und geben jedem noch ein Stückchen Brot, dann gehen wir an unsere Arbeit und lassen sie allein. Sie finden den Weg nicht wieder nach Haus und wir sind sie los.“«

Bereits an dieser Stelle machten die Mädchen große Augen. Es war ihnen deutlich anzusehen, dass sie die Geschichte lieber nicht weiterhören wollten. Auch Jonas gruselte sich, doch alle drei hielten tapfer durch. Sophia und Mega hatten jedoch hinterher alle Hände voll zu tun, sie davon zu überzeugen, dass die Wissenschaftler so etwas natürlich nie tun würden, selbst, wenn sie wirklich gar nichts mehr zu essen hätten. Sie würden sie auf keinen Fall an die Oberfläche schicken und ihrem Schicksal überlassen. Erst als Sophia ihnen felsenfest versicherte, dass sie eher selbst ins Ödland gehen würde, beruhigten sich die Kinder wieder. Sie verstanden die Geschichte sehr genau und nahmen sie sehr ernst. Viel ernster, als es Sophia und Mega recht war. Jonas fragte bestürzt:

»Es muss den Eltern sehr schlecht gegangen sein, dass sie so etwas machen. Viel schlechter als uns jetzt.«

»Das stimmt. So schlecht wird es uns nie gehen. Wir haben Prof. Walden, der plant alles sorgfältig, und Dr. Kamura baut Kartoffeln und Gemüse an. Wir werden nie so schlimmen Hunger haben.«

»Die Hexe hatte ganz schlimmen Hunger«,

sagte Mia ernst.

»Das stimmt. Die Hexe hatte sehr schlimmen Hunger, aber sie war auch ein wenig faul. Sie hätte auch etwas anderes essen können. Man muss nur etwas suchen, dann findet man immer etwas, was man essen kann. Etwas anderes ...«

»Ist die Hexe ein Karnivor?«

Auch das hatten die Kinder natürlich verstanden. Man konnte ihnen nichts verheimlichen.

»Ja. Die Hexe ist ein Karnivor.«

»Gibt es viele Karnivoren?«

Sophia warf Mega einen Blick zu.

»Ihr müsst keine Angst haben. Karnivoren gibt es in Wirklichkeit nicht. Das ist nur ein Märchen. Eine alte Geschichte aus einer längst vergangenen Zeit.«

»Aber Dr. Hammer hat gesagt, wir entwickeln uns zurück.

Vielleicht gibt es wieder Karnivoren?«

Jonas und die Mädchen sahen Sophia an. Sie erwarteten die Wahrheit und keine Lüge. Doch Sophia wollte sie ihnen nicht sagen, das merkte Mega. Sie musste etwas unternehmen:

»Ich bin auch ein Karnivor«,

sagte sie, machte Knurrgeräusche und begann Jonas durchzukitzeln. Jonas lachte und strampelte. Die Mädchen sprangen Mega auf den Rücken und balgten sich mit ihr.

»Ich komm dich fressen, kleiner Jonas.«

Sophia erhob sich unauffällig und versteckte den Märchenband im Regal, bevor die Kinder es bemerkten.

10. MARK

Mega war es nie aufgefallen, doch Mark fehlte, wenn Sophia vorlas. Er war immer mit etwas anderem beschäftigt. Mega hatte nie herausgefunden, was es war. Aber irgendetwas machten er und die Wissenschaftler. Sie schienen etwas vorzubereiten.

Sophia war wieder zu harmloseren Themen zurückgekehrt, um die Kinder nicht zu beunruhigen. Danach hatte Mega ihr geholfen Jonas, Mia und Emily ins Bett zu bringen und sich von ihr verabschiedet. Allein schlich sie über die im Halbdunkel versunkenen Betonflure zurück zu ihrem Zimmer. Sie kannte den Weg auswendig, schloss die Augen, lauschte dem Summen der Klimaanlage und schwebte mit ausgebreiteten Armen ihrem Zimmer entgegen, während ihre Fingerspitzen sanft, wie empfindliche Sensoren die rauen Wände berührten. Sie freute sich auf die Ruhe, auf die Kühle ihres Bettes, auf das Alleinsein. Auf die Welt, in der sie grausame Herrscherin und letzte Verdammte war. Die Welt ihrer Träume. Plötzlich nahm sie ein leises Rascheln wahr. Sie blieb stehen und öffnete ihre Augen. Die Umrisse der Tür schälten sich bereits aus dem schwarzen Nichts der Flurwand. Es dauerte einen Moment, bis sie die Ursache des Geräusches ausmachen konnte. Was sie sah, überraschte sie auf angenehme Art und Weise. Mark saß in einer Wandnische vor ihrem Zimmer auf dem Boden. Fast, als würde er sich dort verstecken. Was machte er dort? Sein Zimmer war am anderen Ende des Kellers. Mega überlegte einen Augenblick. Mark hatte sie zweifellos schon bemerkt, sagte aber nichts. Irgendetwas war anders als sonst. Der vorlaute Stinker hätte ihr schon längst einen Spruch an den Kopf werfen, sie erschrecken oder sonst wie ärgern müssen. War er krank? Mega setzte sich neben ihn auf den Boden. Mark zuckte zusammen. Er hatte sie nicht kommen sehen. Mit einer schnellen, nervösen Bewegung wischte er sich durchs Gesicht. Er hatte geweint. Mega wusste, dass es besser war, so zu tun, als wenn sie davon nichts mitbekommen hätte:

»Was ist?«

»Nichts. Schöne Geschichte gehört?«

»Ja. Klasse. Du solltest dir auch mal Geschichten anhören ... Wo bist du eigentlich immer, wenn Sophia vorliest?«

»Woanders.«

»Woanders? Na toll.«

Mega erhob sich und wollte schon in ihrem Zimmer verschwinden, als Mark antwortete:

»Darf ich dir nicht sagen.«

Mega war verdutzt. Es gab also doch Geheimnisse. Irgendwie hatte sie das immer gewusst.

»Wer sagt das?«

»Prof. Walden, Dr. Kamura, Dr. Hammer, ... alle.«

Mega setzte sich wieder. Das musste sie erst mal verdauen. Wieso hatten sie Geheimnisse vor ihr? Mega mochte Dr. Hammer. Und jetzt das? Er hatte sie angelogen. Hatte er das? Oder hatte er ihr nur nicht alles erzählt? Warum diese Geheimniskrämerei? Sie waren doch eine Gemeinschaft, teilten alles. Tief unten in Megas Psyche regte sich etwas. Ein alter Instinkt meldete sich zurück. Mega wurde gleichzeitig heiß und kalt:

»Sie haben dir also verboten, mit mir zu sprechen?«

»Nein. Sie haben nur gesagt, dass ich nicht darüber reden darf.«

»Worüber?«

»Darüber. Darüber darf ich halt nicht mit dir reden. Allein, dass ich dir das sage, ist eigentlich schon, ... na ja, nicht so ganz richtig.«

»Aber?«

»Nix aber. Tu mir den Gefallen und vergiss, was ich gesagt hab. Das gibt nur Ärger. Es macht Sinn, dass sie es dir noch nicht erzählt haben, und eines Tages werden sie es dir erzählen. Okay, das reicht für jetzt. SIE werden es dir erzählen, nicht ich. Versprich mir, dass du nicht verrätst, dass ich dir was gesagt hab. Versprochen?«

»Versprochen.«

»Ich kann dir im Moment nichts sagen. Das musst du mir einfach glauben.«

»Hört sich mysteriös an.«

Mega machte übertriebene Bewegungen mit den Händen. Mark musste grinsen.

»Weniger mysteriös. Eher ... ernst.«

Das letzte Wort gefiel Mega nicht. Mark war sonst alles andere als ernst. Er hatte die Angewohnheit, sich über alles und jeden lustig zu machen. Auch jetzt überlegte sie, ob er sie nicht gerade auf den Arm nahm.

»Willst du mit reinkommen?«

»OK.«

Mega hoffte, doch noch etwas aus Mark herauszubekommen, und nahm sich vor schlau vorzugehen. Offensichtlich wollte Mark mit ihr reden, sonst hätte er nicht vor ihrer Tür gesessen. Sie musste nur Geduld haben und ihn reden lassen. Als sie sich auf ihr Bett setzten, holte Mark einen verkorkten Erlenmeyerkolben unter dem Pullover hervor.

»Ich hab uns was mitgebracht.«

»Du spinnst doch.«

»Na klar, spinn ich. Heute wird gefeiert. Heute Nacht ist der Anfang vom Ende. Heute beginnt der Rest des Lebens. Aber wenn du nichts haben willst, ...«

»Gib her!«

Mega wusste sofort, um was es sich bei der kristallklaren Flüssigkeit im Erlenmeyerkolben handelte. Es war Alkohol aus Dr. Kamuras Schwarzbrennerei. Mark hatte sich dort schon öfter bedient. Dr. Kamuras Hobby war bei den Kollegen nicht gerade beliebt, deshalb konnte er sich kaum offiziell beschweren. Mega schnappte sich den Erlenmeyerkolben, entkorkte ihn, hielt die Nase darüber und verzog das Gesicht:

»Bist du sicher, dass du den Richtigen erwischt hast?«

»Ich kann zuerst probieren, wenn du Schiss hast.«

Das ließ Mega sich nicht zweimal sagen. Mit Verachtung stürzte sie einen großen Schluck hinunter und erlitt unwillkürlich Schüttelfrost am ganzen Körper, der nicht mehr aufhören wollte. Ihre Gesichtszüge entglitten. Sie macht Grimassen, als hätte ihr jemand mit dem Hammer auf den Fuß geschlagen. Mark amüsierte sich köstlich. Er nahm ihr den Kolben aus der Hand und nahm ebenfalls einen großen Schluck. Auch er musste sich schütteln. Schließlich schüttelten sie sich gemeinsam und mussten lachen. Als sie sich beruhigt hatten, warf sich Mega auf ihr Bett. Mark legte sich neben sie auf die Seite und beobachtete sie. Mega sah an die Decke. Schmutzig grauer Beton, auf dem sich Wasserflecken ausbreiteten. Niemand wusste, was im Stockwerk über ihnen war. Das Gebäude war zusammengebrochen. Doch was war in den Räumen direkt über ihnen? Schutt?

Oder standen die Räume leer? Seit Jahrzehnten unberührte, staubbedeckte Möbel? Mega spürte, wie sich die Wärme in ihrem Magen ausbreitete und nach oben in Richtung Kopf kroch:

»Manchmal ist es ja ganz schön hier. Jetzt zum Beispiel. Aber irgendwann möchte ich hier weg. Die Welt sehen ... Was davon übrig ist.«

»Was willst du da draußen?«

»Sehen, ob es noch andere gibt. Andere wie uns.«

Mark antwortete nicht. Mega drehte sich zu ihm:

»Und du?«

»Wahrscheinlich das einzig Sinnvolle, was man machen kann. Willst du noch?«

Mega nahm noch einen kleinen Schluck und verzog wieder das Gesicht. Mark folgte ihrem Beispiel, robbte näher und sah ihr in die Augen. Ihre Schultern berührten sich. Mega erwiderte Marks Blick. Einen Tick zu lang. Mark stieß plötzlich heftig die Luft aus, richtete sich ruckartig auf und raufte sich die Haare. Mega wusste nicht, was los war:

»Was ist?«

»Verdammte Scheiße.«

»Was ist los, Mark?«

Mark holte tief Luft. Er war plötzlich nervös. Irgendetwas hatte ihn aufgeschreckt. Es dauerte einen Moment, bis Mega kapierte, was es war.

»Ich muss dir was sagen.«

»Was willst du sagen?«

»Ich wollte dir sagen ...«

Er kam nicht weiter, sondern griff nach Megas Hand, beugte sich vor und küsste sie einfach. Mega war im ersten Moment perplex, dann nahm sie Abstand, legte den Kopf schief, um dann so wild aus dem Bett zu springen, dass ihre Dreads in alle Richtungen flogen:

»Hey. Was war das denn?«

Mark antwortete kleinlaut mit schiefem Mund:

»Ein Kuss?«

»Ach was. Na und? Hab ich gesagt, dass du mich küssen darfst?«

»Nein.«

»Na also.«

»Ich wollte fragen, ob du Lust hast, ... mit mir zu schlafen.«

Mark sprach leise, zog ein schuldbewusstes Lächeln und duckte sich, als hätte er Angst, geschlagen zu werden. Für eine Sekunde verschlug es Mega die Sprache.

»Nein!«

»Mist.«

»Würdest du jetzt mein Zimmer verlassen?«

»Willst du nicht noch mal darüber nachdenken?«

»Nein!«

»Du wirst es bereuen.«

»Na sicher. Möglicherweise. Aber nicht so. Vergiss es.«

»Du weißt es jetzt noch nicht, aber du wirst es bereuen.«

Mark seufzte, rutschte vom Bett und richtete sich vor Mega auf. Mega traute ihren Ohren nicht. So ernst hatte sie ihn wirklich noch nie erlebt und jetzt, als er vor ihr stand, schien er irgendwie noch viel trauriger zu sein. Todtraurig, als wenn er gleich sterben müsste. Nicht, weil er einen Korb bekommen hatte. Seine Traurigkeit hatte einen anderen Grund. Mega war kurz davor, ihn in den Arm zu nehmen:

»Ich hab nicht prinzipiell was gegen dich. Du bist der coolste Typ, den ich kenne.«

Mark nickte nur. Er war sich nicht sicher, ob Mega das ernst oder ironisch meinte.

»Aber ... Damit hab ich nicht gerechnet. Verstehst du? Ich wusste das nicht.«

Mark gab sich geschlagen und ging langsam zur Tür. Er öffnete sie und drehte sich noch einmal um:

»Jetzt weißt du es.«

Mark tat ihr leid. Aus irgendeinem Grund wusste sie, dass sie ihre Entscheidung tatsächlich bereuen würde. Doch in diesem Moment wollte sie nicht zu nett zu ihm sein und ihm keine falschen Hoffnungen machen.

»Mach's gut Mega.«

Mega schloss die Tür hinter ihm, setzte sich aufs Bett und musste eine Weile nachdenken, bevor sie etwas anderes machen konnte.

Am nächsten Tag war Mark verschwunden.

Beim Frühstück fehlte er bereits, doch auch Prof. Walden, Dr. Hammer und Fr. Dr. Kobe waren nicht anwesend, deshalb störte sich Mega nicht daran. Sie ging davon aus, dass er mit ihnen wieder das

Geheimnis ausbrütete, über das er nicht sprechen durfte.

Mega hatte Putzdienst an diesem Tag. Eine unangenehme Aufgabe, die sehr ernst genommen wurde im Keller. Es gab einen Plan, auf dem man sich eintragen musste. Die Liste hatte Priorität. Ausreden wurden nicht geduldet. Selbst wichtige Forschungsprojekte waren kein Grund, den Putzdienst sausen zu lassen. Alle Erwachsenen mussten sich beteiligen und irgendwann den Dienst übernehmen. Prof. Walden kontrollierte hinterher akribisch jeden Winkel - der Gerechtigkeit halber. Niemand sollte bevorzugt, niemand benachteiligt werden. Anders ging es nicht. Mit dem Mopp in der einen und dem Putzlumpen in der anderen Hand schob Mega mit den Knien den Rollwagen vor sich her. Ein Profimodell, das Walden dem Reinigungspersonal der Universität abgeschwatzt hatte, mit zwei Wassereimern und einer Auswringvorrichtung. Mega wusste, dass sie den ganzen Vormittag beschäftigt sein würde. Missmutig gab sie dem gefüllten Wagen einen Stoß in den Waschraum der Männer, dass das Wasser nur so spritzte. Dann klatschte sie den Mopp auf den Boden und begann ihren Sklavendienst. Wenn sie wenigstens Musik hören könnte. Aber laute Musik war verboten, die Akkus von tragbaren Geräten hatten längst den Geist aufgegeben und ein Netzkabel behinderte sie zu sehr bei der Arbeit.

So genervt sie auch war, weil man es eben sein musste, wenn man niedere Aufgaben zu erledigen hatte, insgeheim machte sie gern sauber. Das durfte jedoch niemand wissen, sonst hätte sie sich vor Putzdiensten nicht mehr retten können. Nach wenigen Minuten bekamen ihre Gedanken Flügel, entkamen dem dunklen Keller und flogen über das Ödland der Sonne entgegen. Obwohl sie noch nie am Meer gewesen war, träumte sie von den weißen Sandstränden aus Dr. Kamuras Bildbänden. Von Palmen und Fischen. Mega war egal, ob es einen Ort dieser Art überhaupt noch gab. In ihrer Fantasie existierte er. Und dort lag sie im warmen Sand, lauschte den Wellen und beobachtete die Möwen, wie sie in der leichten Brise über der Brandung schwebten. In ihrer Fantasie war das Wasser trinkbar und umspülte kühl und klar ihre Füße. Sie ging im seichten Wasser in die Knie, tauchte den Kopf hinein und trank in langen, kräftigen Zügen, während sie den Fischen zuwinkte. So stellte sich Mega das Paradies vor. Sauberes Wasser, frische Luft und freie Sicht. Bis zum Horizont und weit darüber hinaus.

Es schepperte laut. Der Metalleimer mit dem kalten Dreckwasser war umgekippt. Die braune Brühe, ein Gemisch aus Toilettenwasser, grauen Haaren und seltsamen Flocken, die sie nicht identifizieren konnte, verteilte sich auf dem Beton. Alles noch mal von vorn. Mega seufzte und hätte am liebsten den Eimer genommen und ihn in die Ecke geknallt, doch sie durfte keinen Lärm machen. Sie musste sich zusammenreißen und ihre Wut zügeln. Die ständige Selbstbeherrschung störte sie am meisten. Denn dieses Verhalten widersprach allem, was sie ausmachte. Sie war wild, würde gern schreien und toben. Einmal laut sein dürfen, das war es, wonach sie sich sehnte. Was sie tat, war Selbstgeißelung. Mega wusste, dass sie diese Art zu leben nicht ewig aushalten würde. Eines Tages würde sie die Wände hochgehen. In Momenten wie diesen, wenn sie mit nackten Füßen im kalten Toilettenwasser stand, hatte sie das Gefühl, dass dieser Tag nicht mehr fern sein konnte.

Beim Mittagessen gab es von Mark noch immer keine Spur. Mega wollte sich keine Blöße geben und fragte nicht. Möglicherweise ging er ihr aus dem Weg. Immerhin hatte sie ihm einen Korb gegeben. Musste sie deswegen ein schlechtes Gewissen haben? Nur weil sie nicht sofort mit ihm ins Bett gegangen war? Nein, musste sie nicht. Wenn er beleidigte Leberwurst spielen wollte, dann war das sein Problem. Sie konnte unausgesprochene Vorwürfe nicht ausstehen. Sie hatte nichts falsch gemacht. Und doch, ... etwas war anders als sonst. Es war nicht die Tatsache, dass Mark nicht zum Essen kam. Das konnte schon mal vorkommen. Was sie irritierte war, dass es die Erwachsenen nicht störte. Ihnen schien nicht aufzufallen, dass er weg war. Mega wurde misstrauisch. Was hatte Mark gesagt? Es sei ernst und die Wissenschaftler würden sie ohnehin früher oder später einweihen. Also gut. Früher oder später hieß, dass es auch früher möglich war. Also warum nicht gleich? Mega beschloss, der Sache auf den Grund zu gehen. Sie hatte Mark versprochen, ihn nicht zu verraten. Also musste es zufällig aussehen.

Am Abend das gewohnte Bild. Mark fehlte. Dr. Hammer und Sophia stellten das Essen auf den Tisch. Es wurde wenig geredet und wenn, dann leise. Als die Wissenschaftler gedankenverloren Dr. Hammers Spezialgrießbrei löffelten, stellte Mega überraschend Prof. Walden zur Rede:

»Was ist mit Mark? Ich hab ihn heute gar nicht gesehen.«

Prof. Walden tat zunächst so, als habe er Mega nicht gehört. Mega wusste sofort: Er versuchte Zeit zu schinden, um sich eine Ausrede auszudenken.

»Er fühlt sich nicht so gut.«

»Er fühlt sich nicht so gut?«

»Ja.«

»Was hat er?«

»Wissen wir noch nicht genau. Er ist in Dr. Kobes Labor ... Er wird noch eine Weile dort bleiben müssen.«

»Was heißt eine Weile?«

»Wir wissen noch nicht genau wie lang.«

»Wie lang?«

»Ein paar Wochen. Vielleicht ein paar Monate.«

»Monate?«

Mega traute ihren Ohren nicht und spürte ganz genau, dass Prof. Walden ihr nicht die Wahrheit sagte. Er sah ihr in die Augen, doch log sie an. Ohne zu blinzeln, ohne rot zu werden. Was war hier los? Mega war verwirrt und ärgerlich zugleich. Dr. Kobes Labor war der einzige verbotene Ort im Keller. Mega hatte es noch nie betreten. Sie wusste weder, wie groß es war, noch, was Fr. Dr. Kobe dort eigentlich den ganzen Tag über so trieb. Die Wissenschaftler sprachen nie darüber. Auch die anderen Erwachsenen schwiegen. Mega hatte das immer mit Kobes verknöchertem Charakter in Verbindung gebracht. Sie war eine schwierige Person. Die meisten im Keller mochten sie nicht. Auch Mega fühlte sich in ihrer Gegenwart unwohl und ging ihr deshalb, so weit das im Keller möglich war, aus dem Weg. Ihr wurde in diesem Moment klar, dass sie die verschrobene Frau, die ihr Labor nur zum Essen und zum Schlafen verließ, eigentlich überhaupt nicht kannte. Aber was hatte das mit Mark zu tun? Mega fiel ein, dass schon früher Personen von einem auf den anderen Tag verschwunden waren. Auch sie hatten sich in Dr. Kobes Labor zurückgezogen. Es war ein paar Jahre her. Mega war jünger gewesen, hatte sich noch nicht für die Angelegenheiten der Erwachsenen interessiert und die Männer, die verschwunden waren, kannte sie nicht so gut. Doch jetzt? Jetzt war es Mark, der plötzlich weg war. Ihr bester, ihr einziger Freund. Das ging zu weit:

»An meinem Geburtstag haben Sie gesagt, dass ich in alles eingeweiht werde. Wann lösen Sie ihr Versprechen ein?«

Der Vorwurf stand deutlich in Megas Gesicht geschrieben.

»Bald, Mega. Du musst Geduld haben.«

Prof. Walden beeilte sich, sein Geschirr wegzuräumen und den Raum zu verlassen, bevor Mega weitere Fragen stellen konnte.

Mega wurde klar, dass sie von den Wissenschaftlern weder Hilfe noch Informationen zu erwarten hatte. In diesem Moment fasste sie den Entschluss, auf eigene Faust in Kobes Labor einzudringen. Selbst, wenn Mark wirklich an einer seltenen Krankheit litt, war das kein Grund, sie vollständig voneinander zu trennen. Mega war sauer. Zum ersten Mal, seit sie in der Enklave aufgenommen worden war, verfluchte sie diese Tatsache. Wofür? Man hätte sie vor der Tür sterben lassen sollen. Man erzählte ihr ja doch nichts. Aus Protest ließ sie ihr Geschirr stehen und verließ wortlos die Küche. Niemand beschwerte sich.

11. DIE VERBOTENE TÜR

Mega versuchte schlau vorzugehen und nichts zu überstürzen. Sie tat, als hätte sie einfach akzeptiert, dass Mark nicht mehr da war, und ließ Gras über die Sache wachsen, während sie heimlich ihr Vorhaben plante. Der Zugang zu Kobes Labor, eine schwere Brandschutztür, lag in einem abgelegenen Bereich des Kellers, am Ende eines Ganges, den die Erwachsenen als Abstellbereich benutzten. Kaputte Tische und Stühle aus Seminarräumen, alte Getränke- und Spielautomaten verschwanden hier allmählich unter dicken Staubschichten. Früher hatten sie in der Cafeteria gestanden, bis eine seltsame Fügung des Schicksals sie in den Keller verschlagen und damit für die Nachwelt erhalten hatte. Vielleicht hatte sie jemand reparieren wollen, doch dazu war es nie gekommen. Möbel und Material stapelten sich abwechselnd rechts und links vor den Wänden. Die Wissenschaftler hatten dafür gesorgt, dass niemand außer ihnen einen Grund hatte, den Gang zu betreten. Die Tür am Ende lag in der Dunkelheit. Hier gab es weder eine Glühbirne noch eine Notbeleuchtung. Mega war davon überzeugt, dass es hier kein Licht gab, weil niemand sehen sollte, was hier geschah. Die Tür, eine schlichte Fläche aus Stahl in einer ebenso schlichten Betonwand, war mit einem Code gesichert. Er musste auf einer Zahlentafel eingegeben werden. Ein Touchscreen, der in der Wand eingelassen war. Nirgendwo sonst im Keller gab es einen Touchscreen. Nur an dieser Stelle. Die Wissenschaftler hatten den Code offensichtlich im Kopf und schienen ihn nicht zu wechseln. Das war die erste Entdeckung, die Mega machte. Doch wie sollte sie an den Code kommen, wenn sie nichts sah? Es war dunkel am Ende des Ganges.

Ihr kam eine Idee. In Dr. Kamuras Labor hatte sie hauchdünne Folien entdeckt, Zellschichten, die Dr. Kamura herstellte, um Bakterienkulturen zu züchten. Der Biologe hatte ihr erklärt, dass man die Oberfläche der Zellschicht auf keinen Fall berühren durfte, da sie sofort mit den Bakterien der Hand reagieren würde. Tatsächlich änderte sich die Oberfläche innerhalb von wenigen Minuten und die

Stelle, an der die Folie berührt worden war, wurde sichtbar. Megas Idee war simpel. Sie organisierte sich eine von Kamuras Zellschichten, was kein Problem war, da Dr. Kamura in der Mittagszeit gern ein Schläfchen einlegte.

Drei Tage nach dem Gespräch mit Prof. Walden versteckte sie sich auf dem Gang, wartete einen ruhigen Moment ab und säuberte den Touchscreen mit einem Desinfektionsmittel. Dann nahm sie die Zellschicht mit zwei Pinzetten aus der Glasschale und platzierte sie vorsichtig auf der Glasfläche. Die Schicht war so dünn, dass sie unsichtbar wurde. Jetzt musste Mega nur noch warten. Sie versteckte sich in einer Nische, lauerte in der Dunkelheit und fand das Ganze unerhört aufregend. Ihr passte es überhaupt nicht, dass die Erwachsenen Geheimnisse vor ihr hatten, obwohl sie volljährig war. Sie rächte sich jetzt, indem sie auch Geheimnisse hatte. All die Jahre im Keller hatte sie nicht gewusst, was vor sich ging. Jetzt schien sie aufzuwachen. Der Vorhang hob sich. Die Dinge würden sich ändern. Bei aller Freude konnte sie jedoch eins nicht vergessen: Marks ernsten Gesichtsausdruck.

Sie kauerte in der Nische auf den Boden, wurde immer müder und wäre wahrscheinlich eingeschlafen, wenn sie nicht plötzlich schlurfende Schritte gehört hätte. Zweifellos Dr. Hammer. Er nahm es nicht so genau mit der Vorschrift, leise zu gehen. Er nahm es mit allen Vorschriften nicht so genau. Einzige Ausnahme waren seine Forschungen. Deshalb mochte Mega den Kauz. Er spielte den Rebellen. Mega imponierte das. Dr. Hammer war in Gedanken versunken und sah sich nicht mal um. Jemand hätte direkt hinter ihm auf dem Gang stehen können, er hätte es nicht gemerkt. Schnell und beiläufig tippte er die vierstellige Zahl ein. Die Tür entriegelte mit leisem KLACK. Dr. Hammer zog sie auf, schob sich durch den Spalt und war verschwunden. Die Tür verriegelte automatisch hinter ihm. Mega eilte zum Touchscreen, entfernte die Zellschicht und legte sie mit den Pinzetten in die Glasschale. Auf ihrem Zimmer musste sie nicht lang warten. Nach ein paar Minuten wurde das Muster sichtbar. Dr. Hammer hatte die Zahlen 2,6,7 und 0 eingegeben. Da es nur vier Zahlen waren, wusste Mega, dass es eine überschaubare Anzahl von Kombinationen gab: vierundzwanzig, um genau zu sein. Prof. Walden hatte ihr im Mathematikunterricht gern knifflige Aufgaben gegeben. Mega zeichnete ein Zahlenfeld, das aussah wie der

Touchscreen, und versuchte sich zu erinnern, wie Dr. Hammer sich bewegt hatte. Doch es war zu dunkel gewesen. Das half ihr nicht weiter. Walden war ein praktisch veranlagter Mensch. Er hatte vielleicht eine Eselsbrücke wie ein Muster eingebaut, damit man sich die Zahl besser merken konnte. Sie war sich außerdem sicher, dass er von oben nach unten gehen würde. Ihr Favorit war demnach 2670 und je mehr sie darüber nachdachte, desto sicherer war sie sich, dass dies die richtige Zahl sein musste. Sicherheitshalber schrieb sie aber alle Kombinationen untereinander auf, um sie im Notfall eine nach der anderen ausprobieren zu können.

In der nächsten Nacht stellte sich Mega den Wecker, ein Armband, das sanft vibrierte und ein pulsierendes Licht abgab. Da sich ihre Arme immer in der Nähe ihres Gesichts befanden, weckte das kleine Ding Mega tatsächlich auf sehr angenehme Art und Weise. Nicht selten baute sie das Licht in ihre Träume ein und wusste so immer schon, dass sie demnächst aufwachen würde.

Es war stockfinster und still im Keller. Vorsichtig verließ sie ihr Zimmer und schlich auf Socken über den leeren, dunklen Flur. Alles war anders um diese Uhrzeit. Größer, dunkler und geheimnisvoller. In der Küche schimmerte die Notbeleuchtung und der Kühlschrank brummte leise. Im verlassenen Überwachungsraum flimmerten Kontrolllämpchen. Die Monitore waren ausgeschaltet. Seit Tagen hatte sich draußen nichts bewegt. Weiter hinten rumpelten Klimaanlage und Wasseraufbereiter. Beides kam ihr lauter vor als sonst. Sie passierte die Wohnräume von Dr. Kamura und Prof. Walden. Waldens Tür war angelehnt. Er schlief nicht oder war auch, genau wie sie, früh aufgestanden. Mega schlich weiter. Es wurde immer dunkler. Vor Dr. Kobes Labor war es schließlich stockfinster. Vorsichtig tastete Mega sich an dem Gerümpel und den alten Spielautomaten vorbei und erfühlte den Rahmen des Touchscreens. Sie sah sich um und gab die Nummer ein. 2,6,7,0. Stille. Die Nummer war falsch. Doch dann ertönte das erlösende Geräusch: KLACK. Sie hatte die richtige Nummer erwischt. Gleich beim ersten Versuch. Dann wurde ihr klar, dass sie nicht mehr zurück konnte. Die Türöffnung war registriert worden. Sie durfte jetzt nicht kneifen. Früher oder später würden die Wissenschaftler ihr Treiben entdecken. Mega bezweifelte, dass sie eine zweite Chance bekommen würde. Entschlossen griff sie zur Klinke. Das Herz klopfte ihr bis zum Hals, als sie den Griff nach unten drückte.

Die Tür war schwer und schwang geräuschlos auf. Warme, trockene Luft, die metallisch schmeckte. Die Abluft von technischen Geräten, Computern. Mega war überrascht. Doch eigentlich wunderte sie die Entdeckung nicht. Hier wurde der Strom verbraucht, den sie im anderen Teil des Kellers sparen mussten. Mega schlich in die Dunkelheit. Die Tür schloss sich geräuschlos hinter ihr. Mit leisem Knistern erstrahlte kaltes Licht. Neonröhren. Gleißend hell. Viel heller als alles andere im Keller. Mega kauerte sich in die Ecke neben der Tür und hielt sich die Arme vor das Gesicht. Nach einer Weile hatten sich ihre Augen an die Helligkeit gewöhnt und sie konnte durch die Finger blinzeln. Vor ihr lag ein unspektakulärer Vorraum. Unscheinbare Betonwände wie im Rest des Kellers. Hier waren sie nur vor langer Zeit mit weißer Farbe gestrichen worden. An der Decke hatten sich gelbe Wasserflecken gebildet. Auch das bereits vor langer Zeit. Die alten verblassten allmählich, während sich neue an anderen Stellen gebildet hatten, wie aus dem Lot geratene Jahresringe. Blaue, rote und grüne Streifen teilten die Wände in Augenhöhe. Eine Art Leitsystem. Mega stand in einer Art Schleuse vor drei Türen, die in verschiedene Richtungen führten. Vor der rechten standen diverse Überschuhpaare aus abgeriebenem Gummi. An Kleiderhaken hingen dünne, weiße Stoffanzüge und grüne Hauben. Verfärbt und geflickt. Die Schutzkleidung wurde seit vielen Jahren benutzt. Auf den Namensschildern konnte Mega die Namen der Wissenschaftler entziffern, die in der Enklave lebten. Prof. Walden, Dr. Hammer, Dr. Kamura, Fr. Dr. Kobe. Daneben fand Mega freie Plätze. Auch hier hatten sich Namensschilder befunden, waren jedoch entfernt worden. Hatte es früher mehr Wissenschaftler gegeben? Waren sie verschwunden wie Mark und die anderen Männer? Mega probierte die rechte Tür neben den Gummischuhen. Sie war verschlossen. Die mittlere ließ sich öffnen. Vorsichtig schob Mega sie auf und spähte hindurch.

Dahinter befand sich ein hell beleuchteter Gang, über dessen weiße Wände ein grüner Strich führte. In der Entfernung vernahm Mega Stimmen. Sie stutzte. War das Marks Stimme? Mega nahm ihren Mut zusammen und folgte ihrem Klang. Tatsächlich, je weiter sie kam, desto sicherer war sie sich. Es war Marks Stimme. Was sie noch mehr freute: Es schien ihm gut zu gehen. Er klang nicht, als wenn er krank wäre. Trotzdem schien er sich verändert zu haben. Er klang konzentrierter, ernster. Ihr wurde plötzlich klar, dass sie nicht mehr den Jungen hörte, der sich über sie lustig machte, der für jeden Unfug zu haben war. Was Mega hörte, war die Stimme eines jungen Mannes, der lebenswichtige Entscheidungen traf. Spaß schien es in seinem Leben nicht mehr zu geben. Zielstrebig passierte sie mehrere Durchgänge, näherte sich dem Raum, aus dem Geräusche kamen, lehnte sich mit dem Rücken an die Wand und spähte vorsichtig über ihre Schulter. Und was sie sah, ließ sie erstarren.

Es war Marks Stimme, doch er war nicht im Raum. Er befand sich viele Tagesreisen entfernt, irgendwo im Ödland. Mark saß in einem Liegefahrrad und fuhr mit hoher Geschwindigkeit über eine menschenleere Autobahn. In die aerodynamische Außenhülle waren Mikrofone und Kameras eingebaut. Eine befand sich knapp über Marks Kopf im Himmel des stromlinienförmigen Chassis, sie zeigte den Wissenschaftlern sein Gesicht und zeichnete seine Stimme auf. Weitere Kameras waren an jeder Seite des Liegefahrrads montiert. Eine zeigte nach vorn, eine nach hinten und je eine zu jeder Seite. Marks Blicke suchten aufmerksam die Umgebung ab. Er war gerade aufgewacht und setzte mit der aufgehenden Sonne seine Reise fort. Während er unablässig in die Pedale trat, stopfte er einen Riegel aus Nahrungsmittelkonzentrat in sich hinein. Die Videoübertragungen überwachte Prof. Walden. Fr. Dr. Kobe observierte weitere Monitore, auf denen Messdaten des Fahrrads und Marks Vitaldaten angezeigt wurden. Mark trug eine Manschette am Arm, die mit der Konsole des Cockpits verbunden war. Fr. Dr. Kobe sprach in ein Mikrofon im Steuerpult des Kontrollraums:

»Nicht zu schnell, Mark. Du übersäuerst. Ruhig und gleichmäßig.«

Mark reduzierte seine Geschwindigkeit. Ein ausgebrannter Pkw tauchte auf einem der Monitore auf. Weder Marke noch Modell waren noch zu erkennen. Es sah aus, als hätte er sich vor vielen Jahren überschlagen und wäre dann an Ort und Stelle liegen geblieben. Prof. Walden machte Mark auf das Hindernis aufmerksam:

»Zwei Uhr.«

»Zwei Uhr, gesehen. Da vorn kommt einiges. Könnt ihr das erkennen?«

»Nein. Wie weit entfernt?«

»Zwei Kilometer? Scheint aus Metall zu sein. Ich seh Lichtreflexe.«

»Ich kann nichts erkennen. Bist du sicher?«

»Ziemlich sicher. Hundertprozentig sicher wär' übertrieben. Ich bin zum ersten Mal hier.«

An der Stelle kam der alte Mark durch. Mega musste grinsen.

»In Ordnung. Halt an, wenn du eine gute Position hast! Sieh dir die Sache mit dem Fernglas an! Wir sollten kein Risiko eingehen.«

Mark wurde langsamer. Im Gegenlicht der aufgehenden Sonne erschienen am Horizont verschwommene Silhouetten auf den Videobildern der Frontkamera. Mehrere haushohe Gegenstände. Es war nicht zu erkennen, worum es sich handelte. Die Lichtverhältnisse waren zu extrem. Die Automatik der Kameras verfügte über eine adaptive Lichtanpassung. Sie war gut eingestellt, in diesem Augenblick jedoch mit der tiefstehenden Sonne überfordert, die direkt in die Linse schien. Mark fuhr vorsichtig Stützen aus, parkte das Liegefahrrad auf dem Abstellstreifen der Autobahn und stieg aus. Das Land war weit, leer und still. Kahle Böschungen zu beiden Seiten, hinter denen sich das Ödland ausbreitete, in das rote Licht der aufgehenden Sonne getaucht. Auf den Videobildern sah es aus, als wäre Mark ein Astronaut und würde zum ersten Mal einen Fuß auf den Mars setzen. Er erschien vor der Frontkamera, sah sich um und hob das Fernglas ans Gesicht. Auf einem sechsten Monitor flackerte das Bild. Graue Schlieren durchzuckten den schwarzen Bildschirm, dann klarte er auf und zeigte das grüne, kontrastarme Bild des Restlichtverstärkers. Das Gerät wählte automatisch, anhand der Lichtverhältnisse, zwischen Normalbetrieb, Infrarotmodus und Restlichtverstärker. Der Monitor, vor dem Walden saß, war zunächst grell und überbelichtet. Mark korrigierte manuell die Einstellungen am Fernglas. Skalen maßen automatisch den Abstand zum Ziel, während er fokussierte. Dann klarte das Bild auf. Es waren dutzende Autowracks, ineinander verkeilt und zu größeren Haufen gestapelt. Eine gewaltige Barrikade, die die Autobahn blockierte. Mark vollführte mit dem Fernglas einen langsamen, horizontalen Schwenk. Ein Bildstabilisator glich das vom Zoom verstärkte Zittern seiner Hand aus. Walden beobachtete die Übertragung des Fernglases. Fr. Dr. Kobe behielt die anderen Monitore im Auge. Es sah aus, als wären beide Fahrbahnen versperrt.

»Ich kann von hier aus keine Lücke erkennen. Seht ihr was?«

»Nein.«

»Was soll ich machen?«

Prof. Walden lehnte sich zurück. Man sah ihm deutlich an, dass er mit sich kämpfte. Er schien zu wissen, dass die Stelle gefährlich war, es Mark jedoch nicht sagen zu wollen. Er warf Kobe einen Blick zu, die ebenfalls nicht zu wissen schien, wie man am schlauesten vorgehen sollte. Mark wiederholte ungeduldig:

»Prof. Walden? Was soll ich machen?«

Dr. Kobe schüttelte den Kopf.

»Fahr ein Stück näher, Mark, und wiederhol den Vorgang! Sei vorsichtig! Das könnte ein Hinterhalt sein. Keine Geräusche! Verstanden?«

Mark sprach sofort leise.

»Verstanden.«

Er stieg ins Liegefahrrad, klappte die Stütze ein und fuhr mit Unterstützung eines kleinen Elektromotors aus dem Stand an. Mechanik und Fortbewegung funktionierten vollkommen geräuschlos. Das Vehikel war offensichtlich für Einsätze wie diesen konstruiert worden. Mega staunte, wie gut alles funktionierte. Ein Fahrzeug wie dieses hatte sie noch nie gesehen. Sie hatte natürlich Bilder von Fahrrädern gesehen und wusste deshalb, dass es sich um ein Fahrrad handeln musste, doch dies war anders. Es sah aus wie ein etwas zu schmal und flach geratenes Auto mit drei Reifen. Extrem leicht und windschlüpfrig. Die Reifen lugten nur knapp aus der Hülle heraus. Mega konnte erkennen, dass direkt hinter Marks Kopf in einem kleinen Stauraum ein Sturmgewehr hing. Mega war so fasziniert von ihrer Entdeckung, dass sie nicht merkte, wie sich hinter ihr die Tür öffnete und Dr. Hammer den Flur betrat. Er entdeckte Mega erst, als er direkt vor ihr stand:

»Mega? Was machst du hier?«

Mega erschrak so sehr, dass sie einen kleinen Schrei ausstieß. Mark hörte den Schrei über das Mikrofon.

»Was war das? Was ist los?«

Prof. Walden sprang vom Stuhl auf. Dr. Kobe drückte geistesgegenwärtig den Zeigefinger auf die Lippen. Walden schaltete kurzerhand das Mikrofon stumm. Mega wusste nicht, was sie machen sollte. Ihr war klar, dass sie gegen jede Vereinbarung verstoßen hatte, die sie mit Prof. Walden getroffen hatte. Sie wurde augenblicklich puterrot und stammelte Entschuldigungen, die sie sich jedoch hätte sparen können. Allen Anwesenden war klar, dass es sich um Vorsatz und nicht um Zufall handelte. Das Schlimmste war gar nicht die Tat an sich, sondern die Art und Weise, wie man sie erwischt hatte. Wie ein undankbares

Kind, das die letzten Kekse der Gemeinschaft klaute. Mega senkte den Kopf und wäre vor Scham am liebsten im Boden versunken. Prof. Walden wurde zunächst rot im Gesicht, dann wurde er laut. So laut, wie er es gerade noch vertreten konnte:

»Das hier ist nichts für dich, Mega. Der Zutritt ist nicht ohne Grund verboten. Du hast gegen unsere Abmachungen verstoßen. Warum hast du das getan, Mega? Warum? Antworte!«

»Erwachsenen ist es erlaubt, hier zu sein. Ich bin erwachsen. Hast du selbst gesagt. Außerdem hast du mich angelogen. Mark ist nicht krank.«

Mega antwortete, da sie den Umständen entsprechend erregt und nervös war, leise und mit Unterbrechungen, doch erstaunlich deutlich und so fest, dass es Prof. Walden die Sprache verschlug. Mark meldete sich über Funk:

»Professor? Was ist los?«

Dr. Kobe drehte sich zu Mega, sah sie streng an, legte den Finger auf die Lippen und schaltete das Mikrofon wieder ein:

»Wir sind hier. Alles in Ordnung. Reduzier die Geschwindigkeit und such dir eine gute Stelle.«

»Okay. Verstanden!«

Fr. Dr. Kobe stellte das Mikrofon erneut stumm und wandte sich an Prof. Walden, ohne ihn anzusehen:

»Sie hat Recht. Sie ist erwachsen und wegschicken kannst du sie jetzt nicht mehr. Vielleicht ist es besser, wenn du sie einweihst.«

Prof. Walden drehte sich zu Dr. Kobe um, die ihm jedoch nicht die Freude machte, ihn anzusehen. Er baute sich auf und brachte sich in eine günstige Position, um für einen Streit gewappnet zu sein, als Mega einfach an ihm vorbeiging und sich einem der Monitore näherte.

»Ist das sein Herzschlag?«

»Herzfrequenz, Puls und Atmung. Das sind die Daten des Fahrrads. Wir haben alles im Blick«,

schaltete sich Dr. Hammer hilfreich ein und erklärte Mega die Grafiken auf den Monitoren.

»Herr Dr. Hammer. Ich muss doch sehr bitten.«

»Entschuldigung.«

»Verdammt. Na schön ... Hört ja ohnehin keiner auf mich. Mega? Du willst wissen, was wir hier machen?«

Mega nickte verlegen und noch immer rot im Gesicht.

»Gut, dann schau zu ... Du musst mir nur zwei Dinge versprechen. Und diesmal musst du sie mir bei deinem Leben versprechen, denn Marks Leben hängt davon ab. Verstehst du? Wenn wir hier einen Fehler machen, muss Mark dafür büßen. Im schlimmsten Fall bedeutet das, dass er stirbt. Das wollen wir nicht und das dürfen wir auf keinen Fall zulassen. Hast du das verstanden?«

Mega nickte.

»Du darfst unter keinen Umständen mit ihm reden. Ich weiß, ihr beiden versteht euch gut, aber wenn er jetzt deine Stimme hört, lenkt ihn das ab. Du guckst zu und sagst nichts. Kannst du mir das versprechen?«

Mega guckte traurig, nickte aber erneut deutlich und ernsthaft. Marks Leben war natürlich wichtiger als ihre Lust, mit ihm zu sprechen. Dr. Hammer war im Nebenraum verschwunden, um ihr einen Stuhl zu organisieren, und schob ihn vor die Konsole. Mega setzte sich schnell. Sie war aufgeregt. Ihr Herz schlug wild. Alle waren auf einmal so ernst und hart. Mega spürte deutlich, dass das Leben sich hier abspielte. Der Rest des Kellers war für Kinder. Hier war die Welt der Erwachsenen. Und egal wie hart sie war, sie erschien Mega wesentlich realer.

»Gut. Setz dich und ...«

Walden legte den Finger auf die Lippen. Mega nickte. Der Professor atmete durch, setzte sich ebenfalls, sah dann zu Dr. Kobe und nickte ihr zu. Sie öffnete das Mikrofon:

»Wie sieht's aus, Mark?«

»So weit alles ruhig. Und bei euch?«

Prof. Walden zögerte etwas mit der Antwort. Wusste Mark, was los war? Walden beschloss, die Andeutung zu ignorieren.

»Hier ist alles bestens. Dr. Hammer ist gerade gekommen.«

»Hallo Mark.«

»Morgen. Was macht die Sammlung?«

»Konzentrier dich bitte auf das Hindernis und die Umgebung, Mark.«

Walden fuhr streng dazwischen. Marks Unbekümmertheit passte ihm gar nicht.

»Das ist kein Picknick. Ich möchte mich nicht ständig wiederholen. Du musst die Situation ernst nehmen. Wenn was schief geht, musst du schnell handeln. Wir können dir von hier aus nicht helfen.«

»Das weiß ich. Ich nehme die Situation sehr ernst. Das können Sie mir glauben. Ich versuch nur, sie nicht zu ernst zu nehmen. Das ist für mich im Moment die einzige Möglichkeit, überhaupt weiterzumachen.«

»Ich verstehe ... Tut mir leid, Mark. Ich will nur, dass du heil ankommst.«

»Gut. Damit wären wir schon zu zweit. Sie könnten damit anfangen, mir zu erzählen, was das da vorn ist. Das ist nicht die dritte Straßensperre.«

Fr. Dr. Kobe schaltete sich ein:

»Richtig. Das kann sie nicht sein.«

»Das heißt, das da vorn ist neu?«

Walden bestätigte, was Dr. Kobe schon offenbart hatte:

»Wir haben keine Ahnung, was das ist. Du musst extrem vorsichtig sein.«

»Scheiße.«

Mark sah sich die Barriere erneut durch das Fernglas an. Von der neuen Position aus konnte man erkennen, dass die Autowracks pyramidenartig gestapelt waren. Die unterste Ebene bildete ein Sockel aus jeweils drei Autos, darüber lagen zwei. Den Kamm bildete eine Reihe einzelner Wracks. Die Blech- und Aluminiumreste waren ineinander verkeilt, Lücken mit Metallresten und Sperrmüll gefüllt. Ein massiver Wall war entstanden. Mark setzte das Fernglas ab.

»Irgendwelche Vorschläge?«

Auf dem Monitor, der die nach hinten gerichtete Kamera zeigte, war eine leere Autobahn zu sehen. Hier und da war der Asphalt des Seitenstreifens von Graswurzeln durchbrochen worden und türmte sich zu kleinen Kratern auf. Lange Risse durchzogen die Betonplatten der Fahrbahn. Der Frost musste sie vor Jahren gesprengt haben. Ein kalter, gleichmäßiger Wind strich über die bewegungslose Welt, die langsam aus der Dämmerung erwachte. Plötzlich: eine Bewegung. Wie ein Ast im Wind. Doch es gab weit und breit keine Bäume. Dann tauchte sie erneut auf. Diesmal war sie zu erkennen. Jemand schlich hinter der Leitplanke entlang, spähte kurz darüber hinweg und näherte sich Marks Position. Eine weitere Bewegung ein Stück weiter hinten, auf der anderen Seite. Mega war die Einzige, die sie sah. Alle anderen reagierten nicht. Da sie nichts sagen durfte, hob sie die Hand und zeigte auf den Monitor. Walden entdeckte, was Mega meinte:

»Hol die Waffe, Mark! Sie kommen von hinten. Sieben Uhr.«

Mark schien in diesem Moment etwas zu hören. Er rannte zum Fahrrad, griff in den Innenraum, zog das Sturmgewehr aus der Halterung, ging in die Knie und zielte auf die Leitplanke. Keine Sekunde zu spät. Obwohl er nach wie vor kein Geräusch verursacht hatte, schienen die Angreifer zu wissen, dass er bewaffnet war. Offensichtlich beobachteten sie ihn seit geraumer Zeit. Sie versammelten sich hinter der Leitplanke und blieben in Deckung. Mark konnte Bewegungen in den Zwischenräumen erkennen, doch er schoss nicht. Zu groß war die Wahrscheinlichkeit, die Leitplanke zu treffen. Er schloss das linke Auge, setzte sein Knie auf den Asphalt und flüsterte ins Headset:

»Wie sieht's auf den anderen Seiten aus?«

Prof. Walden antwortete:

»Alles ruhig. Hast du das Ersatzmagazin?«

Mark kam nicht mehr dazu, zu antworten. In diesem Moment ertönte ein entsetzliches Geheul, das von den Lautsprechern verzerrt wurde. Sechs in Lumpen und dreckige Felle gehüllte Gestalten sprangen gleichzeitig auf beiden Seiten über die Leitplanken und rannten in Marks Richtung. Obwohl das Geschrei die beabsichtigte Wirkung erzielte und er zu zittern begann, blieb er insgesamt erstaunlich ruhig. Er gab kurze, kontrollierte Feuerstöße ab, um Munition zu sparen und begann bei der vordersten Gestalt. Die erste Salve krachte und traf. Die Gestalt machte eine eckige Bewegung, schrie laut auf und stürzte. Mark riss das Gewehr zur anderen Seite. Die zweite und dritte Salve, wieder schlugen die Gegner der Länge nach auf den Asphalt, schrien und wälzten sich auf dem Boden. Mark bewegte die Mündung ruckartig zurück. Die vierte und fünfte trafen ihr Ziel, doch die fünfte erwischte den Angreifer nur an der Schulter. Der strauchelte, fiel jedoch nicht, fing sich und lief weiter.

Mega, Prof. Walden, Fr. Dr. Kobe und Dr. Hammer starrten auf die Monitore und wurden Zeuge, wie die Gestalt entsetzlich schrie und sich mit ihren verfaulten Zähnen und einem rostigen Stück Eisen, das an einer Seite abgeflacht war und wohl als Messer diente, auf Mark stürzte und ihn mit einem Hieb am Arm erwischte. Mark schrie, rollte sich zur Seite und gab dem Angreifer, der sich wieder auf ihn stürzen wollte, einen Tritt vor die Brust, dass ihm die Luft wegblieb. Mark riss die Waffe hoch und drückte ab. Diesmal war der

Feuerstoß nicht kontrolliert. Der Angreifer zuckte unnatürlich im Projektilregen, der ihn von unten durchdrang, eh er zusammenbrach und Mark sich erneut zur Seite hechten musste, um nicht begraben zu werden. In diesem Moment war die sechste Gestalt zur Stelle. Die eigenartige Mischung aus Kriegsbemalung und Tarnung machte es unmöglich, ihr Gesicht zu erkennen. Sie hatte sich zwei neue Augen unter die echten auf die Wangen gemalt. Die Kleidung bestand aus Lumpen, die eine dicke Dreckschicht bedeckte. Sie schien nicht durch Nachlässigkeit entstanden, sondern extra aufgetragen worden zu sein. Der Angreifer hielt plötzlich inne und zögerte. Mark riss die Waffe hoch und versuchte, wieder auf die Beine zu kommen. In diesem Moment holte die Gestalt aus und warf einen Gegenstand. Er traf und drang tief in Marks Bein ein. Megas Freund stieß einen Schrei aus, taumelte zurück, feuerte mit einer Hand unkontrolliert und verfehlte den Angreifer. Der sprang mit einer Art Freudenschrei in die Luft, strampelte mit beiden Beinen, als sei er nicht bei Trost, und verschwand, seltsame Laute ausstoßend, hinter der Leitplanke. Schlagartig war es wieder still auf der Autobahn. Der Wind drückte auf die Außenwände des Liegefahrrads und verursachte ein Pochen.

Geschockt und aufs Äußerste alarmiert saßen die Augenzeugen im Keller auf der vordersten Kante ihrer Stühle und klebten an den Monitoren. Mega musste sich auf die Zunge beißen, um dem übermächtigen Wunsch zu widerstehen, mit Mark zu sprechen und ihm zu sagen, dass sie bei ihm war, dass sie alle bei ihm waren.

Mühsam drehte Mark sich zur Kamera. Er wankte, stöhnte, ließ das Sturmgewehr scheppernd auf den Asphalt fallen, um sich um die Wunde zu kümmern. Eine Art Knochenkeule, die aus angespitzten menschlichen Unterkiefern hergestellt worden war, steckte in seinem Bein. Ein grauenhafter Anblick. Allen war sofort klar, mit welcher Art Gegner Mark es zu tun hatte.

»Scheiße. Verdammte Scheiße.«

»Näher zur Kamera, Mark.«

»Was zum Teufel ist das? Was ist das für eine verdammte Scheiße?«

Mark versuchte vorsichtig, die Keule aus seinem Oberschenkel zu ziehen. Die Hose war bereits blutdurchtränkt. Er wirkte unkoordiniert, als wäre er betrunken.

»Was ist mit dir, Mark?«

»Ich weiß nicht. Ich fühl mich seltsam.«

Dr. Hammer schaltete sich ein:

»Zieh das Ding raus und binde das Bein ab. So schnell wie möglich.«

»Was ist das?«

»Ich weiß es nicht, aber ich denke, es ist besser, wenn es draußen ist. Nimm den Gürtel, schling ihn 10 Zentimeter über der Wunde um dein Bein und zieh ihn so eng es geht. Beeil Dich!«

»Verstanden.«

Mark band sein Bein ab und zog die Keule aus der Wunde. Ein Schwall Blut schoss nach, versiegte jedoch. Dann zerriss Mark sein T-Shirt und wickelte es unter Dr. Hammers Anleitung um das verletzte Bein, was die Blutung stoppte. Mark hielt sich tapfer und tat alles, was Dr. Hammer verlangte. Alle im Keller hielten den Atem an. Marks Hände waren blutig, als er endlich fertig war. Sein Kreislauf stabilisierte sich. Er griff zur Waffe und wechselte das Magazin. Mega war beeindruckt von der Disziplin ihres Freundes. Er jammerte nicht, biss die Zähne zusammen, blieb still und konzentrierte sich auf das, was wichtig war. Mega war den Tränen nah. Sie wollte ihm helfen, doch sie konnte nicht. Sie musste stillsitzen und den Mund halten.

»Soll ich ihm folgen?«

»Mit dem Bein kommst du nicht weit. Du musst da so schnell wie möglich weg.«

Prof. Walden sah Fr. Dr. Kobe an. Sie nickte zustimmend.

»In Ordnung. Wie besprochen. Fang mit der Hülle an.«

»Demontieren dauert zu lang. Ich trag ihn.«

»Wie du meinst.«

Mark sah noch einmal zur Barriere, dann drehte er sich um und näherte sich dem Liegefahrrad. Anstatt einzusteigen, hielt er jedoch inne. Die Wissenschaftler waren irritiert, wussten nicht, was los war. Über die Lautsprecher war nichts zu hören. Dr. Kobe drehte sie lauter. Plötzlich sah Mark direkt in die Kamera. Nüchtern und weiß im Gesicht. Er hatte Angst. Todesangst:

»Prof. Walden?«

»Ja.«

»Sagen Sie Mega, dass ... Sagen Sie ihr, dass ...«

In diesem Moment begannen die Lautsprecher entferntes Geheul zu übertragen. Es kam eindeutig von einer größeren Gruppe. Im Keller war nicht zu erkennen, aus welcher Richtung es kam.

»Ich bin hier, Mark.«

»Mega!«

»Lauf weg, Mark! Bring dich in Sicherheit!«

Tränen liefen Megas Wangen hinunter. Sie war verzweifelt. Niemand sah sie vorwurfsvoll an, weil sie sich nicht an die Abmachung gehalten hatte. Alle waren starr vor Entsetzen. Mark legte die Hand neben die Optik, als könnte er Mega berühren:

»Vergiss mich nicht.«

»Nein! Mark!«

Megas Weinen ging im Geheul der Angreifer unter. Mark lud das Sturmgewehr durch und suchte sich hinkend eine gute Position, ein Stück vom Fahrrad entfernt. Zeitgleich tauchten auf allen Monitoren in dreckige Lumpen gehüllte Angreifer mit grotesker Kriegsbemalung auf. Das Mündungsfeuer blitzte, als im selben Moment hinter der Barrikade der helle weiße Fleck der Sonne am weißen dunstverhangenen Himmel erschien. Prof. Walden versuchte, Mark die Positionen des nächsten Angreifers mitzuteilen, merkte jedoch nach kurzer Zeit, dass Mark sich nicht mehr an seine Anweisungen hielt. Bald beschränkte er sich nur noch darauf, Mark zu warnen, wenn Angreifer ihm direkt in den Rücken zu fallen drohten. Mark feuerte in alle Richtungen, wich Pfeilen und Wurfgeschossen aus und er traf. In die Arme, in die Brust und in die Köpfe der wild gewordenen, heulenden Horde. Es klackte. Das Magazin war leer. Mark ließ die Waffe fallen und zog ein Messer. Ein Pfeil durchbohrte seine Schulter. Er taumelte. Zwei weitere Angreifer konnte er abwehren, als ein schwerer Schlag seinen Kopf traf. Innerhalb von Sekunden wurde er überrannt, gefesselt und fortgeschleppt, während die bis zur Unkenntlichkeit vermummten Wegelagerer schrien und heulten, als würden sie eine Viehherde vor sich hertreiben. Mega rief immer wieder Marks Namen, doch er antwortete nicht. Andere Angreifer packten die Toten, die sich vor dem Liegefahrrad stapelten, und schleppten sie fort. Wieder andere schlugen wild und unkontrolliert auf das Liegefahrrad ein. Einige hatten Angst, sich zu nähern, als wäre es ein böses Tier. Das waren keine Menschen mehr, dachte Mega. Das waren Wilde. Was war mit ihnen geschehen, dass sie sich so verändert hatten? Dr. Hammer hatte Recht. Aus dem Augenwinkel sah sie, wie er die Hände in den Schoß legte und niedergeschlagen den Kopf senkte. Mega sprang auf und schrie ihn an:

»Tu was! Tu doch was!«

Dr. Hammer wich erschrocken zurück und schüttelte perplex den Kopf. Fr. Dr. Kobe starrte wie gelähmt auf die Monitore, während Prof. Walden sich erhob und Mega die Hand auf die Schulter legte, um sie zu beschwichtigen.

»Wir können nichts machen, Mega.«

In diesem Augenblick erwischten die Angreifer mit ihren Hieben zwei der Kameras, die in das Liegefahrrad eingebaut waren. Es krachte, die Kameras fielen aus und die Kanäle waren tot. Übrig blieb schwarz-weißes Rauschen. Fr. Dr. Kobe schaltete die Lautsprecher aus. Auf den verbliebenen Kameras sah man, wie Fetzen der aerodynamischen Hülle und des Gestänges auf der Autobahn verteilt wurden. Einen Moment später fielen auch sie aus. Entsetzt starrte Mega auf die rauschenden Monitore. Dr. Kobe erhob sich, schloss eine Akte, die vor ihr auf dem Pult lag, und begann ihren Arbeitsplatz aufzuräumen. Mega schrie sie an:

»Was machen Sie da?«

»Es ist vorbei, Mega.«

»Nichts ist vorbei. Mark lebt noch. Sein Herz schlägt noch. Wir müssen ihm helfen.«

Walden war so niedergeschlagen, wie Mega ihn noch nie gesehen hatte. Er fuhr sich mit den Händen durch die Haare, als müsste er sich zwingen, nicht den Verstand zu verlieren:

»Wir können nichts machen, Mega. Wir können ihm nicht helfen. Es tut mir leid.«

»Es tut Ihnen leid?«

Mit einem plötzlichen Aufschrei sprang sie nach vorn und schlug Prof. Walden die Fäuste auf die Brust. Er stolperte, riss einen Bürostuhl um und landete unsanft auf dem Boden. Walden war so verdattert, dass er gar nicht merkte, wie seine Brille, die ihm schief auf der Nase hing, abrutschte und zu Boden fiel. Mega selbst war nicht weniger verblüfft über ihren Ausbruch. Sie blieb stehen und sah sich irritiert und hilflos um. Fr. Dr. Kobe und Dr. Hammer wichen vorsichtig zurück. Mega drehte sich von einem zum anderen, wusste jedoch nicht, was sie sagen sollte. Dr. Kobe wandte sich halblaut an Prof. Walden:

»Da hast du's. Ich hab dir gesagt, dass es eines Tages passieren wird.«

»Es tut mir leid. Ich weiß nicht, was ...«

»Schon gut, Mega. Schon gut. Ich versteh dich. Du hast Recht und du bist sauer. Aber du musst mir glauben: Wir können nichts machen.«

Walden richtete sich mühsam auf:

»Mark ist zu weit weg. Wir haben keine Möglichkeit.«

Mega wurde schlecht. Das war zu viel auf einmal. Erst war sie ohne Erlaubnis in Kobes Labor eingedrungen, dann war Mark angegriffen und verschleppt worden und jetzt hatte sie auch noch die Beherrschung verloren und Walden angegriffen. Den Mann, der ihr das Leben gerettet hatte. Sie hatte das Gefühl, sich übergeben zu müssen. Hilflos schlang sie die Arme um den Bauch, presste sie mit aller Gewalt zusammen und neigte den Oberkörper nach vorn. Tränen rollten ihre Wangen hinunter. Dieses Leben war ein verdammter Albtraum.

Kobe und Hammer verschwanden wortlos und schlossen die Tür hinter sich. Walden erhob sich und reichte Mega ein Taschentuch. Mega putzte sich die Nase und sah ihn mit roten Augen an:

»Ich versteh nicht, wie Sie so ruhig bleiben können. Sie tun, als wenn Sie das alles nichts angeht. Das ist Mark. Mein Freund.«

»Ich kannte seine Mutter, ich hab bei seiner Geburt geholfen ... Du musst mir glauben, wenn ich sage, dass ich traurig und wütend bin. Ich bin genauso traurig und wütend wie du, Mega.«

»Ich versteh das nicht. Was macht er da draußen?«

Walden seufzte. Mega sah ihn mit großen, roten Augen an.

»Darüber wollte ich mit dir reden ...«

Mega zog die Nase hoch.

»Wir halten nicht mehr lang durch.«

Von einem auf den anderen Moment vergaß sie ihre Traurigkeit. Das hatte Mark also mit „ernst" gemeint. Mega war nicht klar gewesen, wie ernst die Lage wirklich war.

»Was heißt das?«

»Das Grundwasser ist verseucht. Das ist nichts Neues. Das war schon immer so. Wir müssen es aufbereiten. Doch die Ersatzteile für die Aufbereitungsanlage werden knapp. Wir können keine Ionentauscher herstellen. Dazu fehlen uns die Geräte und die Energie. Wenn wir keine Ersatzteile bekommen, wird die Anlage irgendwann ausfallen ... Wenn wir überleben wollen, brauchen wir diese Ersatzteile ... Im Osten soll es eine Siedlung geben. Mark wollte sie finden.«

»Wieso er? Wieso ist Bernhard nicht gefahren?«

»Er ist zu alt. Genau wie ich, wie wir alle. Wir würden nicht durchhalten ... Wenn es nur die geringste Chance auf Erfolg gäbe, wäre ich selbst gegangen. Es ist mir nicht leicht gefallen, Mark zu schicken, und das Scheitern seiner Mission ist ein schlimmer Rückschlag. Eine Tragödie.«

Walden drückte Mega an sich. Das hatte er früher immer getan, jetzt jedoch schon seit längerer Zeit nicht mehr. Mega vergrub den Kopf in seiner Seite. So verharrten sie eine Weile. Mega weinte. Walden starrte mit müden Augen an die Wand.

Sechs Tage später standen sie im Raum der Stille. Mark war nicht tot, darauf hatte Mega bestanden. Doch die Bewohner des Kellers hatten sich darauf geeinigt, sein Bild aufzuhängen, um ihn zu ehren. Das konnte Mega akzeptieren. Doch sie wollte keinen Schlussstrich ziehen, bevor sie nicht sicher war. Walden hängte Marks Bild an die reservierte Stelle und trat zurück. Niemand sprach. Niemand weinte. Niemand brach die Stille. Sie verharrten, sahen Marks Bild an und schwiegen. Irgendwann gingen die Ersten. Schließlich war Mega allein, beobachtete die Kerze, die nie erlosch, und bewegte sich die ganze Nacht über nicht von der Stelle. Weinen musste sie nicht mehr. Möglicherweise hatte man im Leben nur eine bestimmte Menge Tränen zur Verfügung. Möglicherweise hatten Fr. Dr. Kobe, Dr. Hammer und Prof. Walden ihre bereits verbraucht.

Der nächste Tag, der siebte, nachdem Mark überfallen und verschleppt worden war, begann seltsam. Im Traum wurde Mega von Nervosität gepackt. Sie war aufgeregt und wusste nicht, warum. Irgendetwas fehlte, sie suchte etwas. Sie suchte in ihrem Zimmer, in den Laboren, kam jedoch nicht darauf, was es sein könnte. Als sie erwachte und sich im Bett aufrichtete, fiel es ihr schlagartig ein. So geballt, dass sie in Tränen ausbrach. Schluchzend vergrub sie den Kopf in ihrem Kissen. Plötzlich klopfte es an der Tür.

»Mega? Bist du wach?«

Es war Prof. Walden. Mega nervte die Fürsorglichkeit des alten Mannes, trotzdem war sie ihm dankbar.

Am Frühstückstisch rieb sie sich die verquollenen roten Augen und lächelte schief, als Emily sie besorgt ansah:

»Hast du was Schlimmes geträumt?«

»Das hab ich tatsächlich.«

»Was denn?«

Mega überlegte einen Moment:

»Ich glaube nicht, dass du das hören möchtest, Emily.«

Sophia warf Emily einen strengen Blick zu und schüttelte den Kopf. Emily grinste verlegen und aß brav ihren Grießbrei. Mega stützte den Kopf auf die Hand und stocherte missmutig im Essen. Die Wissenschaftler waren bemüht, keinen Augenkontakt zu ihr herzustellen. Nur Walden war mutig genug. Ihre Blicke trafen sich.

»Ich muss mit dir sprechen, Mega. Unter vier Augen. Sagen wir um zwei? In Dr. Kobes Labor? Wär‘ das in Ordnung?«

Mega wurde abrupt aus ihrer Lethargie gerissen. Waldens Tonfall verriet, dass es keine normale Unterhaltung sein würde und nicht nur Mega merkte das. Die Erwachsenen erstarrten. Dr. Hammer vergaß das Kauen, Fr. Dr. Kobe und Dr. Kamura sahen sich über den Tisch hinweg an. Hr. Bernhard und Fr. Kem taten, als hätten sie nichts gehört und aßen weiter, doch deutlich langsamer als vorher. Was wollte Walden von ihr? Welche unerfreulichen Nachrichten würden es diesmal sein? Mega wollte es eigentlich nicht wissen. Nur Sophia wagte es, wortlos, wegen der Kinder, zu protestieren. Sie erhob sich und sah Walden vorwurfsvoll an. Als er nicht reagierte, warf sie scheppernd die Teller aufeinander und verließ den Tisch. Mega sah ihr verwirrt hinterher. Walden wandte sich erneut an Mega und rief ihr in Erinnerung:

»Um zwei in Kobes Labor.«

Mega nickte verdattert.

12. RICHTER

Hagen konnte wieder stehen und auf Stellgar gestützt die Hütte verlassen. Nur zum Waschen und Rasieren hatte er noch keine Zeit gefunden. Sein Gesicht war noch immer schwarz vor Dreck und Haaren. Er trug einen schmutzigen roten Bademantel, in dem er aussah wie die Karikatur eines Königs in einem abgewirtschafteten Wachsfigurenkabinett. Er wankte zum Tisch, der auf dem Versammlungsplatz aufgebaut worden war. Angesichts der Wunden, die er bereits hatte, bevor er gefoltert worden war, grenzte es an ein Wunder, dass er sich schon wieder so gut auf den Beinen halten konnte.

Die heiße Windstille zerschlugen die Zikaden mit ihrem Singsang, genau wie vor der Eroberung, als wäre in der Zwischenzeit nichts Nennenswertes passiert. Hagen hatte die männlichen Gefangenen vor dem Tisch zusammentreiben lassen. Sie knieten im Dunst unter der diffusen Sonne, die grellweiß in den Augen schmerzte.

Stöhnend ließ er sich auf den Stuhl fallen. Er brauchte einen Moment, bis er eine schmerzfreie Position gefunden hatte. Die Gefangenen verharrten regungslos, starrten auf den Boden. Stille senkte sich auf den Platz. Mit zusammengekniffenen Augen versuchte er sich zu konzentrieren und ging seine Optionen durch.

Alles lief, wie geplant. Sie hatten die Festung und ihre Vorräte erobert, hatten sich Grundlagen für ein weiteres Jahr gesichert. Alles lief hervorragend. Eigentlich gab es nichts auszusetzen. Trotzdem fühlte er sich nicht so. Die Unbeschwertheit war verflogen. Dinge, die ihm früher Vergnügen bereitet hatten, wie diese Versammlung, verursachten ihm plötzlich Übelkeit. Hagen wusste genau, wie ihm die Routine abhandengekommen war. Denn alles war Ödlandroutine gewesen, bis auf diese eine Sache. Dieses Mädchen, das ihm nicht mehr aus dem Kopf ging. Mega. Er glaubte, nur etwas ändern zu müssen, um sich zu beruhigen, sich sortieren zu können. Doch, wo sollte er anfangen? Er konnte nichts ändern. Er musste sich an die verdammten Spielregeln halten. Spielregeln, die er selbst erfunden hatte. Er musste, genau wie die verdammten Zikaden, tun, als wenn nichts gewesen wäre. Er konnte die Dinge ändern. Nur er konnte das. Doch nicht jetzt, nicht hier.

Aus dem Augenwinkel beobachtete Hagen die Gefangenen. Auf Titos Stirn hatte sich Schweiß gesammelt. Er stand unter Schock. Der Angriff steckte ihm in den Knochen. Er hatte verfluchtes Glück gehabt. Die Granate hatte ihn nur leicht verletzt. Er blutete aus den Ohren und in seinem Rücken steckten ein paar Splitter. Nichts, was ihm gefährlich werden konnte. Tito würde ihnen erhalten bleiben. Marko, dem Traurigen, dem Mann mit dem verstümmelten Gesicht, der neben ihm kniete, ging es deutlich schlechter. Doch auch er war zäh und hatte schon ganz andere Dinge weggesteckt. Irgendwie mochte Hagen ihn. Markos Körper war fast so verunstaltet wie sein eigener. Schließlich hob er die Stimme:

»Ein Mann bat euch um Trinkwasser, weil er Durst hatte. Er hatte sich verlaufen und seit Tagen nichts gegessen. Er befand sich in einer Notsituation. Dieser Mann wurde von den Bewohnern dieser Siedlung in eine Falle gelockt, erniedrigt, seiner Freiheit beraubt und gefoltert.«

Hagen deutete auf den Pfahl am Kopfende des Platzes. Einige Bewohner betrachteten das Beweisstück interessiert. Tito hingegen starrte Hagen an, das Gesicht verzogen, in einer Mischung aus Ekel und Fassungslosigkeit.

»Weil er Wasser trinken wollte, wurde der Mann geschlagen und getreten. Er wurde mit glühenden Eisen traktiert, fast erstickt, ihm wurde bei lebendigem Leib die Haut abgezogen.«

Hagen steigerte sich in seine Aufzählung hinein. Seine Stimme wurde lauter und fester, doch er behielt sich unter Kontrolle:

»Man kugelte ihm die Schultern aus, bis er fast das Bewusstsein verlor. Am Ende stach man ihm in die Brust, in der Absicht, ihn zu töten. Einen hilflosen Mann. Nur durch ein Wunder überlebte er. Das ist Vorsatz, Bösartigkeit, besondere Niedertracht, besondere Schwere der Schuld.«

Tito schüttelte langsam und fassungslos den Kopf. Hagen fuhr leiser fort:

»Die Beweise liegen vor. Der Zeuge wurde gehört. Kraft meines Amtes und in Ermangelung einer anderen Instanz verurteile ich die Anwesenden mit Ausnahme von ihm ...«,

er deutete auf Tito,

»… und seinem Nebenmann zum Tode. Das Urteil wird vollstreckt.«

Tito hielt es nicht mehr aus:

»Wenn du schon so tust, als würdest du Gericht halten, solltest du auch die Angeklagten zu Wort kommen lassen.«

»Die Angeklagten möchten also etwas sagen?«

»Allerdings möchten wir das.«

»Ich weise darauf hin, dass eine Aussage keine Auswirkung auf das Urteil hat.«

»Was soll dann diese Veranstaltung? Glaubst du, du kannst dich mit dieser Farce von deiner Schuld reinwaschen? Indem du dich hier zum Richter aufspielst? Dass ich nicht lache. Wer gibt dir das Recht? Wer hat dich zum Richter ernannt?«

»Fakt ist, dass ihr einen wehrlosen Mann gefoltert habt.«

»Das war ein Hinterhalt, eine Falle. Der Streit zwischen dir und deinen Männern. Deine Verbannung. Das war alles inszeniert.«

»Ihr habt mich in eine Falle gelockt. Wir wollen nicht die Wahrheit verdrehen.«

»Wahrheit. Die Wahrheit interessiert dich doch überhaupt nicht. Diese kranke Inszenierung schreit doch zum Himmel.«

»Sie wird dort kein Gehör finden. Sonst noch was?«

»Wir sind unschuldig. Ich hab nur meine Leute beschützt. Ich hab versucht unser Überleben zu sichern.«

»Du hast mir also aus der Not heraus die Haut abziehen müssen, hab ich das richtig verstanden?«

»Dir gehören noch ganz andere Dinge angetan. Wir hätten dich umbringen sollen. Du verfluchtes Dreckschwein. Du hast unsere Kinder getötet.«

Einen Moment lang herrschte Stille auf dem Platz. Hagen veränderte seine Sitzposition und stöhnte leise:

»Kannst du das beweisen? Hast du … Fingerabdrücke, DNA-Spuren, … irgendwas?«

Tito schwieg. Die Absurdität der Unterhaltung spottete jeder Beschreibung.

»Siehst du. Du weißt nicht, wer das war. Spekulation. Nichts weiter … Was soll's. Genug geredet. Mach dich an die Arbeit, Ruben.«

»Warte!«

»Was?«

»Lasst uns wenigstens die Toten begraben, bevor ihr uns umbringt.«

Hagen erhob sich mühsam und sah Tito in die Augen. Er sprach leise, doch jeder in der Siedlung verstand ihn, selbst die, die in den Hütten kauerten und lauschten.

»Die Toten werden nicht begraben.«

Stille. Die Gefangenen erstarrten vor Entsetzen. Mit einer Böe setzte der Wind ein. Ein kalter Wind, der aus Osten kam.

13. EINE IRRSINNIGE IDEE

Die Wissenschaftler hatten sich im Kontrollraum vor den Monitoren versammelt und diskutierten leise. Als Mega den Raum betrat, verstummten sie. Walden wandte sich an die Kollegen.

»Wir sprechen nachher weiter.«

Sie verließen den Raum. Nur Walden blieb zurück. Mega betrachtete ihn skeptisch.

»Ich hab nicht das Gefühl, dass ich weiß, was hier läuft.«

»Setz dich erst mal!«

»Ich bleib stehen.«

Mega sah Walden trotzig an. Walden wurde nervös. Er war es nicht gewohnt, dass man ihm widersprach.

»Gut, dann stehst du eben ... Damit keine Missverständnisse entstehen und du nicht mehr das Gefühl hast, wir hätten Geheimnisse vor dir, werde ich es kurz machen ... Ich hab dir erzählt, dass wir Ersatzteile brauchen. In einem, spätestens zwei Jahren können wir den Wasseraufbereiter nicht mehr reparieren. Wir haben kein Transportmittel. Und selbst wenn wir eins hätten, hätten wir nicht genug Benzin. Ausreichend Ethanol herzustellen und einen Motor umzurüsten wäre möglich, doch dann stoßen wir auf andere Schwierigkeiten. In der Welt da draußen gibt es nur noch wenige Maschinen und kaum Geräusche. Ein Verbrennungsmotor erzeugt Lärm und elektromagnetische Schwingungen. Er kann mit entsprechenden Sensoren über weite Entfernungen geortet werden. Die ersten Versuche haben wir mit umgerüsteten Autos gemacht und sie sind kläglich gescheitert. Die Fahrer wurden überfallen und getötet, noch bevor sie die Autobahn erreicht hatten. Wir haben mit kleinen Motoren experimentiert. Doch das hat auch nicht funktioniert. Früher oder später wurden sie geortet. Irgendwann kam Dr. Kobe auf die Idee, ganz auf Verbrennungsmotoren zu verzichten. Eine irrsinnige Idee, ... dachten wir zunächst.«

Walden setzte sich, lehnte sich vor und wurde etwas leiser. Mega sah, wie seine Augen zu leuchten begannen. Ein Funken Hoffnung, dachte Mega. Der alte Mann spielt dir nichts vor. Er lügt dich nicht an. Er ist tatsächlich davon überzeugt, eine Lösung gefunden zu haben.

»Bereits der erste Prototyp kam doppelt so weit, wie wir je mit einem Auto gekommen sind, Mega. Wir wussten sofort: Das ist die Lösung. Dr. Kobe hatte noch eine Idee. Sie baute einen kleinen Elektromotor in ein Liegefahrrad ein. Dadurch hatten wir beides: ein geräuschloses Fahrzeug, das keinen Treibstoff benötigt und im Notfall auf sechzig Stundenkilometer beschleunigen kann, mit einem Motor, zu klein und zu leise, um geortet zu werden.«

»Daran arbeitet sie?«

»Es hat ein paar Jahre gedauert, aber jetzt sind wir so weit.«

»Das ist prima.«

»Ja.«

Walden erhob sich, druckste herum. Mega beobachtete ihn.

»Warum bin ich hier, Professor?«

»Ja. Darüber wollte ich mit dir sprechen. Wie du gesehen hast, ist die Reise nicht ganz ungefährlich.«

Die Erinnerung war noch zu frisch, die Wunden noch nicht verheilt. Mega konnte nicht antworten.

»Ähm, wo war ich stehen geblieben, ach ja, also, wir haben keinen Mann mehr, der belastbar und kräftig genug wäre die Reise auf sich zu nehmen, ... deshalb müssen wir es mit einer Frau versuchen ... Mit dir, Mega. Du bist die Nächste.«

Mega starrte Walden ungläubig an.

»Ich?«

»Ja.«

»Nein.«

»Warte, lass mich erklären ...«

»Mark hat es nicht geschafft. Wie kommen Sie darauf, dass ich es schaffe?«

»Wenn es jemand schaffen kann, dann du. Das wusste ich von Anfang an. Von dem Moment an, als ich dich vor unserer Tür gefunden habe. Jede andere wäre tot gewesen. Du hast gelebt, trotz Wunden, trotz Hunger. Du weißt, Dr. Hammer ist davon überzeugt, dass die Menschheit, dass wir alle degenerieren. Für mich warst du immer der Gegenbeweis, der Beweis für die Überlegenheit der menschlichen Rasse. Der Beweis dafür, dass wir es schaffen können. Du bist stark, intelligent, du ahnst Dinge, bevor sie passieren. Du wusstest, dass ich dir das heute erzählen würde, bevor du hier reingekommen bist, hab ich recht?«

»Stop!«

Die Schwärmereien wurden ihr unheimlich. Diese Töne waren neu für sie. Warum hatte Walden ihr vorher nie etwas gesagt? Warum erst jetzt? Und wovon redete der Alte überhaupt? Wohl kaum von ihr? Überlegenheit der menschlichen Rasse? Käse. Irrsinn. Die großartige, menschliche Rasse war am Ende. Das sollte selbst der verschrobene alte Knacker mitbekommen haben.

»Ich werde nicht da rausgehen.«

»Das wolltest du doch immer.«

»Ich will hier raus. Nichts lieber als das, aber ...«

Mega zeigte auf die Monitore.

»Das will ich nicht. Ich werde mich nicht in dieses Ding setzen.«

»Das eine geht nicht ohne das andere, Mega. So leid es mir tut. Wenn du hier raus willst, wird das nur so möglich sein. Alles andere ist Selbstmord.«

»Auf keinen Fall. NEIN!«

Mega ging rückwärts und wurde immer schneller. Schließlich rannte sie.

Sie floh durch den Keller in ihr Zimmer, schloss es ab und verrammelte die Tür mit ihrem Stuhl und ihrem Nachttisch. Aufgewühlt lief sie auf und ab und wiederholte immer wieder:

»Nein!«

Dann warf sie sich aufs Bett und vergrub den Kopf unter der Decke. Sie hätte diese Nacht mit Mark verbringen sollen. Erst jetzt wurde ihr klar, dass sie ihn nie mehr wiedersehen würde. Sie vermisste ihn. Ein bohrender Schmerz, ein Loch im Magen wie ein Hunger, der nicht gestillt werden konnte. Nach einer Weile fiel sie erschöpft in traumlosen Schlaf.

14. SOPHIAS GEHEIMNIS

Es dauerte lang, bis sich das Leben im Keller wieder normalisierte. Prof. Walden hatte die Kollegen von Megas Weigerung unterrichtet. Gemeinsam hatten sie beschlossen sie nicht zu drängen, weil das ohnehin keinen Zweck gehabt hätte. Wenn Mega sich auf die Mission einlassen würde, dann nur freiwillig. Niemand würde sie zwingen können. Wenn sie den Keller verlassen würde, wäre sie auf sich gestellt. Früher oder später würde sie ohnehin machen, was ihr am sinnvollsten erschien. Man war sich deshalb einig, dass nur Einverständnis und Kooperation einen Erfolg ermöglichen konnten.

Nicht verhindern konnte Walden, dass sich die Erwachsenen Sorgen machten. Mega war jung, gerade erst neunzehn geworden. Bisher hatten sie nur ältere, erfahrene Männer ausgesandt. Selbst bei Mark, drei Jahre älter als Mega, hatten sie ein schlechtes Gewissen gehabt. Was er an Energie und Durchhaltevermögen besaß, fehlte an Erfahrung und Nervenstärke. So diskutierten die Wissenschaftler rein theoretisch über Megas möglichen Einsatz. Hatte sie als Frau einen Vorteil? Welcher sollte das sein? Die Meinungen darüber gingen auseinander. Mega war zäh und sportlich, aber untrainiert. Ihre Ausbildung würde mehr Zeit in Anspruch nehmen, als es bei einem Erwachsenen der Fall gewesen wäre. Alle Spekulationen über Megas Chancen waren jedoch sinnlos, denn sie hatte nicht die Absicht, den Keller zu verlassen. Sie ging dem Thema aus dem Weg und sprach mit niemandem. Wurde sie von Bewohnern in diese Richtung gedrängt, blockte sie ab und verließ zur Not den Raum. Allmählich machte sich das Gefühl breit, dass sie mit ihrem Schicksal leben mussten. Dr. Hammer, der jüngste Wissenschaftler, gerade erst 58 Jahre alt, brachte sich selbst ins Spiel, doch schon die ersten Ausdauertests zeigten, dass er die Belastung keine zwei Wochen durchhalten würde. Sein Herz machte nicht mit. Mega zog sich unterdessen zurück. Sie schien sich ultimativ gegen die Mission entschieden zu haben.

Insgeheim plagte sie sich jedoch mit der Entscheidung herum. Für sie war die Angelegenheit ganz und gar nicht erledigt. Das durfte jedoch niemand wissen, denn sie wollte die Sache mit sich allein ausmachen. Mega reizte die Möglichkeit, herauszufinden, was mit Mark geschehen war. Vielleicht wurde er gefangen gehalten. Vielleicht konnte sie ihm helfen. Auf der anderen Seite standen die Gefahren einer Reise ins Unbekannte durch ein ausgeplündertes Land dessen Bewohner unberechenbar waren. Irgendwo im Osten lag eine Enklave und dort gab es möglicherweise Ersatzteile. Mehr wusste sie nicht und viel mehr wussten auch die Wissenschaftler nicht. Das war alles sehr vage und sprach eindeutig gegen den Einsatz.

Mega wollte weg, doch sie wollte auch nicht ohne ihre Freunde sein. Sie waren alles, was sie hatte. Doch wenn sie nicht aufbrach, würden die Bewohner des Kellers, die Menschen, die sie nicht verlieren wollte, krank werden. Sie steckte in einer Zwickmühle. Entsprechend schlecht ging es ihr. Sie aß und trank zu wenig und erkältete sich. Walden und vor allem Dr. Kamura waren besorgt, als sie sahen, wie bleich und dünn Mega über die Gänge schlich.

Mega versuchte, sich abzulenken. Sie las viel, konnte sich aber kaum etwas merken, denn ihre Gedanken drifteten früher oder später ins Ödland. Wie würde es sein? Wie würde es sich anfühlen? Je mehr Mega sich mit der Entscheidung herumplagte, desto stärker wurde die fixe Idee, dass ihre Wurzeln ohnehin dort draußen lagen und sie das Ödland eigentlich schon kannte. Und plötzlich war der Gedanke, den Keller zu verlassen, gar nicht mehr so abwegig.

In der Bibliothek traf sie Sophia, die den Kindern etwas vorlas. Mega setzte sich neben sie. Eine Zeit lang konnte sie zuhören, dann flogen ihre Gedanken davon. An düstere Orte. In eine Zwischenwelt aus Fantasie und dunklen Erinnerungsfetzen. Sie kehrte zu ihrem Problem zurück und stellte fest, dass sie keine Alternative besaß. Sie musste gehen. Dies war ihre Aufgabe. Sie würde nicht mehr bewegungslos in der Dunkelheit hocken und darauf warten, entdeckt zu werden.

Eine plötzliche Bewegung der Kinder schreckte sie aus ihren Gedanken auf. Sie liefen aus der Bibliothek, um die Geschichte nachzuspielen und stritten leise über die Rollenverteilung. Mega versuchte, sich verzweifelt daran zu erinnern, welche Geschichte sie gehört hatte, doch sie wollte ihr partout nicht einfallen. Sophia warf ihr den Blick einer Mutter zu, die genau wusste, welche Sorgen ihr Kind quälten. Mega wickelte einen ihrer Dreads um den Zeigefinger, zog ihn nach unten und ließ ihn vom Finger gleiten. Etwas, was sie immer tat, wenn sie mit Entscheidungen haderte. Mega wusste das nicht. Nur Sophia wusste es. Der Stern unter ihrem rechtem Auge war blass in diesem Moment und ihr Gesicht fast weiß.

»Wie geht's dir?«

»Gut.«

»Was macht die Erkältung?«

»Geht ... Ich schlaf nicht so gut.«

Sophia wartete, doch Mega wollte nicht reden. Schließlich wandte sie sich dem Durchgang zu. Als sie fast draußen war, rief Mega ihr hinterher:

»Ich wollte dich was fragen.«

Sophia kehrte zurück und setzte sich an den Holztisch. Es war der einzige Gegenstand aus Holz in dem kahlen Raum. Die Regale aus graulackiertem Stahl, die die Wände bedeckten, verströmten die spröde Distanz einer staatlichen Bildungseinrichtung und sie rochen noch immer nach Bohnerwachs, obwohl im Keller schon ewig nicht mehr gebohnert worden war.

»Wenn die Aufbereitungsanlage ausfällt, ... was passiert dann?«

»Ich bin kein Wissenschaftler, Mega. Das musst du besser Dr. Kobe fragen.«

»Ich versteh Kobe nicht. Wir sprechen unterschiedliche Sprachen. Ich frage dich.«

»Soweit ich weiß, passiert zunächst gar nichts. Es dauert eine Weile. Die Strahlung verändert die Zellen. Einige werden Krebs bekommen. Bei manchen wird es Jahre dauern, bei anderen Monate. Doch früher oder später werden alle krank werden.«

Sophia stockte und sah sich um, um sicherzugehen, dass niemand zuhörte:

»Die Kinder zuerst. Die Schwächsten sterben immer zuerst.«

Sophia betrachtete ihre Hände und sprach leise weiter:

»Das werde ich jedoch nicht zulassen.«

Mega sah sie überrascht an.

»Jeder von uns verbraucht aufbereitetes Wasser. Je weniger wir sind, desto geringer ist der Verbrauch. Wenn die Aufbereitungsanlage ausfällt, werde ich dafür sorgen, dass es einen Verbraucher weniger gibt ...«

Leise und entschlossen fügte sie hinzu:

»Ich werde nicht zusehen, wie die Kinder vor mir sterben ... Prof. Walden und ich haben eine Abmachung. Er wird ihnen erzählen, dass ich fortgegangen bin. Sie werden es verstehen, ... wenn sie groß sind und das alles vorbei ist.«

Sophia erhob sich. Sie wirkte erschöpft. Mega schämte sich plötzlich. Ihre alte Freundin war dazu bereit, ihrem Leben ein Ende zu setzen, um andere zu retten, während sie selbst zögerte. Und das, obwohl sie eine Chance hatte, während Sophia in den sicheren Tod gehen würde. Mega schämte sich so sehr, dass sie Sophia nicht in die Augen sehen konnte, als sie sich von ihr verabschiedete. Es dauerte noch ein paar Minuten, in denen Mega allein in der dämmrigen Bibliothek zurückblieb und in die Dunkelheit starrte, dann war sie sich sicher. Sie hatte sich entschieden.

Um nicht den Mut zu verlieren, sprang sie auf und lief geradewegs zu Prof. Walden. Er saß im Überwachungsraum vor den Monitoren und sondierte konzentriert die verrauschten Videobilder. Er saß dort, wie immer, allein, in der Stille. Mega räusperte sich, um ihn nicht zu erschrecken, kreuzte die Arme und verkündete großspurig:

»Ich mach es.«

Waldens Reaktion enttäuschte sie etwas. Sie hatte erwartet, dass er sie vor Dankbarkeit umarmen würde oder etwas in der Art. Stattdessen runzelte er nur die Stirn und betrachtete sie skeptisch.

»Sicher?«

»Ja.«

»Wenn du draußen bist, kannst du‘s dir nicht noch mal überlegen.«

Das stimmte natürlich. Mega schluckte. Nein, sie würde jetzt nicht kneifen. Sie hatte sich entschieden. Sie würde die Ersatzteile finden und ihre Freunde retten. Sie würde Mark suchen und ihn ebenfalls retten. Zumindest würde sie das alles versuchen.

»Wollen Sie mir die Sache etwa ausreden, nachdem sie mich fast wahnsinnig gemacht haben? Ich bin krank geworden, weil ich mich nicht entscheiden konnte ...«

»Ich will nur sichergehen, dass du dich wirklich entschieden hast.«

»Das hab ich. Ich bin bereit.«

»Nein ...«

Walden schüttelte den Kopf.

»Das bist du leider nicht. Du bist erst bereit, wenn du

alles Notwendige gelernt hast. Du musst lernen dich zu bewegen, du musst lernen dein Fahrzeug und deine Waffen zu reparieren, du musst lernen zu kämpfen ... Du musst lernen zu überleben, Mega.«

Mega nickte.

»Wann beginnt der Unterricht?«

Zum ersten Mal seit langer Zeit sah sie Prof. Walden lächeln.

»Sofort, wenn du willst.«

15. HENKER

Hagens dreckiger, roter Bademantel bewegte sich im Wind. Er stand am Rand der Gruppe, hielt sich an einer Hütte fest und beobachtete Stellgar und Ruben, die den Männern Befehle erteilten. Die Verurteilten wurden gepackt und einer nach dem anderen zum Richtblock geführt. Geschockt, unfähig zu akzeptieren, was geschah, stolperten sie unkoordiniert über die eigenen Füße. Einige wandten sich verzweifelt den Hütten zu, aus denen das Schreien und Weinen der Frauen zu hören war. Doch keiner von ihnen brachte einen Ton heraus. Ihre Zungen und ihre Glieder waren wie gelähmt.

Ruben, der Rote, ein kurzgeschorener Albino mit kalkfleckigem Gesicht und emotionslosen Schweineaugen, hatte seinen Spitznamen nicht nur wegen der roten Haare. Er besaß ein scharfes Beil, das zum Schlachten von Ochsen geschmiedet worden war. Er hatte es in den Trümmern eines japanischen Restaurants gefunden. Ein großes Glück, wie Ruben gern betonte. Und dies war einer der Anlässe, bei denen es zum Einsatz kam. Verwundete, die nicht mehr stehen konnten, wurden zum Richtblock getragen. Meistens schaffte Ruben es mit einem einzigen, kraftvollen Hieb. Manchmal brauchte er zwei und man merkte, dass ihm das nicht passte. Bald war der Boden schwarz und dampfte vom Blut der Geköpften und roch nach Eisen. Die Verurteilten mussten zusehen, wie sich ihre Reihen lichteten. Einer nach dem anderen wurde abgeführt.

Hagen registrierte zum ersten Mal die gespenstische Routine. Seine Männer lungerten herum, tranken selbstgebrannten Schnaps, den sie in einer Vorratshütte entdeckt hatten, und sahen Ruben bei der Arbeit zu, als würden sie auf dem Jahrmarkt stehen und den Kollegen beim „Hau den Lukas“ anfeuern. Sie fachsimpelten darüber, ob Meister Ruben einen oder zwei Streiche brauchen würde. Sie scherzten und lachten in zunehmender Lautstärke. Einige schlossen Wetten ab, andere saßen ein Stück entfernt und rauchten schweigend Zigaretten, die sie für diesen Moment aufgespart hatten. Abwechselnd griffen sie Köpfe und Körper und schliffen oder warfen sie auf zwei Haufen. Einer für die Köpfe, der andere für die Körper. Das Jammern der Frauen ging im Gelächter unter. Hagens Männer schienen es nicht zu hören. Sie scherzten, brüllten und sangen, als gelte es, deutlich zu zeigen, wie sehr man den Spaß genoss.

Hagen war der Einzige, der nicht lachte. Er erwachte in diesem Moment aus einem grauenhaften Albtraum und stellte fest, dass es keiner war. Das entsetzliche Treiben, das sich vor seinen Augen abspielte, war sein Leben. Er hatte diese mordlüsterne Horde gezüchtet. Sie war sein Werk. Und er war ihr Meister. Der Allerschlimmste von ihnen.

16. BASIS-TRAINING

Mega hatte sich einen Jogginganzug von Sophia ausgeliehen. Er passte nicht besonders gut, doch er war besser als gar nichts. Was Kleidung anging, konnten die Bewohner des Kellers nicht wählerisch sein. Mega hatte sich die Hose mit einem zusätzlichen Gummizug enger geschnallt, die Ärmel hochgekrempelt und war bester Laune, als sie den schlichten, leergeräumten Seminarraum betrat. Hr. Bernhard und Fr. Kem verneigten sich förmlich vor ihr. Mega verneigte sich ebenfalls. Der Seminarraum wurde von altersschwachen Energiesparlampen erhellt. Lederbespannte Holzkästen waren, wie in einer Turnhalle, zu einer Art Hindernisparcours arrangiert. Auf dem Boden vor, hinter und neben den Kästen lagen Turnmatten, die mal blau gewesen waren, aber durch zahllose Lederflicken eher an misslungene Perserteppiche erinnerten. Mega nahm deutlichen Schweißgeruch wahr, der schwer in der Luft lag. Er mischte sich mit dem Geruch von altem Leder und etwas anderem, das sie nicht identifizieren konnte, sie jedoch unangenehm an Blut erinnerte. Ein großer Nachteil des Kellers war, dass man ihn schlecht lüften konnte. Mega hatte sich an die Gerüche gewöhnt. In diesem Raum stauten sich die menschlichen Ausdünstungen jedoch besonders intensiv. Eine Wand bedeckten große Spiegel. Der Spalt, in die man sie eingepasst hatte, war nachträglich in den Beton gebrochen worden. Fr. Kem und Hr. Bernhard verneigten sich erneut vor Mega. Aus Mangel an Alternativen imitierte sie ihre Bewegung noch einmal. Fr. Kem trat vor und lächelte ihr undefinierbares asiatisches Lächeln, trotzdem schien ihr Gesicht strenger als sonst zu sein. Mega wurde klar, dass sie ab sofort nicht mehr die nette Fr. Kem sein würde, die sich bei wissenschaftlichen Disputen raushielt. Von diesem Moment an war die kompakte Asiatin ihre Meisterin.

»Hallo, Mega.«

»Hallo.«

»Dies ist der Parcours. Hier simulieren wir Situationen, denen du im Ödland begegnen kannst. Du wirst lernen, schnelle

Entscheidungen zu treffen und dabei ruhig zu bleiben. Nur wenn du einen kühlen Kopf bewahrst, wirst du richtige Entscheidungen treffen. Ein Teil des Trainings werden deshalb Entspannungs- und Konzentrationsübungen sein. Hinter dieser Scheibe wird dich immer jemand beobachten. Später werden wir die Lektionen analysieren. Bist du einverstanden?«

Mega freute sich auf den Unterricht. Beschwingt antwortete sie:

»Okay. Kann losgehen.«

Fr. Kem sah auf den Boden, fast als hätte sie ein schlechtes Gewissen.

»Nichts, was wir hier trainieren, kann dich vor der Realität des Ödlands bewahren. Wir können nur versuchen dich möglichst gut vorzubereiten.«

Mega nickte. Die tiefe Wahrheit dieser einfachen Sätze wurde ihr in diesem Moment zum Glück noch nicht klar, doch sie spürte, dass es ernst wurde.

»Wir beginnen mit waffenlosem Kampf.«

Sie verneigte sich erneut vor Mega. Mega machte es ihr erneut nach. Ohne Vorwarnung sprang die Meisterin nach vorn, ergriff Megas Arm und schleuderte sie mit kraftvollem Schulterwurf quer durch den Raum. Mega flog durch die Luft und schlug ein ganzes Stück entfernt mit dem Rücken gegen einen Holzkasten. Ihr blieb die Luft weg und ihr drohte, schwarz vor Augen zu werden. Mit Armen und Beinen rudernd, sprang sie wieder auf die Beine. Fr. Kem näherte sich bereits. Mega wich aus und verhinderte, dass Fr. Kem einen zweiten Griff ansetzen konnte.

»Sehr gut. Das Wichtigste ist der Stand. Je fester du mit beiden Beinen auf dem Boden stehst, desto schwieriger wird es, dich umzuwerfen. Bist du am Boden, bist du verloren. Du musst stabil stehen, möglichst breit. Dein Schwerpunkt muss tief liegen.«

Fr. Kem machte es vor und zeigte mit der Hand auf ihren Schwerpunkt. Einen Fuß stellte sie quer, den anderen längs. Das vorgestreckte Bein leicht angewinkelt. Im tiefen Stand schlich sie näher. Mega imitierte die Körperhaltung und streckte automatisch die Hände nach vorn. Kem nickte zufrieden.

»Sehr gut. Du musst schnell sein, sonst kriegen sie dich.«

Mega wich instinktiv aus. Fr. Kem folgte ihr. Mega war nicht dazu in der Lage, zu protestieren. War es nötig, sofort so hart vorzugehen? Hr. Bernhard blieb in der Nähe. Da er nicht protestierte, ging sie davon aus, dass alles seine Ordnung hatte. Allmählich dämmerte ihr, welches Ausmaß die Vorbereitungen haben würden. Und das war erst der Anfang.

Im Raum hinter der verspiegelten Scheibe stand Prof. Walden zwischen rohen Betonwänden und staubigen Kabeltrassen und beobachtete das Training im Parcours. Im Zwielicht ruhte eine Videokamera auf einem Stativ und auf einem Tisch in der Nähe ein aufgeklappter Laptop. Auf überfüllten Regalen in der Dunkelheit vor den Wänden lagen Speichermedien mit Aufzeichnungen früherer Trainingseinheiten. Auf ein paar standen Marks Name, Datum und Uhrzeit. Einige Namensschilder waren entfernt und durch neue ersetzt worden. Der Monitor des Laptops zeigte das Bild, das die Videokamera aufzeichnete. Darunter lief ein Timecode. Sehr leise war der Ton aus dem Parcours zu hören. In der Dunkelheit hinter Walden standen die anderen Wissenschaftler. Dr. Kamura aß ein Stück selbstgebackenes Brot. Dr. Kobe hatte eine Tasse Tee in der Hand und rührte gedankenverloren darin herum. Dr. Hammer hatte eine Nachtschicht hinter sich und rieb sich die Augen:

»Dann geht's also los.«

Walden nickte und antwortete mit einem Hauch von Stolz:

»Sieht aus, als würde sie doch keinen Ärger machen, was?«

»Wird sich zeigen«,

murrte Dr. Kobe in ihren Tee. Dr. Hammer näherte sich der Scheibe, als traute er seinen Augen nicht:

»Sie macht das zum ersten Mal? ... Das sieht nicht aus, als wenn sie das zum ersten Mal machen würde.«

Fr. Dr. Kobe und Prof. Walden sahen ebenfalls genauer hin. Niemand sagte etwas.

Im Parcours stürmte Fr. Kem in Megas Richtung und versetzte ihr einen kräftigen Stoß mit der offenen Hand gegen die Brust. Mega wurde nach hinten geschleudert, landete unsanft auf dem Hintern und rutschte ein ganzes Stück über den glatten Boden. Erneut blieb ihr die Luft weg. Mega stieß ein Japsen aus, das abrupt abbrach. Sie war kurz davor, zu ersticken, so hart hatte Fr. Kem sie getroffen. Sie hustete, keuchte. Dann sprang sie wütend auf die Beine und warf Fr. Kem einen angesäuerten Blick zu. In der kleinen unscheinbaren Frau steckte eine Kraft, die Mega erstaunte. Nie hätte sie das für möglich gehalten. Sie hatte Fr. Kem unterschätzt.

»Dein Stand ist nicht fest genug. Nichts auf der Welt darf dich umwerfen. Jetzt bist du an der Reihe. Greif mich an! Versuch mich zu treffen! Schlag zu! Mit der Faust, wenn du kannst!«

Das ließ Mega sich nicht zweimal sagen. Sie täuschte an. Fr. Kem reagierte kaum. Mega überlegte. Soll ich noch einmal täuschen? Damit rechnet sie. Deshalb greife ich sie an. Der Gedanke war noch nicht fertig, da schnellte Mega blitzartig nach vorn. Fr. Kem packte Megas Arm, drehte ihn, warf sie auf den Boden und drückte ihr das Knie auf den Hals. Mega unterdrückte einen Schrei. Ihre Knochen knackten und sie schlug instinktiv mit der anderen Hand in einer Art Ausgleichsbewegung auf den Boden, doch Kem ließ nicht locker. Im Gegenteil. Sie intensivierte den Griff.

»Wenn du draußen überfallen wirst, darf es nie zu einer Situation wie dieser kommen. Im Ödland gibt es keine Gnade. Wenn du am Boden bist, bist du tot.«

Die unscheinbare Frau kannte kein Erbarmen und vertrimmte Mega nach Strich und Faden. Nach der ersten Trainingseinheit tat ihr alles weh. Sie war völlig fertig, wollte nur noch ins Zimmer und schlafen. Doch Walden ließ sie nicht. Er zeigte ihr die Aufzeichnung und analysierte sie zusammen mit Fr. Kem und Hrn. Bernhard. Als Mega sich einfach nicht mehr konzentrieren konnte und vor Müdigkeit fast vom Stuhl fiel, hatte Walden endlich ein Einsehen:

»Es ist noch ein langer Weg, doch ich bin zuversichtlich. Du wirst rechtzeitig bereit sein.«

Mega nickte müde.

»Egal welche Kampftechniken du lernst, egal welche Waffen du beherrschen wirst, ... den wichtigsten Grundsatz darfst du nie vergessen!«

»Der wichtigste Grundsatz?«,

stammelte Mega. Sie war nicht mehr dazu in der Lage, sich etwas zu merken, doch sie wollte nicht unhöflich sein.

»Kämpfe um jeden Preis vermeiden ... Wann immer es eine Möglichkeit gibt, einen Konflikt zu umgehen, wählst du sie. Hast du verstanden? Wenn sich eine Flucht anbietet, fliehst du. Wenn es schlau ist, sich zu verstecken, versteckst du dich. Kampf ist immer die letzte, die schlechteste aller Optionen. Immer.«

Das waren neue Töne. Bisher war es Waldens Philosophie gewesen, Courage zu zeigen, sich nicht zu verstecken. Das waren die

Werte, mit denen er Mark, sie und die Kinder erzogen hatte. Mutig sein. Sich zu verstecken, klang nicht besonders mutig, doch Mega verstand in diesem Moment, dass diese Werte nur im Keller galten. Im Ödland spielten sie offensichtlich keine Rolle. Dort gab es andere Gesetze.

»Der zweite Grundsatz: Kämpfen heißt kompromisslos sein. Du musst siegen wollen. Ein Unentschieden oder Fairness gibt es nicht. Alles, was ich dir beigebracht habe, den Schwächeren schützen, Rücksichtnehmen, dich zurückhalten, all das musst du vergessen, Mega. Wenn dein Gegner eine Schwachstelle hat, musst du sie nutzen. Du musst gnadenlos und ohne Ankündigung zuschlagen. Wenn es die Situation erlaubt und du den Gegner von hinten angreifen kannst, musst du es tun. Du wirst hart und als Erste zuschlagen. Mit der Absicht, den Gegner zu töten. Wenn du dazu bereit bist, wirst du überleben.«

Mega schluckte. Ihr war klar, dass es hart werden würde. Ganz und gar kein Spaziergang. Doch die Konsequenzen hatte sie bisher verdrängt. Sie würde töten müssen. Sie würde es zumindest lernen müssen. Ging das überhaupt? Konnte Walden sie auf das vorbereiten, was sie erwarten würde? Walden sah Megas Bedenken und ihre Angst und versuchte sie aufzufangen:

»Deshalb gilt der dritte Grundsatz, der wichtigste: Du darfst das alles nicht an dich heranlassen. Nichts von dem, was da draußen passiert, ist deine Schuld. Vergiss das nie. Denk dann an den Raum der Stille und erinner dich daran, warum du das alles auf dich nimmst.«

Mega nickte stumm. Walden wusste, wie wichtig ihr der Raum der Stille war. Mega saß gern dort, war gern allein mit den Bildern ehemaliger Bewohner. Nur die Wenigsten kannte sie persönlich. Trotzdem überlegte sie oft, was ihnen wohl zugestoßen war. Warum war das so? Mega kannte die Antwort nicht. Vielleicht, weil sie sich nicht an sich selbst erinnern konnte.

Megas erster Trainingstag war beendet. Ohne sich zu waschen, fiel sie ins Bett und schlief im Trainingsanzug.

Mega lernte Finalschläge. Nicht elegant, aber effektiv. Dazu gehörten Schläge mit der Faust gegen den Kehlkopf, mit der ausgestreckten, offenen Hand unter die Rippen in den Solarplexus und Tritte in die primären Geschlechtsteile. Fr. Kem machte keinen Hehl daraus, dass männliche Gegner nach einem Tritt zwischen die Beine handlungsunfähig wurden und dieser Angriff deshalb allen anderen vorzuziehen war. Fr. Kem legte großen Wert darauf, Mega einzubläuen, auf Nummer sicher zu gehen:

»Niemand wird Rücksicht nehmen. Deshalb darfst du auch keine Rücksicht nehmen.«

Fr. Kem erklärte Mega die Atemi-Techniken aus dem japanischen Jiu-Jitsu. Techniken, bei denen das Gewicht und die Energie des Gegners ausgenutzt werden. Sie waren für das Überleben in der Wildnis am besten geeignet, da sie den geringsten Energieaufwand erforderten. Selbst im Stadium fortgeschrittener Erschöpfung war es noch immer möglich, sie anzuwenden. Fr. Kem erklärte Mega nur die Griffe. Mit den Traditionen hielt sie sich nicht auf.

Mega lernte Schläge und Tritte an einer abgenutzten Lederpuppe, die mit einer Stahlfeder im Boden befestigt war. Der gesichtslose Dummy hatte bereits von zahllosen Schülern Prügel bezogen und tat Mega fast ein wenig leid.

Mega war Feuer und Flamme und ging voll im Training auf. Fr. Kem musste sie immer wieder bremsen, damit sie sich nicht verletzte oder überanstrengte.

Nach dem Training hatte Mega eine Stunde Pause. Fr. Kem unterrichtete Prof. Walden über die Fortschritte der Schülerin:

»Ihre Körperspannung ist gut. Sie hat keine Angst. Ich bin sehr zufrieden. Wenn wir so weitermachen, werden wir bald bereit sein.«

Walden nahm die Nachricht mit Genugtuung auf. Sollte sich die Entscheidung, Mega aufgenommen zu haben, als richtig erweisen, könnte dies Dr. Kobes Zweifel endgültig zerstreuen. Sie war Megas letzte Hürde. Solange die Schülerin ihren Ansprüchen nicht genügte, würde sie die Mission nicht genehmigen. Und was die Mission anging, hatte Kobe das letzte Wort.

Fr. Kem begann im Parcours Extremsituationen zu simulieren. Hr. Bernhard war ein gutmütiger Mensch. Trotz seiner 63 Jahre war er der zweitjüngste Erwachsene im Keller. Gleich nach Dr. Hammer. Darüber hinaus war er der Einzige durchtrainierte und damit der Einzige, der als Sparringspartner für Mega infrage kam. Er und Fr. Kem hielten sich mit regelmäßigen Übungen fit. Gemeinsam standen sie frühmorgens auf, begannen mit Tai-Chi und fuhren mit Jiu-Jitsu fort. Die beiden waren die letzte Verteidigungslinie der Kellerbewohner. Auf ihren Schultern ruhte seit Jahren die Verantwortung,

Eindringlinge im Zweifelsfall fernzuhalten. Sie lastete schwer. Je mehr Zeit Mega mit den beiden verbrachte, desto klarer wurde ihr, dass sie sich bedenkenlos für die Wissenschaftler opfern würden. Ihr Leben war abwechslungsreicher. Sie waren die Einzigen, die regelmäßig an die Oberfläche durften. Doch der Stress, der sich daraus ergab, hatte Spuren in ihren Gesichtern hinterlassen. Umso erfreuter war Hr. Bernhard über eine Abwechslung. Mit sichtlichem Vergnügen setzte er die Brille ab und zog den wattierten Anzug mit Suspensorium an. Dazu schob er einen alten Boxhelm über die spärlichen grauen Haare und legte ausgeleierte Arm- und Beinschoner an. Er war ein passabler Schauspieler und sah recht wild aus in seiner Montur.

Das Licht wurde gedimmt und Mega im Parcours allein gelassen. Hr. Bernhard hatte sich irgendwo versteckt und würde sie mit einer Waffe angreifen. Sie selbst hatte keine. Vorsichtig schlich sie im tiefen Stand, so wie sie es gelernt hatte, durch die unübersichtlichen Schluchten aus Holz und Leder und lauschte aufmerksam. Es war zu dunkel, um den gesamten Parcours zu überblicken. Bernhard konnte theoretisch aus jeder Richtung kommen. Mega versuchte, das Überraschungsmoment zu minimieren, indem sie sich mit dem Rücken zur Außenwand drehte und den Seminarraum umkreiste.

Ein Geräusch im Zentrum. Eine Ablenkung? Hr. Bernhard hatte ein Stück Stoff in die Mitte geworfen. Im selben Moment stürmte er brüllend in ihren Rücken, einen schweren Kampfstab wie eine Lanze nach vorn gestreckt. Der alte Mann machte seine Sache gut. Mega hätte am liebsten die Flucht ergriffen. Mühsam widerstand sie dem Impuls und wich hinter einen Kastenstapel aus. Ein durchsichtiges Manöver, das der Angreifer ahnte. Mit einem kräftigen Tritt stieß er ihn um. Die junge Frau fiel auf den Rücken, trat mit den Füßen nach oben und schleuderte zwei der Kästen zurück. Dem ersten konnte der Alte ausweichen, der zweite traf ihn an der Schulter. Genug Luft, um einen Satz nach hinten zu machen. Dem nächsten Stoß wich sie mit knapper Not aus. Der Kampfstab verfehlte sie um Haaresbreite. Mega war beeindruckt von der Agilität des Sechzigjährigen. Sie griff, wie sie es gelernt hatte, nach dem Speer, um den Gegner zu entwaffnen. Doch kaum war er in ihren Händen, riss Hr. Bernhard derartig an ihm, dass es sie umwarf. Der Alte presste den Stab wie ein Hochspringer auf den Boden, nutzte den Gegenschwung, riss Mega in die Höhe und schleuderte sie quer durch die Halle. Sie landete unsanft auf einer Turnmatte und war fürs Erste bedient. Verdattert sprang sie auf die Beine und wich aus. Ihr Gegner rannte zwischen den Holzkästen hindurch in ihre Richtung. Was hatte Walden gesagt? Kampf ist immer die schlechteste Option. Also verstecken. Mega tauchte hinter den nächsten Kastenstapel und war verschwunden. Als Hr. Bernhard ihn erreichte und mit einem Tritt umwarf, stand niemand mehr hinter ihm. Verwirrt wirbelte er um die eigene Achse. Halb, als würde er einen Angriff erwarten, nahm er den Kampfstab zurück und ging in Lauerstellung. Mega war hinter ein flaches Hindernis ausgewichen und von dort aus in die Dunkelheit abgetaucht. Sie atmete flach und beobachtete Bernhard, der im Halbdunkel wie ein Wikinger in den Nebel lauschte.

Was sollte sie tun? Er war zu stark und seine Reichweite zu groß. Sie musste ihn austricksen, ihn entwaffnen. Doch wie? Der Holzspeer war stumpf, erwischt zu werden trotzdem schmerzhaft. Fr. Kem hatte vorher ausdrücklich betont, dass bei dem Duell alles erlaubt war:

»Im Ödland gibt es keine Regeln.«

Mega musste sich entscheiden. Es würde nicht lang dauern, bis Bernhard sie entdeckte. Der Kampfstab verlangsamte ihn und er war sperrig. Das brachte sie auf eine Idee. Sie musste ihn frontal angreifen, im richtigen Moment ausweichen und schneller in seinem Rücken sein, als er sich umdrehen konnte. Mega sprang mit einem Schrei hinter dem Kasten hervor. Bernhard reagierte wie ein ausgebuffter Profi, jemand, der wusste, dass er nur ein Leben hat. Um sich gar nicht erst in die Enge treiben zu lassen, wich er aus. Mega nutzte den Moment, umrundete zwei hohe Kästen, die so nah beieinanderstanden, dass die Gasse nur von einer Person zurzeit passiert werden konnte, blieb hinter ihnen stehen und wartete. Hr. Bernhard stand ebenfalls still und griff den Speer fester. Er ahnte, dass Mega etwas vorhatte, doch diesmal durchschaute er ihre Taktik nicht. Mega begann in seine Richtung zu laufen. Der Widersacher stand näher und rannte zwischen den Kästen hindurch. Im richtigen Moment wich sie aus und lief seitlich an ihnen vorbei. Sie hatte sich nicht verschätzt. Als Bernhard klar wurde, was sie vorhatte, versuchte er sich umzudrehen und blieb, wie von Mega geplant, hängen. Mega vollführte indessen auf der anderen Seite einen schnellen Schritt nach vorn und trat Bernhard hart in die Kniekehlen. Er sackte zusammen und schrie.

Mega hatte in übertölpelt. Sie schlug ihm kräftig auf den Rücken zum Zeichen, dass sie ihn erwischt hatte. Bernhard kam stöhnend auf die Beine. Schwitzend riss er sich den Boxhelm vom Kopf. Die grauen Haare zeigten wild in sämtliche Himmelsrichtungen.

»Schämst du dich nicht? Einem alten Mann so in den Rücken zu fallen?«

»Nicht, wenn der alte Mann mit dem Stock auf mich losgeht.«

Bernhard musste grinsen.

»Das war gut, oder?«

Fr. Kem betrat den Parcours, klatschte in die Hände und brach die Übung ab. Mega verneigte sich. Bernhard erwiderte die Respektsbekundung, zog die Mundwinkel nach unten und nickte anerkennend. Fr. Kem beurteilte die Ausführung etwas nüchterner und warf Bernhard einen verächtlichen Blick zu:

»Gute Strategie, Mega. Aber im Ödland wär‘ dir kein Gegner so leicht auf den Leim gegangen.«

Bernhard überhörte die Kritik und Mega fasste sie als Kompliment auf.

»Danke.«

»Die nächste Übung wird nicht so einfach. Diesmal wirst du gegen uns beide antreten.«

Megas Mundwinkel sackten nach unten.

Hinter der verspiegelten Scheibe standen Prof. Walden und Fr. Dr. Kobe und beobachteten das Training. Die Videokamera zeichnete auf. Der Autoverfolger hatte im Parcours langsamere Bewegungen erkannt und in die Szene hineingezoomt. Mega, Fr. Kem und Hr. Bernhard waren in einer halbnahen Einstellung zu erkennen. Die Schärfe blieb auf Megas Gesicht, das von der Gesichtserkennung lokalisiert wurde. Die Bewegungen des automatischen Schwenkkopfs waren ruhig und stoisch. Er reagierte zeitversetzt. Das Bild war nie künstlerisch wertvoll, doch immer zu gebrauchen. Prof. Walden wandte sich an Fr. Dr. Kobe:

»Selbst Mark war nicht so schnell.«

»Draußen kommt es nicht auf Schnelligkeit an.«

»Was, wenn du dich irrst. Was, wenn sie tatsächlich die Einzige ist, die es schaffen kann.«

»Dass sie die Schnellste ist, überrascht mich nicht. Ob sie uns helfen wird, ist eine ganz andere Frage.«

17. DIE WAHL DER WAFFEN

Hr. Bernhard war nicht nur Megas Sparringspartner, sondern auch der Waffenexperte des Kellers. Er nahm Mega zur Seite und führte sie in einen engen, schlecht beleuchteten Raum, der nach einem Gemisch aus Pulver, Öl und Natronlauge roch. Der Raum musste wichtig sein, denn er wurde häufig benutzt. Alles war ordentlich sortiert und beschriftet. Doch obwohl er klein war, war er nur äußerst spärlich bestückt. Es gab deutlich mehr Halterungen als Gewehre. Sie hatten nicht mal genug Waffen, um alle Erwachsenen auszurüsten. Mega musste nicht fragen. Sie wusste, dass die restlichen im Laufe der Jahre bei Exkursionen ins Ödland verschwunden waren.

Die Auswahl war entsprechend begrenzt. Mega sollte drei Waffen kennenlernen. Die Waffen, die sie später auf die Reise mitnehmen würde. Hr. Bernhard begann mit der Kalaschnikow. Einem Standardsturmgewehr. Das verbreitetste dieses Typs. Die Munition war noch immer häufig zu finden und das Gewehr konnte leicht repariert werden. Die Bauteile hatten eine größere Toleranz als modernere Waffen. Das ging auf Kosten der Präzision, erhöhte jedoch die Lebensdauer. Dazu kam eine Pistole für den Notfall. Hr. Bernhard entschied sich für eine 9-mm-Browning. Ein abgenutztes Standardmodell. Ebenfalls aufgrund der Häufigkeit, mit der sie früher verwendet worden war. Draußen gab es keine Läden, in denen man Munition kaufen konnte. Wenn man großes Glück hatte, fand man ein übersehenes Magazin, das weder korrodiert noch verschmutzt war. Irgendwo in einem Schrank oder versteckt unter dem doppelten Boden eines Schreibtisches. Die Möglichkeit bestand zumindest. Die dritte Waffe war ein Messer. Im Gegensatz zu den Schusswaffen konnte Mega zwischen drei Modellen wählen: einem militärischen Kampfmesser, einem Jagdmesser und einem Grabendolch. Der Dolch besaß nur eine schmale Schneide, kein Sägeblatt und war deshalb nicht besonders vielfältig einsetzbar. Er bestand nur aus einem dünnen, harten Stahlspieß, einem schmalen Parierblatt und einem wohlgeformten, mit dünnem Leder umwickelten Heft. Auf den Griffen der ersten beiden konnte man verblasste Markennamen erkennen. Niemand im Keller wusste jedoch, wer den Grabendolch hergestellt hatte oder wie er überhaupt in den Keller gekommen war. Man vermutete, dass ein Angreifer ihn fallen gelassen hatte vor vielen Jahren, als die Enklave verraten und gestürmt worden war. Eine Spezialanfertigung, die nur einem einzigen Zweck diente: einen Gegner schnell und lautlos ins Jenseits zu befördern. Die Eindringtiefe der grillspießförmigen Klinge war tödlich. Mega sah sich die Messer an und brauchte nicht lang, um sich zu entscheiden. Sie griff zum Grabendolch, wog ihn in der Hand und nickte:

»Kampf ist die letzte Option.«

Hr. Bernhard wusste, was Mega meinte. Er war etwas verblüfft von der Festigkeit, mit der sie den Satz aussprach. Als wäre sie eine Veteranin, die viele Jahre im Ödland zugebracht hatte. In diesem Moment fiel ihm ein: Das war sie. Wie lang sie es durchwandert hatte, was ihr zugestoßen war, wusste niemand.

Mega interessierte sich für die Schusswaffen, berührte sie jedoch nicht. Zu groß war der Respekt. Hr. Bernhard beruhigte sie und versicherte, dass er ihr Schritt für Schritt alles erklären werde. Funktion, Handhabung, Wartung und Reinigung. Am Ende werde er Mega auf dem improvisierten Schießstand im Parcours zeigen, wie man sie abfeuert. Ganz anders reagierte sie auf den Dolch. Ihn nahm sie sofort in die Hand und begann Bewegungen mit ihm zu machen. Mega führte mehrere Streiche und Stöße aus. So leicht und spielerisch, dass es Bernhard die Sprache verschlug:

»Was machst du?«

»Wieso?«

»Hast du geübt?«

»Ich seh‘ den Raum zum ersten Mal.«

»Woher weißt du, wie man mit einem Dolch umgeht?«

»Keine Ahnung. Es schien mir ... richtig zu sein.«

»Das ist es.«

Mega sah die Verblüffung in Bernhards Gesicht und musste zugeben, dass ihr das Ganze seltsam vertraut vorkam. Sie bewegte den Dolch, als hätte sie ihr Leben lang nichts anderes getan. Irgendetwas stimmte da nicht. Etwas regte sich in ihr. Sie erinnerte sich. Plötzlich, ohne, dass sie es steuern konnte, durchfuhr sie ein Déjà-vu. Genau diese Situation hatte sie schon einmal erlebt: Sie mit einem Dolch in der Hand, dieser Geruch und neben ihr hatte jemand gestanden und sie irritiert angesehen, so wie Hr. Bernhard jetzt. Sie war jünger und es war dunkler gewesen, doch sie hatte genau diese Bewegungen gemacht. Backsteine, von denen der Putz bröckelte ... Sie war unter der Erde gewesen. In einem Keller, diesem nicht unähnlich. Das Gefühl war stark. Eine unangenehme Beklemmung, die sie nicht einordnen konnte. Es war nicht so, dass sie den Dolch nicht mochte. Das Gefühl, ihn in der Hand zu halten, war gut. Irgendwie vertraut. Erst mit ihm fühlte sie sich vollständig. Etwas anderes bereitete ihr Unbehagen. Mega starrte den Dolch an und spürte, dass Hr. Bernhard sie beobachtete:

»Alles in Ordnung?«

Mega nickte abwesend.

»Sollen wir mit dem Dolch anfangen?«

Wieder nickte Mega.

»Gut. Wir üben erst mal mit einem Holzmesser.«

Hr. Bernhard versuchte ihr die Klinge abzunehmen, doch sie zuckte zurück und wand sich aus seinem Griff. Hr. Bernhard betrachtete sie überrascht. Mega wusste nicht, was in sie gefahren war. Sie hatte instinktiv reagiert, ohne nachzudenken. Schlagartig stieg Hitze in ihr auf und sie wurde rot im Gesicht. Eilig streckte sie die Hand aus und überreichte ihrem Ausbilder die Waffe. Er nahm sie zögernd entgegen und zog die Augenbrauen hoch:

»Ganz sicher, dass alles in Ordnung ist?«

Mega reagierte fahrig:

»Ja. Können wir jetzt anfangen?«

Zwei Wochen später hatte Mega bereits erstaunliche Fortschritte gemacht. Während einer Besprechung schwärmte Hr. Bernhard in den höchsten Tönen von seiner Schülerin. Er war überzeugt, nie eine bessere gehabt zu haben. Mega sei besser, als alle Männer, die er trainiert habe. Hr. Bernhard war so vertieft in seine Schilderungen, dass er nicht merkte, wie befremdlich seine Euphorie auf seine Zuhörer wirkte:

»Sie versteht Dinge auf Anhieb, als würde sie nicht lernen, sondern sich erinnern. Manöver, Bewegungen. Sie lernt das nicht, sie erinnert sich.«

Als Hr. Bernhard wieder in die Gesichter seiner Gesprächspartner sah, wurde ihm klar, was er gerade gesagt hatte. Fr. Dr. Kobe fand ihre Befürchtungen bestätigt:

»Interessant. Möglicherweise erinnert sie sich noch an ganz andere Dinge.«

»Unmöglich ist das nicht«,
stimmte Dr. Kamura zu,
»Sie erinnert sich, weil sie sich in neuen Zusammenhängen bewegt, neue Erfahrungen macht. Das kann in nächster Zeit öfter passieren.«

Prof. Walden schwieg. Fr. Dr. Kobe setzte nach:

»Sie kam zu uns, als sie sechs war und sie erinnert sich daran, dass sie mit Waffen umgehen kann ... WIR haben ihr das nicht beigebracht.«

Eine Frau aus dem Ödland, über deren Vergangenheit sie nichts wussten, war gefährlich. Niemand wusste das besser als Prof. Walden. Die Enklave war schon einmal verraten worden und hatte bitter dafür bezahlen müssen. Fr. Dr. Kobe ließ nicht locker:

»Sie könnte ein Schläfer sein.«

Dr. Hammer schüttelte den Kopf:

»Das ist Unsinn, Frau Kollegin. Ich muss deutlich widersprechen. Ein Schläfer muss aktiviert werden. Wir haben keinen Kontakt zur Außenwelt. Kein Sender im Umkreis von 500 Kilometern. Diese Möglichkeit fällt aus.«

»Vielleicht senden sie auf einer Frequenz, die wir nicht überwachen.«

Prof. Walden erhob sich:

»Bitte! Streiten wir uns nicht! Wir haben das unzählige Male diskutiert und wir sind nie zu einem Ergebnis gekommen. Wir wussten, dass sie sich eines Tages erinnern wird. Dagegen können wir nichts machen. Ich sage, wir müssen die Sache pragmatisch sehen. Wir haben keine Wahl. Wir müssen ihr vertrauen. Ich schlage vor, dass wir mit dem Programm weitermachen wie geplant.«

Nach kurzer Beratung stimmten alle zu.

Der Parcours wurde zu Megas neuer Heimat. Sie kam nur noch zum Schlafen und zum Essen in ihr Zimmer und selbst dazu mussten die Wissenschaftler sie zwingen. Die Kinder vermissten sie bereits und fragten, warum sie nicht mehr mit ihnen spielte und sich keine Geschichten mehr anhörte. Mega erzählte ihnen, dass sie Prof. Walden und Fr. Dr. Kobe bei einem wichtigen Forschungsprojekt half und versprach, bald wieder mehr Zeit für sie zu haben und wieder mit ihnen zu spielen. Sie tat es, obwohl sie genau wusste, dass sie ihr Versprechen nicht halten konnte. Es schmerzte sie, die Kinder anzulügen. Doch die Wahrheit konnte sie ihnen auch nicht sagen.

18. DER INDU

Zu Beginn der dritten Trainingswoche betrat Mega zum ersten Mal Dr. Kobes Labor. Die Physikerin nannte den Raum Werkstatt. Man erreichte ihn über den Flur, der zum Kommunikationsraum führte. Die letzte Tür auf dem Gang. Mega blieb direkt davor stehen und rief sich noch einmal ins Gedächtnis, dass es nicht darauf ankam, die beste Freundin von Fr. Dr. Kobe zu werden. Es kam darauf an, etwas zu lernen. Sie musste ihre aufbrausende Art unterdrücken und sich demütig zeigen. Ihr würde das nicht leichtfallen, doch sie hatte sich fest vorgenommen, es zu versuchen.

Vorsichtig zog Mega die schwere Tür auf. Warme Luft streichelte ihre Wangen wie ein weiches Tuch. Sie roch nach Hydrauliköl und Metall. In der Mitte des erstaunlich hell erleuchteten Raumes stand ein vollständig aufgebautes Liegefahrrad. Baugleich mit dem, das Mark gefahren hatte. Nur im Detail schien es sich zu unterscheiden. Auf der Videoübertragung hatte Mega das Gefährt nur in Ausschnitten gesehen, weil die Kameras vom Fahrrad weggerichtet waren. Jetzt, da es in voller Größe vor ihr stand, erkannte sie die majestätische Eleganz des ultraleichten Hightech-Gefährts. Mega war den Anblick einer Maschine wie dieser nicht gewohnt. Alles, was es im Keller gab, war alt, abgenutzt, mehrfach geflickt. Ihre Kleidung, das Geschirr, die Sessel. Dieses Gefährt war nagelneu, wie aus dem Ei gepellt und genauso roch es. Mega wusste bis zu diesem Zeitpunkt nicht, wie neu riecht. Metallisch nach frisch gefrästem Aluminium, stechend nach Klebstoff und Plastik und ölig nach ausgebreiteten Gummibahnen. Sie konnte sich gar nicht satt riechen. Die neu angefertigten Aluminiumteile funkelten verheißungsvoll. Der Raum besaß eine Erhabenheit, die Mega gefangennahm. Das Gefährt stand auf einem Podest wie ein wertvolles Ausstellungsstück, ein Erlkönig, den noch nie zuvor das Auge eines Menschen erblickt hatte. Das Herz des Kellers. Dr. Kamuras Bonsai war wunderschön, doch das Allerheiligste war hier. Hier im Tempel stand der Schrein.

Mega kannte die alte Welt nur aus Büchern und Filmen. In diesem

Augenblick bekam sie eine Idee, wie es damals gewesen sein musste, als die Erde noch voll war mit Maschinen, Autos und Flugzeugen. Eine euphorische, eine zufriedene, eine maßlose und verschwenderische Welt musste das gewesen sein. Das Kribbeln einer diebischen Vorfreude rieselte ihr den Rücken hinunter. Sie würde das Ding anfassen, es ausprobieren und fahren dürfen. Sie allein. Das Ding würde ihr gehören. Sie würde es mit niemandem teilen müssen. Nicht so wie alle anderen Dinge des Kellers. Sie gehörten niemandem allein, sondern allen gemeinsam. Den seltsamen Egoismus, das Ding für sich haben zu wollen, registrierte Mega verdutzt. Es war gleichzeitig Scham und Lust, schlechtes Gewissen und Gier. Gefühle, die ihr bis zu diesem Augenblick fremd gewesen waren. Ihr Herz schlug schneller vor Aufregung und ihr wurde klar, dass ihre Tage im Keller gezählt waren. Sehr bald würde sie ihn in diesem Fahrzeug verlassen.

Das Liegefahrrad hatte eine breite Unterseite, die kurz über dem Boden schwebte. Die Hinterräder, mit einem Radstand von etwas mehr als einem Meter, waren fast vollständig von der aerodynamischen Verkleidung umhüllt. Das Vorderrad hatte etwas mehr Spiel. Mega wurde sofort klar, dass das Gefährt auf Geschwindigkeit ausgelegt war. Schnelle Wendemanöver oder die Bewältigung von schwerem Gelände waren darin nicht möglich. Die dünne Haut bot keinen Schutz. Man musste sich aus allem raushalten. Das Ding war auf Flucht und nicht auf Kampf ausgelegt. Das brachte verschiedene Schwierigkeiten mit sich, die bedacht werden mussten. Wie näherte man sich einer unübersichtlichen Stelle? Vorwärts? Dann konnte man bei Wendemanövern überrumpelt werden. Rückwärts? Das würde bedeuten, dass man jedes Mal wenden musste, wenn Hindernisse in Sicht kamen. Was hatte Mark getan? Er war ausgestiegen und hatte sich dem Hindernis zu Fuß genähert. Bei Gefahr hätte er zu Fuß zurücklaufen müssen. Vielleicht war die Taktik, das Liegefahrrad bei Gefahr anzuheben und von Hand zu wenden? Wie schwer mochte das Ding sein?

Mega war so vertieft in ihre Überlegungen, dass sie Fr. Dr. Kobe nicht bemerkte. Sie saß gebeugt und grauhaarig in ihrem abgewetzten Overall vor einer Werkbank. Maschinen bedeckten die Wände. Drehbänke, Schweißvorrichtungen, Werkzeugschränke, eine Heißplastikbank, auf der Metallbehälter mit Totenkopfsymbolen standen, ein Vorratslager mit Aluminiumstangen, Trägerprofilen und Platten unterschiedlicher Dicke. Mehrere Laptops standen herum. Die Physikerin erhob sich, legte das Gelenk, an dem sie gerade arbeitete, zur Seite und beobachtete Mega. Ihre strengen Züge lockerten sich ein wenig, als sie erkannte, wie ernsthaft und konzentriert die Pilotenschülerin das Fahrzeug begutachtete. Mega konnte nicht widerstehen. Sie näherte sich, streckte die Hand aus und wollte es berühren. In letzter Sekunde erinnerte sie sich:

»Darf ich?«

»Nur zu.«

»Wie schwer ist es?«

»Vollständig montiert 43 Kilo. Maximale Zuladung mit dir 65 Kilo.«

Sie musste nicht nachrechnen. Mega kannte ihr Gewicht. Jeden Morgen stand sie bei Fr. Kem auf der Waage. Sie durfte nicht zu viel und nicht zu wenig wiegen:

»Das sind nur 5 Kilo Gepäck? Die Waffen wiegen doch bereits mehr.«

»4,5 Kilo.«

»500g für Gepäck und Vorräte ... Wie soll das gehen?«

»Du wirst auf der Reise Gewicht verlieren. Durch Anstrengung und Nahrungsmangel. Je leichter du bist, desto mehr kannst du mitnehmen.«

Dr. Kobe teilte Mega die Neuigkeiten ruhig mit, ohne jeden Zynismus. Sie schilderte es wie eine Tatsache, die man akzeptieren musste, weil sie ohnehin passieren würde. Ob sie einem gefiel oder nicht, spielte keine Rolle.

»Konstruktionsbedingt kann die Last erhöht werden, doch das Material ermüdet dann zu schnell. Möglicherweise schneller, als du am Ziel bist. Ersatzteile gibt es keine. Egal was passiert, der INDU muss durchhalten. Deshalb die strikte Begrenzung der Zuladung.«

»INDU?«

»Ich nenne ihn INDU, wegen „Induktion“ ... und weil mir nichts Besseres eingefallen ist.«

Dr. Kobe machte eine etwas hilflose Geste, hob dann aber schnell die Hülle und öffnete den Einstieg: Armaturen, Kabel, Kameras, Sender und ein Hebel. Das Innere des Liegefahrrads erinnerte ein wenig an das Cockpit eines Segelflugzeugs. Nur die Pedale passten nicht. Die Konstruktion machte einen kompakten, funktionalen

Eindruck und wurde von eigenartigen Steckverbindungen aus Plastik zusammengehalten. Die sahen aus, als könnten sie jederzeit auseinanderbrechen. Bei genauem Hinsehen wirkte die Konstruktion alles andere als solide. Hinter dem bequemen Faltsitz befand sich die Klettverschlusshalterung für die Kalaschnikow. Mega erinnerte sich an die Aufnahmen von Marks Einsatz und wurde schlagartig nüchtern. Die Sache wurde real. In absehbarer Zeit würde sie den gleichen Gefahren begegnen. Wer sagte, dass ihre Chancen größer waren? Mega mochte nicht darüber nachdenken. Noch konnte sie trainieren und der Realität, der sie unweigerlich begegnen würde, ein wenig aus dem Weg gehen. Dr. Kobe deutete auf einen kleinen schwarzen Kasten, der sich unter dem Sitz befand:

»Der Elektromotor. Er wird über den Dynamo oder durch Induktion geladen. Mit den Induktoren lädt er sich von selbst, während du fährst, ohne dass es zusätzliche Anstrengung bedeuten würde. Wenn es schneller gehen muss, kannst du den Dynamo zuschalten. Das bedeutet einen gewissen Mehraufwand an Energie. 150 Kilojoule pro Stunde. Auf den Tag gerechnet summiert sich das. Und – wie gesagt – du wirst ohnehin nicht besonders viel Nahrung mitnehmen können. Deshalb ist jeder zusätzliche Energieverbrauch zu vermeiden. Wenn der Akku geladen ist, kannst du zwischen drei Betriebsarten wählen. Die erste – die 1 auf dem Hebel – ist unterstützend. Du merkst kaum, dass der Motor zugeschaltet ist, doch es erleichtert das Treten erheblich. In dieser Betriebsart hält der Akku, wenn er durch den Dynamo geladen wird, etwa acht Stunden. Wenn er durch die Induktoren geladen wird, etwa vier Stunden. Abhängig von Gelände und Witterungsbedingungen. Da sich die Ersparnis aus dem Motor und die zusätzliche Anstrengung durch den Dynamo in etwa die Waage halten, macht diese Betriebsart mit Dynamo nur begrenzt Sinn. Meine Berechnungen sagen das eine, unsere Erfahrungen etwas anderes. Ich denke, es ist am sinnvollsten, den Tag im Normalbetrieb zu beginnen – ohne Motor, mit Induktion – und abends, wenn du müde wirst, den Motor zuzuschalten. Eine Frage der Philosophie und des Geschmacks. Du wirst rausfinden, was für dich das Beste ist.«

Mega nickte:

»Und die anderen Betriebsarten?«

»Die sind für Notfälle.«

»Wenn wir schon mal dabei sind.«

»Das wäre zu viel für heute. Wir beginnen mit der Montage.«

»Ich würde es trotzdem gern wissen.«

Fr. Dr. Kobe versteifte sich augenblicklich:

»Wir kennen uns nicht so gut, Mega. Jetzt weiß ich auch, woran das liegt. Prof. Walden hat mich gewarnt, dass du hartnäckig wärst ... Aufsässig wär wohl treffender.«

Mega wurde rot. Verlegen sah sie auf den Boden und hielt es für schlauer, nicht zu antworten. Sie hatte sich vorgenommen den Mund zu halten. Genau zehn Minuten hatte sie das geschafft. Mega beglückwünschte sich zu dieser hervorragenden Leistung. Fr. Dr. Kobe fuhr in belehrendem Ton fort:

»Prof. Walden ist der Sicherheitschef. Du bist die Pilotin. Aber ich leite die Forschung. Ich entscheide, wann ich dir etwas erkläre und wann nicht. In Ordnung?«

Mega nickte. Ihr war völlig egal, wann Fr. Dr. Kobe ihr etwas erklärte, Hauptsache sie tat es. Dr. Kobe war jedoch noch nicht fertig mit Mega:

»Du musst akzeptieren, dass es Menschen gibt, die mehr Erfahrung haben als du. Und du musst einsehen, dass es schlau ist, auf diese Menschen zu hören. Nur weil du das Gefühl hast, du wüsstest alles, ist das noch lange nicht der Fall. Das ist ein Trugschluss, eine Illusion. Nur wenn du sie überwindest, bist du bereit etwas zu lernen.«

Fr. Dr. Kobes Predigt war schwer zu ertragen. Mega fasste den Entschluss, sich ab sofort schlauer anzustellen und die Wissenschaftlerin nicht mehr zu provozieren. Sie musste sich nur etwas dümmer stellen, als sie war. Sie musste Fehler machen, dann würde Dr. Kobe in ihr keine Konkurrentin sehen:

»Tut mir leid. Ich will nur nichts falsch machen.«

Dr. Kobe nickte, wandte sich ab und näherte sich gebeugt einer Werkbank, auf der ein handliches Bündel stand. Ein großer Rucksack in grauer, schwarzer und olivgrüner Tarnfarbe. Sie seufzte und murmelte leise. Mega wurde plötzlich klar, dass die energische Frau ein schlechtes Gewissen hatte und sich zu entschuldigen versuchte:

»Man hat mich für den Nobelpreis vorgeschlagen, wusstest du das? Aber ich hab mein Leben lieber hier unten im Keller verbracht, ... um Fahrräder zu reparieren.«

Um das Thema schnell hinter sich zu lassen, ging sie fließend zum nächsten über und legte die Hand auf den Rucksack:

»Du musst den INDU so schnell wie möglich auseinandernehmen und zusammenbauen können. Je schneller du bist, desto besser.«

Mega stutzte und deutete auf den Rucksack, der ihr bis zur Hüfte reichte:

»Das ist der INDU?«

»Demontiert und verpackt. Version 5.3. Heb ihn mal an!«

Mega hob den Rucksack vorsichtig an. Zu ihrer Überraschung schaffte sie es problemlos. Fasziniert schwang sie ihn sich auf den Rücken, justierte Schulter- und Hüftgurte, ohne dass Kobe es ihr erklären musste. Er hatte sein Gewicht, aber er war nicht so schwer, wie er aussah. Er fühlte sich erstaunlich kompakt an und schmiegte sich perfekt an Megas Rücken. Mega rann erneut ein euphorisches Kribbeln durch den Körper. Mit diesem Ding war sie vollkommen unabhängig. Sie trug ihr eigenes Haus, ihr eigenes Gefährt auf dem Rücken. Sie würde es jederzeit zusammenbauen und verschwinden können:

»Der ist total leicht.«

»Wenn du das Gewicht ein paar Stunden auf den Schultern hattest, wirst du froh sein, es wieder absetzen zu können. Beweg mal den Rücken! Drückt irgendwo was?«

Mega prüfte mit leichten Bewegungen:

»Nein!«

»Du musst ihn genau so packen. Ein falsches Teil an der falschen Stelle und das Material und vor allem dein Rücken nehmen Schaden. Das kann dazu führen, dass du den Rucksack nicht mehr tragen oder vor Schmerzen nicht mehr fahren kannst. Nimm ihn wieder ab!«

Mega gehorchte wortlos und stellte den Rucksack wieder ab.

»Es sieht viel aus und das ist es auch, aber wir gehen Schritt für Schritt vor. Teil für Teil. Bist du bereit?«

»Von mir aus kann's losgehen.«

Mega grinste breit und euphorisch.

»Das mit Mark tut mir leid. Ich mochte ihn auch sehr.«

Mega war auf diesen Kommentar nicht vorbereitet und wusste nicht, was sie dazu sagen sollte. Das machte jedoch nichts, denn Fr. Dr. Kobe hatte nicht vor, darüber zu sprechen. Sie wollte es nur loswerden, bevor sie anfingen. Sie wandte sich ab, verließ die Werkstatt und ließ Mega allein zurück. Mega nickte stumm. Ihr Grinsen war verschwunden. Nach einer Weile folgte sie der Physikerin.

19. SPEZIALAUFTRAG

Hagen wirkte gedankenverloren, abwesend, fast, als würde er trauern. Er schwieg beharrlich, gab keine Befehle, brüllte weder, noch feierte er. Er wirkte befremdet und verstört, als hätte er vor irgendetwas Angst.

Er hatte die Gefangenen, nach Geschlechtern getrennt, in zwei Hütten unterbringen lassen. Eigentlich war das zu eng. Ein nicht hinnehmbarer Zustand. Die Bewohner hatten kaum genug Platz, um sich zum Schlafen auszustrecken. Doch zwei Hütten konnten Hagens Männer besser im Auge behalten als drei. Es war außerdem besser, Frauen und Männer getrennt zu halten. Die Wahrscheinlichkeit eines Fluchtversuchs sank dadurch erheblich. Die gefundene Lösung trug damit zur Sicherheit bei. Die ehemaligen Bewohner der Moorfestung mussten auf jeden Komfort verzichten. Keine persönlichen Gegenstände, kein Mobiliar. Sie hatten sich als die Schwächeren erwiesen und waren besiegt worden. In der Logik des Ödlands hieß das, dass sie ab sofort rechtlos waren und Hagen mit ihnen verfahren konnte, wie es ihm beliebte.

In der Nacht führten Hagens Männer in aller Stille, unbemerkt von den Bewohnern, einen Spezialauftrag aus. Sie reihten die Leichen der getöteten Frauen nebeneinander auf. Enthaupteten legten sie die passenden Köpfe über die Rümpfe. Schließlich lagen dreizehn Leichen im aufgeweichten schwarzen Boden des Richtplatzes. Das unruhige Licht der Ölfackeln verlieh ihnen gespenstisches Leben. Hagen sah sich die Gesichter aufmerksam an. Dreck und Blut konnten die stolzen Wesen nicht entstellen. Würdevoll und unnahbar lagen sie im Schlamm, als wollten sie Hagen noch im Tod mit Verachtung strafen. Der Anführer schritt die Reihe ab und untersuchte jedes Gesicht. Bei einigen beugte er sich vor, um sie genauer in Augenschein zu nehmen, der einen oder anderen wischte er sogar über die Wange, entfernte Schlamm- und Blutkrusten unter dem rechten Auge. Dann nickte er:

»In der Hütte?«

Stellgar schüttelte den Kopf. Hagen nickte erneut, dann wandte er sich ab und ging davon. Die Männer sahen ihm ratlos hinterher, wussten nicht, was sie machen sollten.

Hagen nahm in Kauf, dass es unter ihnen Gerede gab, und verspürte nicht die geringste Lust, sie aufzuklären. Es wäre ohnehin sinnlos gewesen. Sie hätten ihn nicht verstanden und jede Erklärung hätte nur noch mehr Irritation hervorgerufen.

Keine der Leichen trug einen blauen Stern unter dem rechten Auge. Mega war weder erschlagen worden, noch befand sie sich in der Frauenhütte. Stellgar hatte bei der Erstürmung Wachen vor der äußeren Hecke zurückgelassen. Unbemerkt hätte sie nicht entkommen können. Wo versteckte sie sich? Hagen ließ die Anlage durchkämmen. Immer wieder. Ohne Erfolg. Er konnte noch immer nicht begreifen, dass er das Mädchen überhaupt getroffen hatte. Sie gehörte nicht hierher. War es Zufall gewesen, Schicksal oder spielte jemand ein abgekartetes Spiel? Sie war sein Lockvogel gewesen. Hatte jemand damit eine Absicht verfolgt, ihm ein Zeichen geben wollen? Kannte jemand sein Geheimnis? Hagen war derjenige, der Pläne machte. Er kam anderen zuvor, nicht umgekehrt. Was dieses Mädchen anging, so hatte er jedoch nicht die leiseste Ahnung, was ihr Auftauchen zu bedeuten hatte oder, ob es überhaupt etwas zu bedeuten hatte. Und dieser Zustand machte ihn nervös, krempelte ihm den Magen um, ließ ihn nicht zur Ruhe kommen.

Hagen war bewusst, dass die Männer sich hinter seinem Rücken Theorien über seinen Zustand zuflüsterten. Keiner von ihnen hatte gesehen, wer Hagen in die Siedlung gelockt hatte. Auch während des Überfalls hatte niemand Mega zu Gesicht bekommen. Hagen konnte sich niemandem anvertrauen. Nicht einmal Stellgar. Niemand konnte seine Geschichte bestätigen. Mega hatte ihren Namen gesagt, danach hatte Hagen sie aus den Augen verloren. Hatte er sich das Mädchen eingebildet? War er dabei, den Verstand zu verlieren? Die meisten Männer vermuteten, dass ihn die Wunden stärker geschwächt hatten, als er zugeben wollte. Die plausibelste Erklärung. Andere mutmaßten, er hätte eine alte Lebensgefährtin wiedererkannt, was noch schlimmer wäre, denn Hagen waren die Frauen, denen er im Laufe der Zeit begegnet war, immer egal gewesen.

Das Schlimmste war jedoch, dass Hagen nichts an seinem Zustand ändern konnte. Er versuchte verzweifelt das Gesicht zu wahren. Seine Position als Anführer bröckelte vor den Augen seiner Männer. Er war geschwächt, daran bestand kein Zweifel. Und in der Logik des Ödlands, an der auch Hagen nicht vorbei kam, bedeutete ein geschwächter Anführer, dass sie alle geschwächt worden waren. Auch die tödlichste Schlange war nichts ohne ihren Kopf. Ein gefährlicher Zustand, den sich im Ödland niemand leisten konnte.

20. FORTGESCHRITTENES TRAINING

Immer, wenn sie Zeit hatte, studierte Mega den alten Autoatlas, das einzige Kartenmaterial des Kellers und die Aufzeichnungen der Wissenschaftler zu allem, was sich im Ödland befand, obwohl ihr klar war, dass sie nichts auf das vorbereiten konnte, was sie dort antreffen würde. Die Theorien ihrer Ausbilder waren aus den Daten entstanden, die zurückgekehrte Bewohner während ihrer Expeditionen gesammelt hatten. Doch nur ein Bruchteil der Exkursionen war erfolgreich verlaufen. Die meisten Daten galten als verschollen oder waren unvollständig. Und die wenigen Fälle, in denen Piloten samt Daten unversehrt zurückgekehrt waren, konnten nicht verifiziert werden. Mega las trotzdem alles, was sie in die Finger bekommen konnte, auch wenn sie das meiste nicht verstand. Sie tat es hauptsächlich, um sich abzulenken und um gegen die wachsende Nervosität anzukämpfen. Der entscheidende Tag rückte näher. Sie ahnte, dass sie sich schon sehr bald in die muffige Enge der schlecht beleuchteten Gänge des Betonkellers zurücksehnen würde.

Mega kniete mit gesenktem Kopf in der Werkstatt auf dem kalten Betonboden in der Dunkelheit. Es war still und stickig. Sie konnte riechen, welche Materialien sie umgaben, und ihre Positionen bestimmen. Gefräste Aluminiumstreben, weiches Plastik, schweres Hydrauliköl, beißende Klebstoffe. Die Wissenschaftler saßen zwei Räume weiter und beobachteten die Bilder der Infrarotkameras, die in Kobes Werkstatt installiert waren.

Wäre sie im Ödland einer Situation wie dieser gewachsen? Würde sie die Nerven behalten? Würde sie sich auf ihre Aufgabe konzentrieren können? Ein letztes Mal holte sie tief Luft, dann schob sie sich den Restlichtverstärker auf den Kopf und aktivierte ihn. Er reagierte mit leisem Pfeifton und wechselte automatisch in den Infrarotmodus. Jetzt erkannte sie immerhin Schemen. So hell würde es in einer sternklaren Nacht im Ödland sein. Mega streckte ihre Hand aus und sah sich um. In diesem Moment ertönte das Signal. Ein leises Quäken kratzte im Lautsprecher, irgendwo in der Dunkelheit der Werkstatt.

Das anstrengende Geräusch, das Mega schon in ihre Träume verfolgt hatte, ertönte dreimal. Der vierte Ton war lauter. Mega wartete nicht, bis er endete. Sie griff nach rechts zu den ersten Streben, begann mit den größten und schwersten Teilen, nahm in jede Hand eins, schob sie ineinander und drehte sie mit eingeübten, präzisen Handgriffen, bis es klickte. Sie durfte nicht zu viel Kraft ausüben, dann bekam sie Probleme beim Auseinandernehmen, sie durfte aber auch nicht zu lasch vorgehen, dann lief sie Gefahr, dass das ultraleichte Gefährt beim Einsteigen auseinanderbrach.

Sehr zur Freude der Wissenschaftler hatte Mega den Vorteil der hundertprozentigen Beidhändigkeit. Sie verbrauchte bei der Montage mehr Kalorien als Mark, doch sie war fast doppelt so schnell. Ein entscheidender, möglicherweise der entscheidende Vorteil.

Nachdem sie die Aluminiumstreben zusammengesteckt hatte, sprang sie aus der Hocke auf die Beine und leitete die nächste Phase ein. Die Teile mussten zum Chassis verbunden werden. Hier gab es ein paar heikle Situationen, in denen ein Drehmoment zusätzliche Stabilität in die Bauteile gab. Wenn Mega die Handgriffe falsch ansetzte, würden Gestänge oder Verbindungen brechen. Ein irreparabler Schaden, den sie um jeden Preis vermeiden musste. Mega drosselte deshalb ihre Geschwindigkeit, gab die nötige Spannung in die Konstruktion und vollendete sie mit leisem Klicken. An dieser Stelle gönnte sie sich gern eine kleine Pause. Der einfache Teil war geschafft. Jetzt kam der komplizierte. Kleinteile und elektronische Verbindungen. Doch zunächst musste die Konstruktion gesichert werden. Die Steckverbindungen waren stabil, doch nicht von Dauer. Vibrationen durch höhere Geschwindigkeiten konnten sie lockern. Mega musste sie fixieren, dabei Gewicht sparen und zur Not dazu in der Lage sein, die Konstruktion ohne Werkzeug zu demontieren.

Lange Zeit hatte Fr. Dr. Kobe keine Lösung finden können, die diesen Anforderungen gerecht geworden wäre. Die Aluminiumteile zu verkleben, wäre die optimale Lösung gewesen. Doch man durfte sich nicht darauf verlassen, die gesamte Strecke ohne Unterbrechungen zurückzulegen. Das Gefährt musste schnell und problemlos demontierbar sein und auf dem Rücken getragen werden können. Herkömmliche Schrauben und Muttern waren zu schwer. Und das war noch gar nicht das größte Problem. Wenn eine Schraube verloren ging, konnte man sie im Ödland nicht ersetzen. Eisenwarenläden gab es nicht mehr und in der Wildnis der Endzeit nach einer passenden Schraube zu suchen, war schlimmer als die Suche nach der berühmten Stecknadel im Heuhaufen. Eine Sisyphusarbeit. Fr. Dr. Kobe hatte also eine andere, innovative Lösung finden müssen. Aus einem Material, das ausreichend im Ödland vorhanden war und das man problemlos bearbeiten konnte. Holz gab es kaum noch. Das meiste war verbrannt worden. Die Lösung, die sie schließlich fand, war genauso simpel wie praktisch: Plastik. In der Überflussgesellschaft, aus der sie kamen, war Plastik in rauen Mengen hergestellt worden. Da es nicht verrottet war, konnte man es auch jetzt noch überall finden. Unter anderem in unmittelbarer Nähe der Strecke, in den Leitplanken und Begrenzungspfählen der Autobahn. Mega hatte viel Zeit damit verbracht, mit dem Grabendolch, der für diese Art Arbeit eigentlich ungeeignet war, Hartplastik in Streifen zu schneiden. Mega würde immer einen ausreichenden Vorrat an geschnitzten Plastikstreifen bei sich tragen, etwa 300 Stück in drei verschiedenen Stärken. Damit konnte sie ihr Liegefahrrad jederzeit ausreichend stabilisieren.

Ihre Hände huschten mit eingeübter Sicherheit und erstaunlicher Geschwindigkeit über die Streben, schoben Plastikstreifen in die vorgesehenen Löcher und versahen jeden mit einem sanften Schlag zur Festigung. Wie ein Dübel verformte sich das Plastik und verteilte sich in der Öffnung. Durch Megas Gewicht standen diese Stellen während der Fahrt permanent unter Spannung. Das Plastik füllte die Löcher wie elastischer Kitt. Bei der Demontage genügte ein sanfter Zug und es fiel in ihre Hände.

»In der alten Welt würde ich mir das sofort patentieren lassen«,

hatte Fr. Dr. Kobe stolz verkündet, jedoch sofort, mit einem Anflug von Melancholie, hinzugefügt:

»Auf der anderen Seite würden wir die Erfindung in der alten Welt wohl kaum brauchen.«

Mega blieb ruhig und kontrolliert. Einen Plastikspan nach dem anderen schob sie an seinen Platz. Nachdem sie den letzten untergebracht hatte, griff sie in fließendem Übergang zu den größten Teilen, die sich noch im Rucksack befanden. Drei nabenlose Orbitalräder, die sie direkt in die Aluminiumbacken der Kugellagerbremsen einpasste. Mit trockenem Schnappen schlossen sie sich. Die Führungsschiene griff und die Reifen bewegten sich geräuschlos ohne jedes Spiel. Zwischen ihnen blieb genug Platz für Pedale und Achse. Ein Kunststoff-Gleitlager. Das einzige unersetzliche Teil, das auf keinen Fall beschädigt werden durfte. Die Reparatur eines Gleitlagers überforderte selbst Fr. Dr. Kobes Kunst. Sie hatte in weiser Voraussicht mehrere aus einem Forschungsprojekt der Universität zur Seite legen lassen, was im Chaos der ausbrechenden Katastrophe nicht bemerkt worden war.

Als Nächstes war das Kabelpaket an der Reihe. Mega rollte es mit Schwung aus und begann mit den dicksten Leitungen, den Bremszügen, die vom Lenker unter dem Hauptträger zu den Hinterrädern verliefen. Danach folgten die Stromverbindungen für die Kameras. Geschickt wickelte sie sie um die Streben und ließ die Enden lose hängen. Das Liegefahrrad sah zu diesem Zeitpunkt schon komplett aus und Mega konnte im Notfall an dieser Stelle ins Chassis springen und fliehen. Der Zeitpunkt war jedoch gefährlich. Hier hatte Mega während des Trainings die meisten Fehler gemacht. Deshalb verringerte sie erneut das Tempo, konzentrierte sich zusätzlich, ging in Gedanken noch einmal alles durch und griff dann zu den letzten Kleinteilen. Den Haken und Ösen, die überall angebracht werden mussten, um die Außenhaut zu befestigen. Sie klemmte die vibrationsfrei gelagerten Kameras an die Aluminiumverstrebungen, befestigte die Kabel, installierte die Kommunikationseinheit, den Sender mit intelligentem Mikrofon, das einer Geräuschquelle in eine Entfernung von bis zu zehn Metern folgen konnte, und schob den flachen, erstaunlich leichten schwarzen Kasten unter den Sitz. Dann verband sie den Elektromotor mit der Kraftübertragung des Gleitlagers. Auf den Motor schnallte sie den Schwerpunkt des Wagens, das Akku-Paket, nur unwesentlich leichter als sie selbst, zumindest kam ihr das immer so vor. Der abschließende Bauabschnitt näherte sich. Er machte am meisten Spaß. Mega griff zu einem kompakten, faustgroßen Paket, hielt es an der vorbestimmten Stelle fest und warf es in die Luft. Die 4m^2 große, teflonbeschichtete Zeltplane breitete sich wie ein elastischer Fallschirm aus und sank an den richtigen Stellen über das Chassis. In der vorgeschriebenen Reihenfolge klemmte sie sie in die vorbereiteten Ösen. Immer abwechselnd links und rechts. Begleitet vom leisen Klicken hüpfte sie in der Hocke um das Gefährt. Sie war kaum außer Atem, obwohl die letzten Sekunden liefen. Mega hatte ein gutes Gefühl. Sie ging in Gedanken bereits alles noch einmal durch und war sich verhältnismäßig sicher: Diesmal hatte sie nichts vergessen. Diesmal hatte sie keinen Fehler gemacht. Der letzte, leise Klick. Die letzte Öse rastete ein. Mega sprang zurück, hob den linken Arm und rief laut:

»Fertig!«

Im selben Moment ertönte wieder das quäkende Signal. Mega atmete durch, schloss die Augen und schob das Nachtsichtgerät vom Kopf. Mit leisem Surren und Flackern erstrahlte die Werkstatt im grellen Licht der Neonröhren. Mega kniff die Augen zusammen, die mit der plötzlichen Helligkeit überfordert waren. Als sie die Augen wieder öffnen konnte, erhob sie sich und umrundete den INDU blinzelnd. Er sah gut aus. Sie hatte tatsächlich nichts vergessen. Schnell griff sie auf den Boden, um den Rucksack aufzuheben. Ihn hätte sie noch auf der Ladefläche verstauen müssen. Mega beschloss, ihn in der Hand zu behalten, als wenn sie ihn beim Einsteigen hätte mitnehmen wollen. In diesem Moment öffnete sich die Tür und Fr. Dr. Kobe kam herein. Mega drehte sich um und lächelte. Etwas unterwürfig, nicht zu selbstbewusst. Die Wissenschaftlerin betrachtete Mega ungläubig, dann wieder den INDU, dann wieder Mega:

»Bist du fertig?«

»Ja.«

»Nichts vergessen?«

»Ich, ... ich glaub, ich hab alles.«

Mega versuchte ungeschickt, den Rucksack hinter ihrem Rücken zu verstecken. Dr. Kobe schien ihn nicht zu sehen. Sie sah ungläubig auf die Uhr, schüttelte den Kopf und näherte sich dem Vehikel. Sie öffnete die Außenhaut, sah ins Innere und prüfte die Kabelverbindungen. Alles saß fest und ließ sich auch mit leichtem Zug nicht aus den Verankerungen reißen. Dr. Kobe klappte den Sitz nach hinten und prüfte den Motor. Mega stellte sich neben sie und sah interessiert zu:

»Ich hab die C-Streben zuerst eingesetzt. Wie sie gesagt haben.«

Die Wissenschaftlerin prüfte die Plastikschnipsel mit dem Zeigefinger.

»Ich hab sie nicht abgeschnitten.«

Dr. Kobe erhob sich:

»Natürlich nicht. Wär ja noch schöner.«

»Soll ich versuchen?«

Die grauhaarige Frau im weißen Kittel trat zurück und streckte einladend die Hand aus. Mega wurde mulmig. Wenn sie nun doch etwas übersehen hatte? Wenn Dr. Kobe etwas entdeckt hatte und sie nun absichtlich einsteigen ließ? Wollte die Wissenschaftlerin sie auflaufen lassen, sie scheitern sehen? Mega zögerte, sah sich den INDU noch einmal an, als würde sie der eigenen Arbeit nicht trauen.

»Was ist?«

»Ich weiß nicht? Ist alles okay?«

»Das musst du wissen. Im Ödland bist du allein. Da gibt's keinen, den du fragen kannst.«

Mega nickte. Sie hatte es geahnt. Irgendetwas hatte sie vergessen. Irgendwas hatte sie falsch gemacht. Ihr wollte jedoch partout nicht einfallen, was es war. Vielleicht hatte sie Glück und es würde nichts passieren. Mega hielt die Luft an, als könnte sie sich damit leichter machen, und stieg ein. Vorsichtig trat sie auf die Hauptstreben, setzte sich, stellte behutsam die Füße auf die Pedale, legte sanft die Hände auf das Lenkrad und sah nach vorn. Sie saß. Es knackte nicht. Alles war richtig. Ein erhabenes Gefühl. Die Außenhaut war auf einer Seite aufgeklappt. Trotzdem war es etwas leiser im Cockpit.

»Fahr mal ein Stück!«,

befahl Dr. Kobe und trat zurück. Die Werkstatt bot nicht genug Platz. Der Wendekreis des INDU war zu groß. Mega rangierte mehr, als sie fuhr. Doch schon nach ein paar zögerlichen Tritten merkte sie, dass tatsächlich alles in Ordnung war. Nur die Übersetzung war zu groß:

»Ich hab ihn im fünften Gang. Der zweite wär' natürlich besser zum Losfahren.«

»Ja. Nimm den zweiten. Aber jetzt nicht schalten! Okay, das reicht. Du kannst aussteigen.«

Mega blieb stehen, stieg jedoch nicht aus. Sie befühlte die Polsterung des Lenkers und stellte sich vor, wie es wäre, schon jetzt geräuschlos über die leere Autobahn zu gleiten. Fr. Dr. Kobe wollte sie gerade zurechtweisen, als sie realisierte, wie weggetreten sie war. Ein bitteres Lächeln, eine Mischung aus sentimentaler Erinnerung und alten Sehnsüchten hinderte die Physikerin am Sprechen. Sie erinnerte sich an die Zeit, als sie selbst eine junge Frau gewesen war, stürmisch, überheblich und verletzlich. Schließlich erwachte Mega von selbst aus ihren Fantasien:

»Wie schnell war ich?«

»Ziemlich schnell.«

»Schnell genug?«

»Wer kann das sagen? Wenn du sie rechtzeitig hörst, wird das schnell genug sein. Wenn nicht, ... ist keine Zeit der Welt schnell genug.«

Mega nickte. Das war realistisch, aber nicht besonders motivierend. Vor ein paar Wochen noch hätte sie sich beschwert, doch in diesem Moment hielt sie den Mund. Sie hatte dazugelernt. Im Weggehen hängte Fr. Dr. Kobe beiläufig an:

»Fakt ist: So schnell wie du war vorher noch keiner.«

Mega konnte sich ein Grinsen nicht verkneifen. Die Projektleiterin klang plötzlich sehr ernst:

»Ich denke, du bist so weit, Mega.«

Ohne auf eine Antwort zu warten, verließ sie die Werkstatt. Mega starrte durch die transparente Außenhaut auf die Betonwand. Durch die Membran wirkte sie ein wenig verschwommen, bewegte sich, als hätte sie ein Eigenleben.

21. SPIELE

Bis tief in die Nacht tranken die Männer den selbstgebrannten Schnaps der Moorbewohner, waren aufgekratzt und albern wie kleine Kinder. Nach und nach verschwanden sie, gingen zur Hütte der Frauen und zerrten einige von ihnen nach draußen. Die Misshandelten strampelten, schrien, bissen und traten. Die Männer störte es nicht. Sie lachten, ließen sich überwältigen und ihre Opfer weglaufen, um sie kurz danach wieder einzufangen. Sie spielten Katz und Maus mit ihnen, Verstecken und Fangen. Wenn es ihnen schließlich zu bunt wurde und die Frauen sich partout nicht beruhigen wollten, bekamen sie Schläge ins Gesicht. Dann waren sie still.

Es gab eine feste Reihenfolge im Trupp. Hagen suchte sich als Erster die Beute aus. Das Privileg des Anführers. Da er in dieser Nacht ausfiel, war Roderick der Erste. Ein schmaler Mann mit fliehender Stirn und engstehenden Augen. Man konnte ihm ansehen, dass mit ihm etwas nicht stimmte. Frauen, mit denen er eine Nacht verbrachte, waren hinterher zerstört. Gebrochene, leere Hüllen. Das kleine Monster feilte sich die Zähne spitz und hatte die Angewohnheit, die Angebeteten zu beißen. Er liebte den Geschmack von frischem Blut und war davon überzeugt, dass er es trinken musste, um am Leben zu bleiben. Bekam er mehrere Wochen keinen „Lebenssaft", wurde er nervös und zeigte echte Krankheitssymptome. Sich mit ihm anzulegen, war gefährlich. Es gab Männer, die am nächsten Morgen nicht mehr aufgewacht waren, nachdem sie sich über ihn lustig gemacht hatten. Roderick war eindeutig der Wahnsinnigste von ihnen. Er war es gewesen, der Marko, dem Traurigen, dem Folterknecht der Moorbewohner, die Zunge abgebissen und sie vor seinen Augen gegessen hatte.

Danach kam Ruben, der Rote, der Henker. Auch er hatte eine extravagante Vorliebe. In einer schmutzigen Pappschachtel bewahrte er eine Sammlung getrockneter Brustwarzen auf. Die Frauen mussten die Schachtel öffnen und sich den Inhalt ansehen, bevor er sich ihrer annahm. Er schlug Pflöcke in die Erde, band sie mit ausgestreckten

Armen und Beinen auf den Boden und schnitt ihnen die Brustwarzen ab. Andere Beschäftigungen ließen ihn kalt. Nur wenn er mit einer Frau allein war und ihr etwas abschneiden konnte, bekam sein Leben Wärme und Farbe. Ruben war ein Fall für die Psychiatrie, ein Mann, der hinter Schloss und Riegel gehörte. Hagen hatte ihn zum zweiten Stellvertreter gemacht. Stellgar war Hagens rechte Hand, Ruben seine linke. Niemand legte sich freiwillig mit diesem Trio an.

Immer wieder gab es Zwischenfälle. Eine Frau, die sich nicht beruhigen wollte, einen Mann, der seine Frau nicht im Stich lassen wollte. Immer wieder eskalierte die angespannte Situation und es gab Tote. Meistens unter den Gefangenen, doch auch unter den Männern des Trupps. Gefangene zu misshandeln, war ein zweischneidiges Schwert. Ein gefährliches Spiel, dessen Kontrolle ihnen jederzeit entgleiten konnte.

Es war jedoch völlig aussichtslos, den Männern ihre Spiele zu verbieten. Beim ersten Versuch hätte es eine Rebellion gegeben. Hagen konnte sich viel erlauben. Er konnte einen Mann auswählen und ihn vor den Augen der anderen töten. Niemand hätte sich beschwert. Selbst Stellgar und Ruben hätte er sofort hinrichten können. Das war seine Entscheidung. Die Männer gehörten ihm und sie vertrauten darauf, dass er einen Grund für sein Handeln hatte, dass er den Trupp stärkte und ihn nicht schwächte. Doch Hagen konnte sich nicht erlauben, den Männern ihre Belohnung vorzuenthalten. Frauen waren Beute. Und mit ihrer Beute durften sie machen, wozu sie Lust hatten.

Die Männer in Hagens Trupp waren noch am Leben, weil sie so waren, wie sie waren. Nur deshalb. Sie hatten sich als die Stärkeren erwiesen, weil sie nicht zögerten. Sie nahmen sich, was sie wollten und wann sie es wollten. Sie waren Gewinner. Die Evolution hatte ihnen Recht gegeben. Es war sinnlos, sich gegen ihre Gier zu stellen. Hagen versuchte es deshalb gar nicht erst. Im Gegenteil. Er wusste ihre Bedürfnisse gezielt zu züchten, um sie für seine Zwecke einzusetzen.

Einige holten sich ihre Beute aus der Hütte der Männer. Sie hatten die größere Auswahl, aber auch das höhere Risiko. Ramsan, der Koch und sein Gehilfe Bassajew, die auch sonst ein Paar waren, betraten sie nur gemeinsam. Normalerweise wären sie von Hagens Trupp nicht akzeptiert worden. Doch ihre Sonderstellung als Köche und

Krankenpfleger schützte sie vor Übergriffen. Niemand hatte Lust, sich um die Zubereitung des Essens oder die Wunden der anderen zu kümmern. Die beiden liebten es. Zumal sie mit den Besonderheiten der Speisekarte ihr Hobby zum Beruf machen konnten. Klar war, dass von dem Mann, den sie auswählten, am nächsten Morgen nichts mehr übrig war.

Stellgar saß neben Hagen auf einem alten Holzstuhl, während Hagen mit erhobenen Händen und angehaltenem Atem ertrug, wie Bassajew seinen Brustverband vorsichtig wechselte. Der Anführer des Söldnertrupps starrte ins Feuer, das unter einem verrußten Samowar knisterte, und hing düsteren Gedanken nach, während draußen das Geschrei der Frauen und das Gelächter der Männer zu hören waren. Er verzog das Gesicht und fluchte leise. Bassajew entschuldigte sich und hob vorsichtig, mit spitzen Fingern die vollgesogene Wundauflage an:

»Wie sieht's aus?«

»Besser. Eine Woche noch, vielleicht zwei.«

»Wir haben keine Eile.«

Hagen bemühte sich optimistisch zu klingen:

»Mit den Vorräten können wir uns halten. Ein halbes Jahr. Vielleicht ein ganzes.«

Bassajew und Stellgar zogen es vor, nicht zu antworten. Plötzlich fiel Hagen etwas ein:

»Was ist mit den Spähern?«

Obwohl Hagen ihn nicht ansah, ging die Frage an Stellgar.

»Nichts.«

Hagen stöhnte. Er konnte in Stellgars unbewegtem Gesicht lesen und wusste deshalb genau, was ihm auf der Seele brannte. Insgeheim freute sich Hagen schon auf die Frage. Er hätte dem alten Kampfgefährten entgegenkommen können, doch er entschied sich dafür, ihn zappeln zu lassen. Schließlich war es so weit. Stellgar stand auf und nahm sicherheitshalber etwas Abstand:

»Es geht mich ja nichts an ...«

»Ganz genau ...«,

unterbrach Hagen ihn sofort kampfeslustig. Das ist der Fehler, den sie alle machen, dachte er. Immer wieder. Sie unterschätzen dich.

»... Das geht dich nichts an.«

Ihre Blicke trafen sich. Stellgar hielt stand. Er wollte Hagen nicht herausfordern. Er war loyal. Wahrscheinlich der einzige wirklich loyale Mann im ganzen Trupp. Hagen entschied sich, ihm einen Befehl zu geben, um ihn auf andere Gedanken zu bringen:

»Nimm dir zwei Männer und bring mir den Anführer.«

Ohne zu antworten, verließ der Hauptmann das Zelt.

Eine Stunde später brachte er mit Unterstützung von Ruben und Jorlund den Anführer der Moorfestung zu Hagen.

Es hatte eine Weile gedauert, Tito ruhig zu stellen. Roderick hatte sich an Almuth, seiner zweiten Frau vergriffen. Tito war außer sich. Er tobte und schrie und musste von Ruben fast bewusstlos geschlagen werden, um nicht auf Hagen loszugehen. Er war der Anführer der Moorbewohner. Der Zäheste und Stärkste von ihnen. Und in den Augen von Hagens Männern war ihm das Schlimmste angetan worden, was man einem Mann antun konnte. Sie trauten ihm in diesem Moment alles zu. An Händen und Füßen gefesselt trugen sie ihn, mit blutigem Gesicht, in Hagens Zelt und warfen ihn auf die Erde. Die verwundeten Anführer lagen einander gegenüber. Tito auf dem Boden, Hagen, halb aufgerichtet, auf dem Feldbett. Entkräftet und kaum noch bei Bewusstsein wandte Tito sich ab. Die einzige Bewegung, zu der er noch fähig war. Hagen hingegen richtete sich auf:

»Ich kenne Mega. Sie war noch ein Kind, als ich sie getroffen hab, sechs oder sieben Jahre alt. Sie hat sich kaum verändert, ... die Augen, die Nase und die Tätowierung. Ich bin ziemlich sicher, dass sie es war.«

Hagen hatte Titos Aufmerksamkeit. Der Anführer der Moorfestung sah den Söldner schweigend an, genau wie Stellgar, den Hagens Offenheit überraschte:

»Ich erzähl dir die Geschichte, wenn du sie hören willst ... Aber zunächst musst du mir ein paar Fragen beantworten. Zum Beispiel, wie sie hierherkam?«

Tito wischte sich das Blut umständlich mit der Schulter aus dem Gesicht. Die Arme konnte er nicht bewegen. Seine Hände waren auf dem Rücken gefesselt. Die Lippen hingen aufgeplatzt und geschwollen in seinem Gesicht. Er war kaum zu verstehen:

»Keine Ahnung.«

»Sie war hier. Früher war sie woanders. Also ist sie irgendwann hergekommen.«

»Sie lag vor einem halben Jahr vor der Hecke. Halb verhungert.

Sie hatte Glück, dass wir sie gefunden haben. Zwei Tage später wär sie tot gewesen.«

»Ihr habt sie aufgenommen?«

Eine Fangfrage. Tito durchschaute sie:

»Am selben Tag ist die Älteste gestorben. Wir haben abgestimmt.«

»Verstehe. Und sie hat nicht erzählt, woher sie kam?«

»Sie konnte sich an nichts erinnern.«

»Glaub ich dir nicht ... Wieso war sie der Lockvogel? Wieso habt ihr sie geschickt?«

Diese Frage beschäftigte Hagen besonders. Konnte es sein, dass die Bewohner der Anlage etwas wussten und Mega gezielt ausgewählt hatten? Das war unwahrscheinlich, doch allein die Möglichkeit beunruhigte ihn. Tito merkte Hagens Interesse und ließ sich Zeit mit der Antwort. Hagen wartete geduldig.

»Ihr wusstet, dass ich sie kenne?«

»Sie war neu. Neue Mitglieder müssen Proben bestehen. Sie müssen beweisen, dass wir ihnen trauen können. Eine ihrer Aufgaben war, dich herzulocken.«

»Eine Probe? Nette Idee. Hat sie bestanden?«

»Ich hab mich noch nicht entschieden.«

Bassajew war fertig. Hagen machte eine Bewegung und prüfte den Verband. Er saß gut, dennoch verursachten die Bewegungen Schmerzen. Hagen verzog das Gesicht:

»Wo ist sie jetzt?«

Ein Grinsen breitete sich auf Titos verquollenem Gesicht aus. Es erfüllte ihn mit großer Genugtuung, dass Mega der Horde entwischt war. Hagen tat, als hätte er Titos Freude übersehen. Er hatte keine Lust, sich provozieren zu lassen. Müde wandte er sich an Stellgar:

»Schaff ihn mir aus den Augen!«

»Du wolltest mir ,ne Geschichte erzählen.«

»Später vielleicht.«

Hagen antwortete mühsam. Wenn er besser in Form gewesen wäre, hätte er sich auf ein Duell eingelassen. Doch im Moment plagten ihn die Wunden. Tito sparte sich den Protest. Er hatte ohnehin nicht damit gerechnet, dass Hagen sich an die Abmachung halten würde. Beschwingt ließ er sich von Stellgar und den anderen zur Hütte der Männer zurücktragen. Auf halbem Weg begann er zu brüllen:

»Lauf Mega! Renn um dein Leben! Rette dich! Lauf!«

Hagen hörte es, streckte sich stöhnend auf dem Feldbett aus und starrte in die Flamme unter dem Samowar.

Die Männer in Hagens Trupp kamen und gingen. Sie starben bei Gefechten, an Krankheiten oder waren einfach am nächsten Tag verschwunden und niemand wusste, wo sie hingegangen waren und ob sie überhaupt irgendwo hingegangen waren. Hagen war der Älteste. Derjenige, der am längsten zum Trupp gehörte. Alle anderen waren nach ihm gekommen. Und er hatte diesen Haufen immer angeführt. Es hatte keinen Tag gegeben, an dem er nicht der Anführer gewesen war. Es grenzte an ein Wunder, dass er noch lebte.

Verluste wurden durch neue Rekruten ersetzt. Noch skrupelloser, noch unberechenbarer, noch hungriger. Hagen musste an die Zeit vor der Katastrophe denken. An einen bestimmten Ort und an eine bestimmte Person. Er zwang sich jedoch, beides sofort wieder zu vergessen. An diese Dinge zu denken war gefährlich. Er hatte ein Versteck in seinem Herzen, einen Ort wie ein Tresor, an dem er diese Erinnerungen ablegte und aufbewahrte. Nur dort waren sie sicher. Denn die schönsten Erinnerungen waren die gefährlichsten. Die Begegnung mit Mega hatte diesen Tresor aufgerissen. Und es kostete viel Kraft, ihn wieder zu schließen.

Hagen war so müde und schwach wie seit Jahren nicht mehr. Wie lang würde er noch durchhalten? Wie lang würde er dieses Leben noch führen können? Morgen bereits könnte alles vorbei sein. Eine einzige Schwäche und die Männer würden ihn in Stücke reißen. Wie hungrige Wölfe würden sie sich auf das verwundete Tier stürzen. Denn genau das war Hagen. Ein verwundetes Tier. Nichts weiter. Seine Tage waren gezählt.

22. ABSCHIED

Mega stand allein in der Dunkelheit. Irgendwo in einer Nische unter den hohen Decken der Betongänge. Sie wartete. Ihr war nicht ganz klar, worauf. Sie lehnte in der schmalen Bucht mit dem Rücken an der Wand. Spürte das harte Material, seine Kälte und ließ sie in ihren Körper kriechen. Aus der Bibliothek, die sich in der Nähe befand, konnte sie Sophias Stimme hören. Sie saß mit den Kindern in ihrer Ecke und las ihnen etwas vor, so wie immer. Mega lauschte versunken. Sie gehörte nicht mehr hierher. Der Keller war nicht mehr ihre Heimat. Ein Teil von ihr war bereits draußen, im Ödland.

Wortfetzen erreichten sie, andere versanken im beruhigenden Brummen der Klimaanlage. Mega schloss die Augen. Das Training der letzten Wochen war anstrengend gewesen. Sie war müde und erschöpft. Prof. Walden und Dr. Kobe hatten nach Megas Erfolgen das Tempo erhöht, um den Vorsprung auszubauen, wie sie sagten. Je eher Mega aufbrechen konnte, desto besser. Desto größer waren ihre Chancen. Die anfängliche Skepsis war einer Euphorie gewichen, die Mega Angst machte. Sie spürte bereits eine Last auf ihren Schultern. Die Hoffnung der Gemeinschaft ruhte jetzt auf ihr. Die Mission musste ein Erfolg werden. Alles andere war inakzeptabel.

Mega genoss die Stille vor dem Sturm. Vielleicht würde sie schon morgen aufbrechen. Den genauen Zeitplan hatte man ihr überlassen. Auf einmal kam ihr alles vor, als würde sie es zum ersten Mal sehen oder vielmehr hören, denn es war wie immer dunkel in diesem Teil des Kellers. Die Gänge, ihr Zimmer, die Bibliothek, die Küche. Zum ersten Mal nach langer Zeit. Als hätte sie die Reise bereits hinter sich, wäre zurückgekehrt und würde sich erinnern: Hier war sie aufgewachsen. Von hier aus war sie aufgebrochen. Hier hatte alles begonnen.

Widerwillig schob sie sich von der Wand weg, seufzte und betrat die Bibliothek. Die Kinder schrien überrascht, als ihr Gesicht aus der Dunkelheit auftauchte:

»Mega, Mega!«

Die junge Frau mit den wilden, rotblonden Rastalocken lächelte müde, kuschelte sich zwischen sie und musste erzählen, warum sie so lange nicht bei ihnen gewesen war, wann sie wieder mehr Zeit für sie haben würde, was genau das für ein Forschungsprojekt war, an dem sie arbeitete, wann sie wieder mit ihnen spielen würde, und so weiter. Sophias Geschichte hatten die Kinder vollkommen vergessen. Sie legte ihr Buch ab, verschränkte die Arme und beobachtete schmunzelnd Megas Versuche, alle Fragen gleichzeitig zu beantworten. Die Blicke der Frauen trafen sich und blieben kurz aneinander haften. Mega durfte den Kindern nicht erzählen, wo sie gewesen war. Genauso wenig, wie Mark es ihr hatte erzählen dürfen. Er hatte sein Versprechen gehalten. Sie würde das auch tun.

Nachdem Mega alles erklärt hatte, las Sophia weiter. Die junge Frau genoss die ruhige Stimme ihrer alten Freundin, die Wärme der Kinder, das Flimmern der Energiesparlampe und den Hall hinter der Tür, in den langen, dunklen Gängen. So entsetzlich grau und kalt es hier auch war. Der Stahlbeton würde ihr fehlen. Sophia endete und schickte die Kinder zum Waschen:

»Ich komm kontrollieren.«

Die Kleinen drehten sich noch einmal um:

»Tschüs, Mega.«

»Schlaft gut.«

Sie winkten noch einmal, dann waren sie verschwunden. Mega musste schlucken. Die Frauen blieben allein zurück. Einen Augenblick schwiegen sie, schließlich hob Mega den Kopf:

»Was wirst du ihnen sagen?«

»Dass du an einem Forschungsprojekt arbeitest ...«

Mega nickte müde.

»Wann brichst du auf?«

»Morgen. Morgen früh.«

Tiefe Falten durchzogen Sophias Stirn, doch Sorgen wollte sie ihrem Schützling nicht mit auf den Weg geben, also zwang sie sich zu einem Lächeln.

»Du wirst es schaffen. Ganz sicher.«

»Danke. Ich wollte ... mich von dir verabschieden.«

Mega hatte einen Kloß im Hals. Sophia drückte sie an sich. Mega schloss die Augen. Tränen liefen ihre Wangen hinunter.

»Ich, ... ich komm rechtzeitig zurück. Versprochen.«

Sophia wusste, was sie damit meinte. Mega wischte sich die Tränen weg, lächelte schief und lief aus der Bibliothek.

Sophia erhob sich schwerfällig, stellte das Buch ins Regal zurück und starrte in die Dunkelheit. Nach einer Weile schüttelte sie den Kopf und vergrub ihr Gesicht in den Händen.

23. AUFBRUCH

Ruheloser Wind trieb die zu feinem Granulat zerbröselten Überreste des postmodernen Stahlbetons durch die Ruinen der Universität. Sonst bewegte sich nichts in den verwahrlosten Fundamenten. Schwarzes Dornengestrüpp wucherte über allem, wie eine boshafte Krankheit. Auf den Platten der Gehwege hatte sich ein lederartiger Schmierfilm gebildet. Die Träger des Auditoriums ragten wie das Gerippe eines Wals in den grauen Himmel, der im Osten allmählich violette Färbung annahm. Träge und kraftlos quälte sich die kalte Sonne über den Horizont. Der Tag versprach keinerlei Aufregung. Weder Verheißungen, noch falsche Versprechen. Es ging weiter. Irgendwie. Wärme gehörte nicht dazu.

Von einem leisen Wimmern abgesehen herrschte Stille in der untersten Etage vor der Rückseite der an einen Hang gebauten Anlage. Vor dem gepanzerten Haupteingang des versteckten Kellers herrschte noch immer tiefe Nacht. Früher hatte es hier reservierte Parkplätze für das Lehrpersonal gegeben. Sie waren immer noch da, doch nicht mehr zu erkennen. Zahlreiche Wohncontainer standen auf der Freifläche. Eine provisorische Siedlung, eine Mischung aus Bauarbeiterlager und Obdachlosenheim. Niedergerissener Stacheldraht lag auf der Erde, Akten und Unterlagen verstreut und aufgeweicht auf dem Asphalt. An der Universität, dem Zentrum des Widerstands, hatte die Zerstörung besonders heftig gewütet. Wüst, planlos und chaotisch.

Die Stille wurde jäh von lautem Kratzen zerrissen. Metall schleifte über Stahlbeton. Aus dem Schatten schob sich der Flügel der Panzertür. Der Hinterausgang des Kellers öffnete sich wie das Grabmal alter Pharaonen. Gezeichnet von den Narben zahlloser Angriffe. Ein paar Meter konnte man hineinsehen, der Rest versank in der Finsternis. Vom Innenleben war nichts zu erkennen. Wie ein Schlund, der zu ungewissen Tiefen führte. Plötzlich hallten gedämpfte Schritte an den Betonwänden. Zwei vermummte Personen mit dicken Handschuhen, schussfesten Westen und Restlichtverstärkern an den Helmen eilten mit an den Körper gepressten Sturmgewehren ins Freie. Die eine massig und hochgewachsen, die andere klein und stämmig. Beide erstaunlich agil. Hr. Bernhard und Fr. Kem eilten auf den Vorplatz und trennten sich dort wortlos. Bernhard lief Richtung Tiefgarage, Kem zur Ecke des Gebäudes in die andere Richtung. Nach etwa hundert Metern ging Bernhard vor einer verwitterten Betonabsperrung, die aussah wie eine alte Panzersperre, in die Knie. Fr. Kem spähte um die Hausecke auf die andere Seite. Beide atmeten flach und sahen sich mit den Stielaugen der Nachtsichtgeräte vorsichtig um. Schweigend drehten sie die Köpfe in gleichmäßigen, horizontalen Bewegungen.

In Dr. Kobes Labor saßen Prof. Walden und Dr. Hammer vor den Monitoren und beobachteten die Bilder, die die Helmkameras der beiden übertrugen. Langsame, horizontale Schwenks. Hinter ihnen drehte Fr. Dr. Kobe mit angespannter Miene ihre Teetasse in den Händen. Bernhard meldete sich als Erster. Der Ton war klar und sauber. Sogar das Wimmern des Windes hörte man leise im Hintergrund.

»Alles ruhig. Sieht gut aus.«

Fr. Kem meldete sich ebenfalls:

»Bei mir auch. Alles okay.«

Dr. Hammer schaltete sich ein:

»Scheint niemand da zu sein ... Zumindest nichts Lebendes.«

Walden warf Dr. Hammer einen Blick zu, verkniff sich jedoch eine Anmerkung. Es gab ein unausgesprochenes Gesetz, nichts Unnötiges per Funk durchzugeben und schon gar nichts, was den Piloten beunruhigen konnte. Dr. Hammer hatte – mal wieder – gegen mehrere Gesetze gleichzeitig verstoßen. Walden beschloss jedoch, nicht darauf einzugehen:

»Bleibt auf Position, bis Mega außer Reichweite ist.«

»Verstanden.«

»Verstanden.«

»Mega? ... Mega, bist du da?«

Keine Antwort.

»Mega?«

Am anderen Ende herrschte Stille. Niemand antwortete.

»Mega? Bist du bereit?«

»Nicht wirklich ... Bescheuert oder? Ich wollte immer raus. Jetzt kann ich, ... jetzt könnte ich raus ...«

Prof. Walden und Dr. Kobe tauschten besorgte Blicke. Fr. Kem drehte sich zum Eingang. Walden meldete sich erneut:

»Was heißt das, Mega? Was ist los?«

»Nichts. Vergesst, was ich gesagt hab! Ich bin bereit. Kann losgehen.«

»Na dann ... LOS!«

Mega trat in die Pedale. Diesmal hatte sie den richtigen Gang. Den zweiten. Langsam schob sich das Liegefahrrad aus dem Schatten des achtstöckigen Universitätsgebäudes. Unwillkürlich kam ihr ein Gedanke. Etwas, was Mark ihr erzählt und mit dem er sie aufgezogen hatte. Wie so oft. Sie hatte ihm verraten, dass sie gern vor die Tür gehen würde, um frische Luft zu schnappen. Er hatte gelacht und gemeint, dass sie dort lieber nicht stehen bleiben sollte. Das sei die Stelle, an der die Selbstmörder aufschlagen würden. Das war natürlich Blödsinn. Marks kranker Humor, aber es war ihr in Erinnerung geblieben und jetzt tauchte es wieder auf. Mega musste grinsen. Sie vermisste den Spinner. Traurig war sie zum Glück nicht mehr. Zumindest nicht mehr so sehr.

Die beschichtete Haut des INDU schimmerte verheißungsvoll in den ersten Sonnenstrahlen, die sich über Reflexionen zu ihr nach unten verirrten. Langsam gewann das Liegefahrrad an Geschwindigkeit, glitt wie ein intakter Fremdkörper an der zerstörten Umgebung vorbei. Man sah deutlich, dass er funktionierte, während alles andere tot und leblos dalag. Aus einer Entfernung von mehr als zwanzig Metern betrachtet, verschmolz die Farbe mit dem Hintergrund, wie eine Tarnkappe. Das Gefährt war weder zu hören, noch zu sehen. Mega trat schneller. Im Cockpit spürte sie leichte Vibrationen. Graswurzeln hatten den Asphalt durchbrochen. Die Stahlbetontrümmer der eingestürzten Verwaltungsgebäude und das Gerippe des Audimax zogen in der Morgendämmerung vorüber. Das alles überwältigend. Mega begriff es noch nicht ganz, dafür ging alles viel zu schnell. Trotzdem kamen ihr die Trümmer seltsam vertraut vor. Ein heftiges Déjà-vu durchfuhr sie. Natürlich kannte sie das alles. Es hatte sich verändert. Sie hatte sich verändert. Die Bilder der Videokameras waren flach, statisch. Auf ihnen hatte sie nie etwas erkannt. Erst jetzt, als sie den Keller zum ersten Mal nach langer Zeit verließ, lief ihr ein Schauer den Rücken hinunter. Sie erinnerte sich. Sie war hier gewesen, vor irgendetwas geflohen, irgendetwas war hinter ihr her gewesen. Doch genauso schnell, wie das Gefühl auftauchte, verschwand es auch wieder.

Sie zwang sich, auf die Fahrbahn zu achten. Sie war nervös genug und zusätzliche Ablenkung nicht gerade hilfreich. Ihr Stolz gebot ihr, auf keinen Fall unmittelbar vor dem Tor einen Unfall zu bauen. Sie passierte die schiefen Wohncontainer auf dem ehemaligen Parkplatz. Eine Feuersbrunst hatte sie wie schwarze Butter schmelzen lassen. Prof. Walden meldete sich über Funk:

»Vor dir sind zwei Fahrspuren. Du nimmst die rechte. Die linke ist blockiert. Auf die rechte Fahrspur, Mega!«

Wie ein sprungbereites Insekt kauerte Hr. Bernhard vor einer Betonabsperrung.

»Verstanden. Mach's gut, Bernhard. Pass auf die Familie auf, so lang ich weg bin!«

Mega passierte ihn in diesem Moment und winkte fröhlich aus dem INDU. Hr. Bernhard winkte unauffällig zurück:

»Komm heile zurück, kleine Mega!«

»Wird gemacht. Auf Wiedersehen, Fr. Kem.«

Mega winkte in den Rückspiegel. Fr. Kem hatte sich erhoben und den Helm abgenommen. Ihre Stimme war brüchig:

»Auf Wiedersehen, Mega.«

Mega konnte ihr Gesicht nicht mehr erkennen. Sie war bereits zu weit entfernt. Um die Traurigkeit loszuwerden, die sie anfliegen wollte, trat sie energisch in die Pedale. In langen, kräftezehrenden Stunden hatte sie sich straffe Beinmuskeln antrainiert, die sie jetzt einsetzen konnte. Die Dunkelheit des Parkhauses verschluckte sie wie eine Höhle. Es dauerte einen Moment, bis ihre Augen sich an sie gewöhnt hatten. Walden sollte mit seiner Einschätzung recht behalten. Licht am Liegefahrrad war keine Option. Zu auffällig. Außerdem verbrauchte Licht Energie, die sinnvoller in Bewegungsenergie umgesetzt werden konnte. Mega musste sich auf ihre Augen verlassen, die glücklicherweise überdurchschnittlich gut waren. Dr. Kamura hatte auf beiden eine Sehstärke von 140% ermittelt. Der Wissenschaftler konnte sich nicht daran erinnern, jemals von einem Menschen mit derartig guten Augen gehört zu haben. Einmal mehr übertraf Mega alle bekannten Messwerte.

»Etwas langsamer. In zwanzig Metern liegen zwei Wracks auf der rechten Fahrspur.«

»Bestätige. Was ist das hier?«

»Das war ein Parkhaus. Die Welt ist voll mit alten Autos. Aber du wirst keins mehr finden, das noch funktioniert. Selbst wenn der Motor noch in Ordnung ist, macht die Batterie nicht mehr mit.«

»Warum?«

»Sie bestanden aus Blei und Schwefelsäure. Eine Riesensauerei. Niedriger Nutzungsgrad, hohes Gewicht, kurze Lebensdauer.«

Sie entdeckte ausgebrannte Wracks. Tiefschwarze Rußteppiche wie dicker Flusenstoff an Decken und Wänden. Alles war düster, schwer und drückend. Diese Welt war in tiefen Schlaf gefallen. Geräuschlos glitt sie durch die gewaltige Betonhöhle. Viel größer als die, in der sie die letzten zwölf Jahre verbracht hatte. Dicke, viereckige Träger verbanden unzählige Rampen und trugen Parkdecks, deren Enden in der Dunkelheit verschwanden. Das System kam ihr verwirrend vor. Ein gewaltiges, sinnloses Labyrinth. Sie wurde das Gefühl nicht los, dass es kompliziert gewesen sein musste, sich den Standort seines Autos zu merken und zeitintensiv, das Parkhaus zu durchqueren. Doch welchen Vorteil hatte ein Auto, wenn es so kompliziert war, es zu parken? Mega fand keine Antwort auf diese Frage. Ihr wurde klar, dass ihr viele Gegebenheiten der alten Welt für immer rätselhaft bleiben würden.

»Etwas langsamer. Direkt vor dir ist eine 90-Grad-Kurve. Du musst nach links.«

»Verstanden.«

Mega drosselte die Geschwindigkeit und zog nach links, dicht an der Kurveninnenseite vorbei. Der Wendekreis des INDU war groß und die Kurve eng und unübersichtlich, doch mit Gegenverkehr war nicht zu rechnen. Hinter der Kurve öffnete sich der Blick auf eine lange Rampe, die von kurzen, ebenen Abschnitten unterbrochen wurde und alle Ebenen des Parkhauses miteinander verband. Links und rechts schlossen sich Ein- und Ausfahrten an.

»Jetzt Schwung holen für die erste Rampe. Die ist ziemlich steil. Du musst kräftig treten. Insgesamt sind es fünf Rampen. Sie werden immer länger und flacher.«

»Verstanden.«

Mega beschleunigte. Als es bergauf ging, spürte sie zum ersten Mal die Muskeln in ihren Beinen und musste die Zähne zusammenbeißen. Rechts tauchten leerstehende Bürogebäude auf, grauvioletter

Himmel, der sich langsam rot färbte.

»Du kommst jetzt in den Bereich der letzten Kamera. Wenn du ihn verlässt, sehen wir dich nur noch über die Bordsysteme.«

Mega ließ es sich nicht nehmen, zu winken. Ihre Dreadlocks hatte sie zu einem Knoten zusammengebunden und eine Mütze mit Loch drübergezogen, die ihr Sophia gestrickt hatte. Aus dem Dunkel der Tiefgarage strampelte sie Rampe für Rampe nach oben und spürte deutlich, dass es heller wurde. Waren die unteren Parkdecks fast leer gewesen, wurde es immer voller, je höher sie kam. Auf der obersten Ebene musste es vor langer Zeit Kämpfe gegeben haben. Aus deformierten Wracks waren Barrikaden errichtet worden. Dahinter und davor herrschte Chaos. Sperrmüll, Metallschrott, Plastiktüten und Folienreste. Alles von einer Schicht aus Moos und Staub überzogen. Bis zur Unleserlichkeit ausgeblichene Schriften und Schilder. Bedeutungslos. Erstarrt. Nichts bewegte sich. Deshalb überraschte sie die Bewegung unmittelbar vor ihr. Prof. Walden rief ins Mikrofon:

»Bleib stehen, Mega!«

Die junge Frau war zum Glück gerade auf einem horizontalen Teilstück angekommen, als sie ruckartig auf die Bremse trat. Zu abrupt. Mit lautem Quietschen kam sie zum Stehen, sah sich nervös um und wagte nicht, zu antworten.

»Was ist das vor dir, Mega? Kannst du das erkennen?«

Mega hatte nur ein Zittern wahrgenommen. Eine schnelle, huschende Bewegung hinter einer Barrikade, direkt vor ihr. Der jungen Frau wurde heiß und kalt. Hatte sich dort jemand versteckt? Sie flüsterte:

»Ich seh nichts.«

»Auf der Überwachungskamera ist auch nichts zu erkennen. Moment …«

Mega wusste nicht, was sie machen sollte. Sie atmete flach, versuchte, sich nicht zu bewegen und fixierte die Barrikade. Ein wirres Gebilde aus zerschlagenem Universitätsmobiliar, eng mit Stacheldraht umwickelt. Andere Piloten, vielleicht sogar Hr. Bernhard und Fr. Kem hatten die Sperre zur Hälfte abgebaut und zur Seite geräumt. Irgendetwas kauerte hinter ihr. Erneut eine Bewegung. Etwas erhob sich kurz und verschwand dann wieder. Dr. Hammer meldete sich über Funk:

»Ich glaub, ich weiß, was das ist«,

Mega antwortete vorsichtig, immer noch leise.

»Was ist es?«

»Plastik. Ein Stück Plastikfolie scheint sich verfangen zu haben.«

»Soll ich aussteigen?«

Prof. Walden meldete sich:

»Nicht notwendig. Fahr weiter!«

»Verstanden.«

Mega schaltete in den ersten Gang runter, fuhr vorsichtig an und schob sich im Zeitlupentempo an der Barrikade vorbei. Wieder die Bewegung. Etwas schnellte nach oben und sprang ihr entgegen. Tatsächlich nur ein Stück Plastikplane, die sich im Wind bewegte. Früher war sie wahrscheinlich durchsichtig gewesen, jetzt knisterte sie blind und brüchig im Wind.

»Tut mir leid, Mega.«

»Kein Problem. Ist mir recht, wenn ihr aufpasst.«

Dr. Hammer schob süffisant nach:

»Zu Prof. Waldens Entschuldigung muss ich sagen, dass die Folie beim letzten Mal noch nicht da war.«

»Sehr freundlich von Ihnen, Dr. Hammer. Konzentrieren wir uns bitte! Es liegen noch ein paar Kilometer vor uns.«

Mega stellte sich das diebische Vergnügen vor, das der Kommentar Dr. Hammer bereitet hatte, und musste grinsen.

Dann sah sie nach vorn. Ins Freie. Eine leblose Betonwüste breitete sich vor ihr aus. Die heruntergekommene Trabantensiedlung einer tristen Vorstadt. Verhangenen von dünnen Nebelschleiern. Der INDU schwebte geräuschlos unter dem Vordach des Parkhauses auf die offene Zufahrtsstraße hinaus. Plötzlich ging es bergab und sie brauchte nicht mehr zu treten. Ein unbeschreibliches Gefühl. Heftiges Kribbeln durchströmte ihre Beine. Ein Rausch, den sie zum ersten Mal spürte. Links von ihr tauchten die Trümmer einer breiten Fußgängerbrücke auf. Sie hatte früher die vierspurige Schnellstraße überquert und die Menschen der Trabantensiedlung zur Universität gebracht. Mega ließ sie links liegen und schoss geräuschlos aus dem Bauch des verendeten Betonwals, als würde sie von seinem Blas fortgeschleudert werden. Winzig klein wirkte sie neben den gewaltigen Bauten. Erstarrt im zeitlosen Dreck der Atmosphäre. Grau und Schwarz. Nirgendwo ein Flecken Grün. Keine Bäume, so weit das Auge reichte. Der Wind frischte auf. Böen drückten auf die

Außenhaut. Sie ließ sie sich mitreißen von der euphorischen Welle, trat in die Pedale und wurde immer schneller. Nur wenige Meter trennten sie noch von den Fahrspuren der Schnellstraße. In diesem Moment schob sich die blasse Sonne über den Horizont und blendete sie. Die Sonne. Mega spürte sie auf ihrer Haut. Gedämpft von der Plastikplane, doch zehnmal stärker als in Kobes Spiegelraum. Sie sah sie vor sich, fahl und glanzlos, durch den Staub. Ein bleicher Feuerball. Doch so schwach sie auch war, ihre Wirkung setzte unmittelbar ein, löste Gefühle und Erinnerungen aus. Alt, machtvoll, unkontrollierbar. Mega musste blinzeln. Tränen liefen ihre Wangen hinunter. Das Leben war hier oben. An der Oberfläche. Der Keller war freudlos, zum Scheitern verurteilt. Wenn die Menschen es schaffen wollten, mussten sie an die Oberfläche zurückkehren. Sie brauchten die Sonne. Ohne sie gab es kein Leben. Mega war dankbar, dem Keller entronnen zu sein. Sie musste sich am Lenker festhalten, so mächtig war die Euphorie, das Glück, das sie pur und ungefiltert durchströmte wie dickes, zähes Gold.

»Du wirst zu schnell, Mega! Spar deine Kräfte! Nutz das Gefälle!«

Mega fiel ein, dass die Wissenschaftler sie sehen konnten. Die Kamera befand sich direkt vor ihrer Nase. Mega warf der stecknadelkopfgroßen Optik einen missmutigen Blick zu, hörte auf zu treten und wischte sich, während sie langsamer wurde, mit eiligen Bewegungen durchs Gesicht und zog die Nase hoch. Einen Augenblick überlegte sie, die Innenkamera auszuschalten, niemand würde sie daran hindern können. Doch sie entschied sich dagegen. Privatsphäre würde sie noch früh genug haben. Mega schoss ein unangenehmer Gedanke durch den Kopf. Die Innenkamera war keine Kontrolle, sondern eine Beruhigungstablette, die sich die Wissenschaftler verschrieben hatten. Eine Illusion. Im Notfall konnten sie ihr nicht helfen. Es war unerheblich, ob sie Mega sahen oder nicht. Sie gab ihnen nur ein besseres Gefühl.

Mega rollte dem leeren Zubringer entgegen. Der Asphalt war rau, aber intakt. Hier und da standen leere Pkws. Die meisten schwarz, ohne Reifen. Es wurde heller. Allmählich konnte sie in der Entfernung etwas erkennen. Ruinen. Vereinzelt in der kargen Landschaft, leblose Siedlungen. Dazwischen öde Flächen. Ein leeres Flussbett. Wüst und ausgetrocknet. Walden meldete sich:

»Vor dir liegt die Autobahnbrücke.«

»Verstanden.«

»Auf der Brücke nimmst du die zweite Ausfahrt nach rechts, dann unter die Brücke und dahinter auf die Autobahn. Eigentlich biegst du links ab.«

»Warum geht die Straße nicht links runter?«

»Früher waren zu viele Fahrzeuge unterwegs. Damit der Verkehr ungehindert fließen konnte, hat man die Kreuze so konstruiert ... Aus der Luft sehen sie aus wie vierblättrige Kleeblätter.«

»Vierblättrige Kleeblätter? Was ist das?«

»Eine Pflanze, die es nicht mehr gibt. Entschuldige. Sei vorsichtig unter der Brücke!«

»Verstanden.«

Während sie die sanft abfallende Asphaltkurve hinunterrollte, wurde ihr bewusst, dass sich die Welt nach der Katastrophe nicht mehr verändert hatte. Die Uhren waren stehen geblieben. Alle im selben Jahr. Sie hatte das alles schon einmal gesehen und begann sich zu erinnern. Möglicherweise würden sich weitere Puzzleteile ihrer Vergangenheit offenbaren. Unwillkürlich nahm sie eine Hand vom Lenker und berührte ihren Nacken. Diese Narbe am Hinterkopf. Woher hatte sie die? Wer hatte ihr von hinten in den Kopf geschossen?

Mit verhaltener Geschwindigkeit erreichte sie Fahrspuren, die nach Norden führten. Auf der ebenen Betonfläche lagen zahllose Wracks. Einige alt, kaum noch zu erkennen. Andere unversehrt, als wären die Fahrer gerade erst ausgestiegen. In einigen Türen entdeckte sie Einschusslöcher. Zerbröselte Scheiben. Schwarze Flecken. Vor und hinter der Brücke lagen Betonbrocken, die hinuntergeschleudert worden waren. Sie hatten Windschutzscheiben durchschlagen und Fahrer getötet. Die Autobahn glich einem Schlachtfeld.

Mega war schmal genug und kam gut voran. Aufmerksamen Augen würde sie nicht entgehen, also achtete sie darauf keine lauten Geräusche zu verursachen und hoffte, dass diejenigen, die auf der Lauer lagen, sie überhören würden. Ein frommer, nicht besonders realistischer Wunsch.

Während sich die kalte Sonne über das leblose Land erhob, schoss Mega in ihrem ultraleichten Hightech-Gefährt geräuschlos zwischen den Hinterlassenschaften der alten Welt hindurch, dem Horizont entgegen.

24. VOM REGEN IN DIE TRAUFE

Das Moor dampfte wie eine Waschküche. Diesige Luft hing schwer und dick zwischen den Hecken. Die Sonne brannte ungewöhnlich heiß für diese Jahreszeit auf knochenharte Schlammkrusten und schwitzende rote Gesichter. Die Gefangenen verrichteten Feldarbeit. Die erste Reihe lockerte den Boden mit einfachen Holzstäben. Die zweite schob Setzlinge hinein. Maschinen gab es nicht und Spitzhacken hatte Hagen verboten.

Die schwarzen Sonnenkollektoren auf dem benachbarten Feld funkelten unter dem konturlosen weißen Himmel, an dem weder Wolken noch die Position der Sonne zu erkennen waren. Hagens Männer lungerten unter einem Sonnendach am Feldrand auf alten Metallkisten und fächerten sich mit ausgefransten Schilfmatten Luft zu. Sie hatten die Schutzanzüge abgelegt, gingen barfuß, trugen umgeschlagene Hosen und T-Shirts. Primitive Tätowierungen zierten blasse Arme und Hälse. Die Sturmgewehre standen griffbereit oder lagen auf ihren Beinen. Aufbereitetes Wasser aus Trinkflaschen ließen sie sich abwechselnd die Kehle hinunter oder über die kahlrasierten Schädel rinnen. Ricos vernarbte Visage grinste frech und kaute ein Stück Schilfrohr. Bassajew war der Einzige, der nicht unter das Sonnendach durfte. Rico machte sich einen Spaß daraus, ihn in der Sonne stehen zu lassen. Sobald Ramsan nicht in der Nähe war, quälte er den jungen Mann. Sonst gab es nichts zu tun und ihm schien es Spaß zu machen. Bassajew ertrug es, obwohl Rico ihn schlechter behandelte als einen Hund.

Auf dem Feld erhob sich Marthe stöhnend und drückte sich die Hände ins Kreuz. Sie hatte sich den Kopf kahl rasiert, um sich möglichst hässlich zu machen, und sich einen feuchten Lappen um die Stirn gewickelt, der sie vor der Sonne schützte. Trotz Sonnenbrand auf den Armen war die magere Frau blass im Gesicht und wurde von hässlichen Schwellungen und dunklen Flecken entstellt. Wütend presste sie die Lippen aufeinander. Die Münder aller Bewohner waren schmal und hart geworden. Die Freude, überlebt zu haben, verschwunden. Nicht wenige beneideten die Toten. Die hatten wenigstens Ruhe. Marthe sah sich Hilfe suchend um. Die anderen wichen ihren Blicken aus. Sie konnten ihr nicht helfen. Niemand konnte das.

»Ich brauch was zu trinken. Die verdammten Dreckschweine könnten uns wenigstens was zu trinken geben.«

»Warum sollten sie das tun?«

Es war Alvo, der Ingenieur, der sich in der Moorsiedlung um die Solarmodule gekümmert hatte. Er erhob sich ebenfalls mit zusammengekniffenen Augen und wischte sich den Schweiß von der Stirn:

»Gemüse steht nicht auf ihrem Speiseplan. Das hier ist unser Essen. Und unser Essen ist denen völlig egal.«

»Halt's Maul und mach weiter!«

Titos barscher Befehl wurde nicht befolgt. Der Anführer besaß keine Autorität mehr. Alvo ignorierte ihn einfach. Nach einer Weile setzten er und Marthe die Arbeit dennoch fort. Ihnen blieb nichts anderes übrig.

Vom Durchschlupf in der inneren Hecke aus beobachtete Stellgar die Szene mit dem Fernglas. Er sah, wie Rico Bassajew einen Stoß gab und ihn zurück in die Sonne jagte und wie Tito den anderen auf dem Feld etwas zurief und sie ermahnte. Stellgar ließ das Fernglas sinken. Die schmalen Augen lagen in tiefen Höhlen und die Linien des markanten Unterkiefers zeichneten sich wie ein Kupferstich vom konturlosen Hintergrund ab. Er durchquerte die Hecke und durchmaß die leere Siedlung, die bewegungslos in der schwülen Hitze garte, mit langen Schritten, und näherte sich Hagens Hütte.

Der Söldneranführer erwartete mit Spannung Stellgars Bericht. Von einer dunklen Ecke aus beobachtete er, wie der Hauptmann den Vorhang zur Seite schlug und sich umsah. Stellgars Augen brauchten einen Augenblick, bis sie sich an die Dunkelheit gewöhnt hatten.

Die Einrichtung war karg. Gegenstände wie Kerzenhalter, Besteck oder Geschirr, aus Müll hergestellt. Nicht immer hatten die Bewohner Farbe gefunden, um die Herkunft des Materials zu verbergen. Plastiktüten waren gereinigt und wiederverwertet worden. Ein alter Schreibtisch diente als Recyclingstelle. Fundstücke von Streifzügen lagen darauf. Radios, Fernseher, Computerteile. Ausgeschlachtet, gestapelt und sortiert. Alles wirkte primitiv, erfüllte lediglich Grundbedürfnisse. Wie in allen Hütten hatten auch in dieser Wohngemeinschaft Personen gelebt, die nicht zur selben Familie gehörten. Stellgars Augen wanderten über die persönlichen Dinge der Bewohner, die in Nischen entlang der Außenwand untergebracht waren. Ausgeblichene Fotos, fleckig von der Feuchtigkeit. Vereinzelte, zerlesene Bücher, zerrissene Zeitschriften, hier und da ein Poster. Stellgar sah die Dinge nicht. Sein Blick war nach innen gerichtet und seine Hand spielte ruhelos mit dem ausgefransten Lederband seines Fernglases. Irgendetwas beschäftigte ihn.

»Ich bin hier.«

Stellgar sah in die Richtung, aus der die Worte kamen. Die Ecke war dunkel. Er konnte nichts erkennen. Langsam erhob sich Hagen. Er hatte auf dem Boden gelegen und sprach mühsam, als hätte er geschlafen. Ein Trick. Er hatte Stellgar beobachtet, seine Gesichtszüge studiert, besonders die unruhige Hand. Ein Monat war vergangen, seit sie die Siedlung erobert hatten. Hagen hatte überlegt, ob es Zeit war, die Routine zu ändern und war zu der Erkenntnis gelangt, dass er seinen Einfluss überschätzte. Er bildete sich nur ein, etwas ändern zu können. Doch die Dinge verliefen nach anderen Gesetzmäßigkeiten. Gesetzmäßigkeiten, die außerhalb seiner Macht lagen. Ob ein Konflikt eskalierte oder nicht, war schwer zu beeinflussen. Ob es besser war, ihn zu beschleunigen oder ihn hinauszuzögern, hing von vielen Faktoren ab. Es war gut, wenn es dauerte, dann gab es eine längere Phase der Ruhe und meistens hielten die Vorräte länger. Doch je länger es dauerte, desto gefährlicher wurde die Entladung, desto aggressiver waren am Ende die Auseinandersetzungen.

»Wie sieht's aus?«

»Es dauert noch.«

»Was schätzt du?«

»Zwei Wochen, vielleicht drei. Das sind zähe Hunde, vertragen einiges. So haben sie überlebt. Stillhalten, Mund halten. Ich tippe, dass es noch dauert. Wenn wir Pech haben, sehr lang.«

»Ich hab keine Lust, zu warten ... Wir beschleunigen das Ganze.«

Stellgar sah Hagen an. Sein Gesicht hob sich kaum vom dunklen Hintergrund ab.

»Warum?«

»Weil wir's dann unter Kontrolle haben ... Bilde ich mir zumindest ein.«

Stellgar erhob sich.

»In Ordnung.«

Er schlug den Vorhang zurück und verließ die Hütte. Hagen sank in die Horizontale zurück, bevor ihn das Tageslicht traf.

Nach Einbruch der Dämmerung wurden die Frauen unruhig. Sie hatten sich bereits daran gewöhnt, dass die Zuteilung des Essens sich hinzog. Heute dauerte es jedoch besonders lang. Sie saßen im Kreis und lehnten mit dem Rücken an der Außenwand der engen Hütte. Viel hatte man ihnen nicht gelassen. Pappreste und etwas Kleidung. Die Belüftungsschlitze waren verstopft worden, damit sie nicht auf die Idee kamen, die Siedlung mit Rauch zu verraten. Die Luft war so dick, dass man sie schneiden konnte. Viele waren vor Erschöpfung eingeschlafen. Die meisten versuchten, sich irgendwie wachzuhalten. Wenn das Essen kam, wollte man nicht die Letzte sein. Jolanta, die in der Frauenhütte das Kommando übernommen hatte, achtete darauf, dass niemand benachteiligt wurde. Die resolute Frau hatte wieder die alte Rolle übernommen, da sie mehr Autorität besaß als Almuth, Titos aktuelle Freundin. Almuth hatte außerdem das Pech, dass Roderick einen Narren an ihr gefressen hatte. Seine Bisswunden verheilten nicht. Almuth konnte sich tagsüber kaum auf den Beinen halten.

Die Reihen hatten sich gelichtet. Nicht alle hatten die Nächte mit Hagens Männern überlebt, nicht alle konnten den Gedanken ertragen, etwas Ähnliches erneut durchmachen zu müssen. Die Frauen waren gezeichnet. Tiefe Furchen hatten sich in ihre Gesichter gegraben. Die Jüngsten, ein vierzehn- und ein sechzehnjähriges Mädchen, hatte es am schlimmsten erwischt. Hagens Männer prügelten sich um das Vorrecht, die Nacht mit ihnen zu verbringen. Sie saßen stumm mit leeren Augen auf ihren Plätzen. Tränen hatten sie nur zu Anfang vergossen, jetzt starrten sie nur noch auf den Boden vor ihren Füßen und warteten. Unbeholfen versuchten sich die Frauen, Mut zu machen, gaben sich gegenseitig Gründe, durchzuhalten. Sie hatten Erfahrung in diesen Dingen. Die Moorfestung war schon immer ein belagerter Ort gewesen, den sie selten verlassen konnten. Ihre Bewegungsfreiheit war noch ein wenig stärker eingeschränkt worden, doch im Prinzip war alles genau wie vorher. Das versuchten sie sich zumindest einzureden. Selbst die schwangere Marthe wurde nicht geschont. Sie musste, genau wie die anderen, auf dem Feld arbeiten und nachts den Männern zur Verfügung stehen. Sie lag mit angewinkelten Beinen auf der Seite und starrte mit glasigen Augen an die Wand. Ihre Hände hatte sie auf dem runden Bauch gefaltet. Eine ungesunde Blässe lag auf ihrem Gesicht. Sie war viel zu dünn und ohne ihre Haare sah sie elend aus. Mühsam erhob sie sich:

»Wo bleiben die heute? Die hätten längst hier sein müssen. Was ist, wenn die uns vergessen haben?«

»Beruhig dich! Die kommen schon«,

antwortete Jolanta. Ihre Stimme war lauter und ihr Tonfall schärfer als notwendig. Eigentlich wollte sie Ruhe und Sicherheit ausstrahlen. Ihr gehetzter Unterton bewirkte jedoch genau das Gegenteil. Selbst Frauen, die vorher ruhig gewesen waren, wurden jetzt nervös.

»Ich muss was essen.«

»Wir haben Hunger!«

Ein Dengeln ertönte. Die Metalltöpfe, mit denen Hagens Männer das Essen brachten. Schlafende wurden geweckt, griffen Teller und Löffel und strebten dem Eingang entgegen. Hagens Männer hatten die Tür mit Metallgittern befestigt. Schlüssel rasteten, Vorhängeschlösser schnappten. Die Frauen kauerten vorsichtig in der Dunkelheit, auf Gemeinheiten jeder Art gefasst. Der Vorhang wurde zur Seite geschlagen. Im unruhigen Licht der Öllampen standen Bewaffnete. Einer von ihnen war Stellgar. Er musterte die Frauen misstrauisch und trat näher:

»Zurück!«

Sie gehorchten. Ein Mann mit zwei Töpfen in den Händen betrat eilig die Hütte, stellte sie ab und entfernte sich sofort wieder. Ein Topf war mit Essen gefüllt, der andere mit Wasser. Die Frauen reckten die Hälse. Es war sofort zu erkennen: Der Topf mit dem Essen, ein Brei aus verkochtem Gemüse und Getreide, war nur halb so voll wie sonst. Stellgar studierte aufmerksam die Reaktionen. Es dauerte einen Moment, bis sich die Verwirrung legte und sie kapierten, was los war. Marthe beschwerte sich:

»Wo ist der Rest?«

»Das ist alles.«

»Das reicht nicht. Das ist zu wenig.«

»Das ist euer Problem. Wenn ihr mehr essen wollt, müsst ihr euch bei der Arbeit mehr anstrengen. Ihr seid zu langsam, vertrödelt zu viel Zeit. Also kürzen wir Rationen.«

Einen Moment stand Marthe unter Schock, dann begann sie zu

schreien, sprang auf, watschelte durch die Hütte und hob die Fäuste, als wollte sie Stellgar ins Gesicht schlagen:

»Ihr verdammten Schweine! Wir ertragen eure stinkenden Fettwänste und ihr gebt uns nichts zu essen! Ihr verfluchten Dreckschweine!«

Andere Frauen sprangen auf und konnten sie im letzten Moment daran hindern, Stellgar an den Hals zu fallen. Es wäre ihr Todesurteil gewesen. Marthe schrie aus Leibeskräften und stieß wüste Beschimpfungen aus, bis sie puterrot im Gesicht war. Sie tat, was viele Frauen gern getan hätten. Sie schrie ihnen aus der Seele. Trotz ihres ungeborenen Kindes hatte sie keine Angst mehr. Stellgar wich erschrocken zurück. Die Männer ließen den Vorhang fallen. Einen Moment später rasteten Gitter und Schlösser ein. Marthe schrie noch immer. Die Frauen versuchten, sie zu beruhigen. Jolanta starrte in den Topf und wusste nicht, was sie machen sollte. Sie griff zur Kelle, blickte in die Runde und ließ sich die Teller der Mädchen geben, die antriebslos auf ihren Plätzen geblieben waren. Eine Frau beschwerte sich:

»Das ist zu viel. Wenn du ihnen so viel gibst, reicht es nicht für alle.«

Jolanta ignorierte sie und wandte sich an eine andere:

»Gib ihnen das!«

Das Essen wurde durchgereicht und vor den Mädchen abgestellt. Sie registrierten es abwesend und streckten appetitlos die Hände danach aus. Jolanta wandte sich an die Beschwerdeführerin:

»Es reicht für alle. Ich verzichte nämlich.«

Darauf wusste die Frau nichts zu erwidern. Sie schwieg betroffen, während andere an ihr vorbeidrängten, um sich ihr Essen zu holen.

Ein paar Tage später brannte die Sonne noch erbarmungsloser auf die Ackerflächen. Die Hitze begann, das Moor auszutrocknen. Das erleichterte die Arbeit. Die Bewohner sanken nicht mehr so tief ein, wenn sie barfuß über die Anbauflächen wateten, doch an den meisten Stellen war der Boden bereits zu hart und für die Aussaat nicht mehr geeignet. Die Krume musste feucht sein, damit etwas wuchs. Die Luft hatte sich jedoch seit Wochen nicht bewegt und auch in den nächsten Tagen sah es nicht nach Regen aus. Der Dunst hing so dick über dem Acker, dass die Bewohner ihre Bewacher am Feldrand kaum noch erkennen konnten.

Sie lungerten wie immer unter dem Sonnendach herum, schwitzten und fächerten sich Luft zu. Das gelangweilte Publikum auf der Tribüne eines unfairen Stierkampfes. Die Bewohner schleppten sich in der Hitze vorwärts, die nackten knochigen Füße im sengend heißen Morast. Im Zeitlupentempo bückten sie sich, um die Setzlinge der Reispflanzen in den Boden zu bringen. Erneut war es Marthe, die unvermittelt aus dem Rhythmus geriet und sich mit verzweifeltem Gesichtsausdruck erhob. Ihr kahlgeschorener Schädel von dreckigen Tüchern umhüllt. Diesmal beschwerte sie sich nicht, dazu fehlte ihr die Kraft. Verzweifelt umklammerte sie ihren Bauch, dann wurde sie ohnmächtig und sank lautlos in den Schlamm. Vaith, Lischka und Alvo eilten sofort herbei, schüttelten Marthe und versuchten, sie mit Ohrfeigen zu wecken. Vaith rief verzweifelt den Namen seiner Frau:

»Marthe! Marthe!«

»Hey!«

Rico erhob sich schwerfällig, das Sturmgewehr locker in der rechten Hand. Während er sich leicht nach hinten lehnte, um tiefer Luft holen zu können:

»Zurück an die Arbeit!«

Die Männer auf dem Feld reagierten nicht. Sie ignorierten Ricos Kommando und kümmerten sich weiter um die Frau, die am Boden lag. Rico registrierte es fassungslos, öffnete den Mund und wollte erneut etwas schreien. Dann holte er jedoch mit der Hand aus und gab Bassajew einen Schlag auf den nassgeschwitzten Hinterkopf:

»Schwing den süßen Knackarsch und sieh nach, was los ist! Bewegung!«

Bassajew hatte die Hälfte der Strecke bereits zurückgelegt, als Rico erneut brüllte:

»Zurück an die Arbeit, hab ich gesagt!«

Die Männer kümmerten sich nicht um ihn. Bassajew kniff die Augen zusammen, um im grellen Dunst etwas erkennen zu können. Er hob das Sturmgewehr und gab einen Warnschuss ab. Das plötzliche Krachen ließ die Bewohner zusammenzucken. Die Kugel zischte knapp über ihre Köpfe. Hastig eilten sie zu ihrer Arbeit zurück. Marthe blieb bewegungslos liegen. Bassajew reduzierte sein Tempo und begann über den Acker zu schlendern, als wäre er auf dem Markt und wüsste noch nicht, was er kaufen soll. Schließlich blieb er neben der Schwangeren stehen. Offene Augen starrten glasig in die grelle Sonne. Bassajew verzog das Gesicht, als würde er etwas Ekliges betrachten, drehte sich zu Rico um und deutete mit erhobenen Händen an, dass er ratlos war.

Unter dem Sonnendach schüttelte der den Kopf:

»Was macht die Schwuchtel da? Weiß die Pussy nicht, wie man mit ‚ner Frau umgeht oder was?«

Die Anderen lachten trocken und kratzten sich träge.

Bassajew versetzte Marthe einen Tritt, um sie zu wecken. Keine Reaktion. Stumm, wie ein verendeter Fisch, lag sie mit offenem Maul im Schlamm. Bassajew verpasste ihr einen zweiten, kräftigeren Stoß mit dem Fuß. Diesmal kam Marthe zu sich, hustete, blinzelte, hob schützend die Arme vor die Augen und rollte sich auf die Seite.

»Steh auf!«

Marthe erschrak. Sie hatte nicht mitbekommen, dass Bassajew direkt neben ihr stand. Erst jetzt entdeckte sie die schlammbedeckten nackten Füße und den Lauf des Sturmgewehrs neben ihrem Kopf. Nervös rutschte sie auf die Knie, biss die Zähne zusammen und versuchte sich aufzurichten. Sie schaffte es nicht, taumelte und sackte wieder zusammen. Bassajew beobachtete sie mit zusammengekniffenen Augen. Schweißperlen rollten über sein Gesicht. Er wischte sie gemächlich weg, machte keinerlei Anstalten, der Frau zu helfen. Mühsam hielt Marthe sich den Bauch, biss die Zähne zusammen und versuchte es erneut. Bassajews Geduld schwand. Langsam hob er das Gewehr, nahm es in beide Hände, zielte auf den Bauch und starrte ihn mit schmalen Augen an, als wäre er ein lästiger Kolben in einem Motor, der nicht rund lief. Ein ärgerliches, technisches Problem. Schließlich erhob Marthe sich schwankend und presste zwischen den Zähnen hindurch:

»Entschuldigung!«

Sie sprach mit Bassajew, doch eigentlich war die Entschuldigung an ihre Leute gerichtet. Sie hatte sie in Gefahr gebracht. Bassajew befeuchtete die Lippen und sprach so leise, dass es niemand außer Marthe hörte:

»Du hast es bald überstanden.«

Marthe starrte Bassajew entsetzt an, unfähig etwas zu erwidern. Der Söldner schulterte sein Gewehr, drehte sich um und trabte zurück. Als er außer Hörweite war, zischte Tito sie an:

»Mach langsam!«

Marthe nickte abwesend und trat zur Seite. Tito

wechselte unauffällig die Spur und übernahm ihre Arbeit. Aus dem Augenwinkel beobachtete er die Frau. Ihr Gesicht war kreideweiß. Kalter Schweiß sammelte sich auf ihrer Stirn. Sie wirkte abwesend, schien nachzudenken.

»Was hat er gesagt?«

Die Frage war eindeutig, doch Marthe schüttelte den Kopf, als wenn sie ihn nicht verstanden hätte. Wutentbrannt rammte Tito Setzlinge in den Boden.

Hagen und Stellgar verharrten bewegungslos im Durchgang des inneren Schutzwalls und beobachteten das Reisefeld. Hagen senkte das Fernglas und gab es Stellgar zurück. Nach einer Weile nickte er:

»Es ist so weit.«

25. DIE GESETZE DES ÖDLANDS

Eine Stunde vor Sonnenaufgang begann neben Megas Kopf ein weißgrünes Licht zu pulsieren. Sie öffnete die Augen zu schmalen Schlitzen und beobachtete, wie der Wecker an ihrem Handgelenk zu zartem Leben erwachte. Das leuchtende Herz eines kleinen, sanften Tierchens. Dem einzigen Begleiter, in der Einsamkeit des kalten Ödlands. Mega spürte jeden Muskel und wünschte sich nichts sehnlicher, als weiterschlafen zu können. Doch Arbeitsverweigerung machte keinen Sinn. Wenn sie liegen blieb, würde sie erfrieren oder verhungern. Sie gab sich einen Ruck und kroch fröstelnd und zitternd in Trainingshose und T-Shirt aus dem Biwak in die beißende Kälte hinaus. Schläfrig blinzelte sie in die Morgendämmerung. Sie hatte sich wie ein Obdachloser in den Straßengraben neben ihr Fahrrad gelegt. Viel war nicht zu erkennen. Die Welt war dunkel und leer. In der Entfernung entdeckte sie Silhouetten von Ruinen. Sie tippte auf die Lagerhallen einer Fabrik. Schwerfällig erhob sie sich, streckte sich und versuchte ihre Knochen zu sortieren. Die Beine schmerzten. Hintern und Rücken waren wund gescheuert. Sie verzog das Gesicht und stemmte die Hände ins Kreuz. Ihre Gelenke knackten ungesund. Mega fühlte sich, als wäre sie um Jahre gealtert. Irgendwann musste sie sich ausruhen. Nicht vier komatöse Stunden, sondern mehrere Tage. Doch wo und wann sollte sie das tun? Einen passenden Ort dafür musste sie erst mal finden. Auf der anderen Seite entdeckte sie Lkw, die eine Wagenburg bildeten. Die Gerippe ausgebrannter Ladeflächen hoben sich schwarz vom aschfahlen Boden ab und würden für immer an dieser Stelle bleiben. Dahinter erkannte sie Straßenzüge, vereinzelte Schutthaufen, die mal Häuser gewesen sein mussten. Es würde ein kalter Tag werden. Wenn sie Glück hatte, blieb es trocken.

Ihr Magen knurrte und sie hatte bereits drei Kilo verloren. Sie mischte Nahrungskonzentrat mit Tauwasser, das sich über Nacht im Auffangbehälter gesammelt hatte. Immerhin eine gute Tasse. Es war das beste und sauberste Wasser, das sie bekommen konnte. Alles, was sie in Flüssen oder Seen fand, musste gefiltert und destilliert werden. Mega hatte eine Vorrichtung im INDU, die überschüssige Energie der Induktoren verwendete und die Aufbereitung des Wassers quasi nebenbei erledigte. Allerdings nur, wenn sie in Bewegung war. Aus einem dünnen Plastikschlauch, den sie während der Fahrt in den Mund steckte, konnte sie tropfenweise Wasser saugen. Mega hatte sich während des Trainings daran gewöhnt, in regelmäßigen Abständen kleine Mengen zu trinken. Es hatte am Anfang etwas Disziplin erfordert, hatte jedoch Vorteile. Es half, Hungergefühl und Appetit zu unterdrücken und den Flüssigkeitsbedarf auf ein Minimum zu reduzieren.

Mega wusste, dass die Wissenschaftler, während sie frühstückte, allmählich ihre Plätze im Überwachungsraum einnahmen und sich in ihren Tassen frischer, heißer Kaffee-Ersatz befand. Etwas, was ihr leider verwehrt war. In der Nacht hatte Dr. Hammer Kameras und Sensoren überwacht. Er hätte Mega bei Gefahr mit einem Elektroschock wecken können, was bisher zum Glück noch nicht notwendig gewesen war. Die junge Pilotin kam erstaunlich reibungslos voran.

Mega näherte sich der Stelle, an der Mark überfallen worden war. Kurz vor der dritten Straßensperre. Eigentlich war es ja eine neue, irgendwo zwischen der zweiten und dritten. Die erste schien verlassen gewesen zu sein. Die zweite hatte sie sicherheitshalber zu Fuß umrundet mit dem INDU auf dem Rücken. Die Wissenschaftler vermuteten, dass sich dort noch Wegelagerer aufhielten, konnten dies jedoch nicht mit Sicherheit sagen. Mega traf niemanden.

Als sie fertig war, stieg sie in den INDU, stieß sich ab und glitt im Licht der aufgehenden Sonne dem östlichen Horizont entgegen. Ein Knistern im Headset. Prof. Walden begrüßte sie:

»Guten Morgen, Mega.«

»Morgen!«

»Gut geschlafen?«

»Es geht. Mein Rücken tut weh.«

»Wie schlimm ist es?«

»Ich bin nur etwas schlapp.«

Dr. Kamura mischte sich ein:

»Morgen, Mega.«

»Morgen.«

»Auf meinem Monitor sieht alles normal aus. Keine Temperatur. Puls ist normal.«

»Ich hab nur schlecht geschlafen. Alles in Ordnung.«

Für einen kurzen Moment war es still auf der anderen Seite. Mega fand es ungerecht, dass die Wissenschaftler sie sehen konnten, sie aber die Wissenschaftler nicht. Sie hätte zu gern gewusst, was sie auf der anderen Seite gerade besprachen. Was auch immer es war, Mega vermutete, dass Fr. Dr. Kobe sich eingemischt hatte, das Problem war damit aus der Welt. Zumindest für die Wissenschaftler.

»Mega?«

»Ja.«

»Heute Nachmittag. Voraussichtlich.«

»Okay.«

Sie wusste, was gemeint war.

»Es ist noch nicht lang her. Ich vermute, dass sie noch in der Nähe sind.«

»Kann die Barrikade umgangen werden?«

»Nicht auf dem Fahrrad. Nach allem, was wir wissen, sind die Landstraßen unbefahrbar. Du musst absteigen.«

»Wie weit ist es noch?«

»32 Kilometer. Wir melden uns rechtzeitig.«

»Verstanden.«

Sie steckte sich den Plastikschlauch in den Mund und nuckelte aufbereitetes Wasser. Sie hatte ihren Magen auf kleine Portionen konditioniert, doch das Gefühl der Leere nagte an ihr und sie musste sich zwingen, nicht ans Essen zu denken. Wie würde es erst werden, wenn sie wirklich Hunger hatte und weder Appetitzügler noch Nahrungsmittelkonzentrat übrig waren? Die Vorstellung machte ihr Angst. Sie war erst eine Woche unterwegs. Wenn etwas passieren sollte, eine gebrochene Verstrebung, ein gebrochener Knochen, wäre sie verloren. Hier draußen war niemand. Zumindest niemand, der ihr helfen würde. Zu Fuß würde sie den Rückweg nicht schaffen. Ein Unfall, so klein und unbedeutend er auch sein mochte, könnte ihren Tod bedeuten.

Mega trat in die Pedale. Seitenwind zwang sie, den Lenker mit beiden Händen festzuhalten. Der INDU war extrem leicht und entsprechend anfällig. Kam der Wind von hinten oder von vorn, spürte sie kaum etwas. Kam er von der Seite, merkte sie ihn umso stärker. Sie glitt einen flachen Hang hinunter und blieb auf der mittleren Spur. Der Belag war erstaunlich gut auf diesem Teilstück, fast makellos. Als die Straße vor langer Zeit gebaut worden war, hatte man sie für eine tägliche Belastung von 120.000 Fahrzeugen ausgelegt. Jetzt, da es diese

Belastung nicht mehr gab, hielt sie entsprechend länger. Die Autobahn schien für die Ewigkeit gebaut worden zu sein. Eine Ewigkeit ohne Menschen und Fahrzeuge.

In der Morgendämmerung tauchte ein ausgebrannter, doppelstöckiger Reisebus vor ihr auf. Er war mit der Leitplanke kollidiert und lag quer auf der Fahrbahn. Auf der Überholspur befand sich eine schmale Lücke. Mega reduzierte die Geschwindigkeit, wich nach links aus und näherte sich dem Hindernis. Die Funkverbindung knisterte, doch Walden und Kobe schwiegen. Im Ödland konnte sich hinter jedem Hindernis eine unerfreuliche Überraschung verbergen. Doch vor jedem Wrack auszusteigen und die Umgebung zu sondieren, machte keinen Sinn. Dann würde sie nie ihr Ziel erreichen. Ihr Vorteil war das Überraschungsmoment. Ein niedriger Geräuschpegel und eine verhältnismäßig hohe Geschwindigkeit. Mit dieser Kombination rechnete niemand. Doch zu sehr wollte sie sich darauf nicht verlassen. Immerhin hatten sie in dieser Gegend bereits einen INDU verloren. Wer auch immer da draußen war, wusste jetzt, dass es diese Fahrzeuge gab, und hatte sich vielleicht auf sie eingestellt.

Das kastenförmige Wrack war schwarz und von großer Hitze deformiert. Mega fiel auf, dass die nach oben gerichtete Außenwand mit Seitenschneidern aufgetrennt worden war. Sie fehlte, wie der Deckel einer Konservendose. Sämtliche Sitze hatten die Plünderer aus den Verankerungen gerissen und auf die Fahrbahn geworfen. Mega stockte der Atem. Auf dem Asphalt lagen die Überreste der Insassen. Hände, Torsos und Köpfe auf getrennten Haufen. Wind und Wetter hatten sie gegerbt und ausgebleicht. Spröde Knochen, trocken wie Holz. Im Windschatten wurde es still. Mega hielt den Atem an, doch es geschah nichts. Hier hatte sich niemand versteckt. Sie rollte zurück auf die mittlere Spur und sah wieder nach vorn.

Eine Stunde später ließen sie zwei Entdeckungen schlagartig die Geschwindigkeit reduzieren. Sie prüfte die Anzeige des Akkus. Er war vollständig geladen. Die für Notfälle reservierte Hebelposition Nr. 3 hatte sie noch nicht ausprobiert, doch sie wollte sicher sein, dass es möglich war. Sie konnte nur aktiviert werden, wenn der Akku über 50% geladen war. Mega kniff die Augen zusammen. Nein, sie täuschte sich nicht. Etwa 300 Meter vor ihr lagen die Überreste von Marks Liegefahrrad und einen halben Kilometer weiter hinten erhob sich die Barrikade. Prof. Walden meldete sich:

»Das ist sie.«

Das Hindernis sah aus, als wäre es aus den gepressten Metallblöcken eines Autofriedhofs errichtet worden. Sie beschlich das ungute Gefühl, sie wäre höher geworden. Hatte sie jemand aufgestockt? Sie war sich nicht sicher. Möglicherweise kam ihr die Metallwand in der Realität nur beeindruckender vor als auf den Videobildern.

»Wie gehen wir ich vor?«

»Wir sind uns gerade uneinig. Gib uns zwei Sekunden.«

Mega irritierte die Bitte:

»Nehmt euch so viel Zeit, wie ihr braucht ... Ihr habt sicher nichts dagegen, wenn ich kurz aussteige.«

»Es wäre uns lieber, wenn du sitzen bleiben könntest.«

»Ihr diskutiert und ich steig aus ... Rumsitzen und nichts tun geht gar nicht.«

»Mega! Sei bitte vorsichtig!«

Mega öffnete die Hülle und klappte sie zur Seite. Kalter Wind pfiff ins Cockpit und ließ sie frösteln. Eilig zog sie eine Lederjacke über und griff zum Fernglas. Das Land war weit und still. Die unnatürliche Ruhe lag wie eine Drohung in der Luft. Sie erkannte Details und erinnerte sich. Sie hatte sie auf der Videoübertragung gesehen. Die kahlen Böschungen auf beiden Seiten und hinter ihnen, in der Entfernung, das kahle wüste Land. Irgendwo dorthin hatten sie Mark geschleppt. Wie groß war die Wahrscheinlichkeit, dass er noch am Leben war? Mega kannte die Antwort.

Sie sog kalte Luft in die Lungen und sah erneut durchs Fernglas. Sie war etwa doppelt so weit von der Barrikade entfernt wie Mark damals, trotzdem fiel ihr sofort etwas auf: Genau in der Mitte klaffte ein Durchstich im Wall. Dieses Loch hatte es damals nicht gegeben, da war sie sich sicher. Mark hätte es erwähnt. Hinter der Lücke lag ein Bulldozer auf der Seite. Details verschwammen in der diesigen Luft, doch das Schlupfloch schien groß genug, um es mit dem Fahrrad zu passieren. Walden meldete sich:

»Mega?«

Mega kehrte zum Fahrrad zurück, setzte sich und schloss die Außenhülle.

»Ich höre«

»Wir haben entschieden, dass es besser ist, wenn du umdrehst.«

Mega glaubte, sich verhört zu haben:

»Wiederholen bitte!«

»Wir möchten dir vorschlagen zu wenden. Die Sache ist zu unsicher.«

Mega war verwirrt. Der Vorschlag machte in ihren Augen keinen Sinn.

»Wir halten es für schlauer, fünf Kilometer zurückzufahren, das Fahrrad zu demontieren und den Bereich großräumig zu Fuß zu umgehen. Das Risiko ist zu hoch.«

Mega überlegte, dann schüttelte sie entschieden den Kopf.

»Es gibt eine Lücke in der Barrikade. Die ist breit genug, da kann ich durchfahren. Habt ihr das gesehen?«

»Moment, ... warte kurz.«

Böiger Wind drückte gegen die dünne Außenhaut des INDU und schaukelte ihn sanft hin und her. Die elastische Membran wölbte sich nach innen. Mega konnte den Wind und seine Kühle spüren. Die Stille, die zwischen den Böen herrschte, machte sie nervös. Wenn der INDU in Bewegung war, verursachte er Geräusche. Sie waren leise, kaum mehr als ein Flüstern, doch im Innenraum deutlich zu hören. Sobald der INDU stand und der Wind für einen Moment schwieg, war die Stille der Welt erdrückend, baute sich auf wie eine Mauer.

»Es scheint tatsächlich eine Lücke zu geben, aber du weißt, was das bedeutet, Mega. Die Wahrscheinlichkeit ist groß, dass sie noch in der Nähe sind. Wir schlagen vor, so schnell wie möglich zu wenden.«

»Ich verlier Tage, vielleicht eine ganze Woche.«

»Das müssen wir in Kauf nehmen.«

»Wo soll ich hier was zu essen finden?«

»Das ist ein sekundäres Problem.«

Mega wandte sich erneut der Barrikade zu. Bewegungslos lag sie im Dunst. Mit bloßen Augen war die Lücke nicht zu erkennen. Wenn sie sich nun irrte und es keine Lücke gab? Sie musste nur zu schmal oder doch irgendwie blockiert sein. Auf der anderen Seite war ein Fußmarsch keine Garantie für Sicherheit. Ganz im Gegenteil. Wenn man sie mit dem INDU auf dem Rücken erwischte, war sie eine noch viel leichtere Beute. Sicherheit gab es nicht. Aber dann saß sie doch lieber im INDU. Falls sie angegriffen werden sollte, könnte sie immerhin noch zu fliehen versuchen. Mega hatte sich entschieden. Sie überlegte nur noch, wie sie den Wissenschaftlern die Entscheidung schonend beibringen konnte.

»Mega? Es wäre gut, wenn du jetzt wenden könntest.«

»Ich fahre durch die Lücke.«

Sehr diplomatisch. So war sie eben. Mega schloss die Augen und rechnete mit einem Sturm der Entrüstung und lauten

Überredungsversuchen. Stattdessen herrschte auf der anderen Seite Stille. Schließlich meldete sich Walden:

»Wir können deine Entscheidung weder nachvollziehen noch gutheißen.«

»Damit kann ich leben.«

»Das wollen wir hoffen. Das hoffen wir alle. Dir ist klar, dass nicht nur dein Leben auf dem Spiel steht?«

»Das ist mir klar.«

»Gut. Ich wollte es nur erwähnen ... Nur der Vollständigkeit halber.«

Mehr sagte Walden nicht. Mega schluckte. Der Prof. hatte natürlich recht und sie nicht, wie immer. Sie zögerte. Dann hob sie den Kopf, sah nach vorn und trat in die Pedale. Geschwindigkeit war entscheidend. Wenn sich jemand in der Nähe aufhielt, um Reisende zu überfallen, würde er einen Moment brauchen, bevor er angreifen könnte. Um sich zu sammeln, sich zu organisieren, um Waffen schussbereit zu machen. Wenn sie die Autobahn erreichten, musste sie weg sein. Doch sie kannte den Ort nicht, hatte den Wall noch nie aus der Nähe gesehen. Vielleicht gab es hinter ihm weitere Hindernisse, die sie noch nicht sehen konnte. Sie musste sich bis zum letzten Moment die Möglichkeit zur Flucht offen halten und den Wendekreis des INDU berücksichtigen. Sie blieb auf dem Standstreifen in der Nähe der äußeren Leitplanke. Wenn sie nicht zu schnell fuhr, konnte sie im Notfall scharf in die Kurve gehen, ohne mit der mittleren Leitplanke zu kollidieren.

Sie machte Tempo. Der Funk schwieg. Sie hatte den Ratschlag der Wissenschaftler missachtet und gegen ihren Willen gehandelt. Megas eigensinnige Entscheidung bestätigte Fr. Dr. Kobes Vorurteile. Sie war immer der Ansicht gewesen, Mega sei zu impulsiv, nicht reflektiert genug und die Mission deshalb zum Scheitern verurteilt. Zeit und Mühe, die sie in ihr Training und ihre Ausbildung investiert hatten, wären vergeblich gewesen. Sie beschloss, der Physikerin das Gegenteil zu beweisen. Es verschaffte ihr Genugtuung, zu wissen, dass sie nicht mehr eingreifen konnte. Hier draußen besaß sie keine Macht. Sie konnte ihr Befehle erteilen, doch bestrafen konnte sie sie nicht mehr. Mega lächelte trotzig. So schnell würde sie sich nichts mehr vorschreiben lassen.

Vor ihr, in den Dunstschwaden, die über der Autobahn schwebten, tauchten die verbogenen Reste von Marks Liegefahrrad auf.

Verstreute Aluminiumprofile. An der Leitplanke hatten sich Fetzen der Außenhaut verfangen. Mega kam der Gedanke, Ersatzteile zu sammeln, sie verwarf ihn jedoch sofort wieder. Zu wenig Stauraum. Zusätzlichen Ballast konnte sie nicht gebrauchen. Ballast ... Sie wurde traurig, als ihr das Wort durch den Kopf ging. Das war alles, was von ihm übrig geblieben war: nutzloser Ballast. Mega passierte die verkohlten Reste und sah sich vorsichtig um, ohne stehen zu bleiben. Reifen und Kabel waren mitgenommen worden, alles andere hatten sie auf einen Haufen geworfen und verbrannt. Leichen oder menschliche Überreste entdeckte sie nirgendwo. Plötzlich hatte sie etwas im Auge. Sie kniff es zu und rieb mit dem Handrücken. Eine Träne rollte ihre Wange hinunter. Stumm verabschiedete sie sich und sah wieder nach vorn.

Dreihundert Meter weiter war das Loch in der Barrikade mit bloßem Auge zu erkennen. Walden meldete sich:

»Du hattest Recht, Mega. Das Loch scheint breit genug zu sein. Sei trotzdem vorsichtig und geh kein unnötiges Risiko ein! Wir melden uns im Notfall.«

»Verstanden!«

»Viel Glück.«

»Danke.«

Mega beschleunigte. Ihr Plan sah vor, den Durchschlupf so schnell wie möglich zu passieren und möglichen Angreifern in Fahrtrichtung zu entkommen. Während sie dem monströsen Bollwerk, das seinen Schatten vorauswarf, lautlos entgegenschoss, erkannte sie immer mehr Details. An der Spitze der langgestreckten Pyramide standen eigenartige Skulpturen, die aussahen wie die Gerippe von Indianerzelten. Eine besonders große Plastik stand in der Mitte, zwei weitere an jedem Ende. An den Gestellen war etwas befestigt, das sich leicht im Wind bewegte. Mega hielt es im ersten Augenblick für Steine, doch es waren Köpfe. Abgetrennte Schädel. Mit Stacheldraht umwickelt und zu Mobiles arrangiert. Entsetzlich entstellte und verzerrte Gesichtszüge. Mega merkte, wie sich ihr Hals zuschnürte. Kaltes Entsetzen kroch ihren Nacken hinauf.

Der Bulldozer musste die Barrikade in voller Fahrt gerammt haben. Die Wucht des Aufpralls hatte zahlreiche Wracks durch die Gegend geschleudert. Sie steckten wie Blindgänger im Asphalt. Am Rand der Bresche hing der Bulldozer auf der Seite. Zwei Eisenbahnschienen, die zur Verstärkung in die Barrikade eingebaut worden waren, hatten sich in den Motor gebohrt und die schwere Maschine in die Knie gezwungen. Die Fahrertür stand offen und ragte wie ein Pfeil in den Himmel. Sämtliche Scheiben hatten Wurfgeschosse pulverisiert. Hinter dem Durchschlupf schimmerte verheißungsvoll die leere Autobahn. Sollte es tatsächlich so einfach sein? Ihre Schläfen pochten, Schweiß sammelte sich auf ihren Handrücken und sie zitterte vor Aufregung.

Die Barrikade rückte näher. Einen Moment später war der Punkt überschritten, an dem sie noch hätte umkehren können. Ab jetzt ging es nur noch nach vorn. Irgendetwas glitzerte in der Luft. Zwischen Bulldozer und Wall. Genau an der Stelle, an der sie durchschlüpfen wollte. Kaum mehr als ein Flimmern. Ein im Tau glänzender Spinnenfaden. Was könnte das sein? Sie schwebte an den Wrackteilen vorbei, verschwand im kühlen Schatten der Lücke und hielt den Atem an. Ein hohes Geräusch erklang, durch den Hall der Metallwände verzerrt. Das Reißen einer Gitarrensaite.

Der dünne Draht, vom Bulldozer aus quer über die Lücke gespannt, riss. Mega hörte ein Rumpeln in der Nähe, irgendetwas schlug auf den Asphalt auf. Kurz danach ertönte der glockenhelle Schlag einer Kirchturmuhr. Ein Geräusch, das sie noch nie zuvor gehört hatte. Ein einziger Ton, laut und durchdringend, in der Stille kilometerweit zu hören. Wenn sie bisher noch nicht wussten, dass sie hier war: Jetzt wussten sie es. Mega schoss durch den Hohlweg und peilte das helle Loch auf der anderen Seite an. Die weggeschleuderten Fahrzeuge blockierten den Weg. Zum Glück nicht so eng, dass sie Gefahr lief, eins zu touchieren. Geschickt steuerte sie den INDU in eleganten Schlangenlinien zwischen ihnen hindurch. Hatte sie es geschafft? So einfach? Sie konnte es nicht fassen. Nervös suchte sie die Straßenränder ab. Jede Sekunde rechnete sie mit einem Angriff. Doch es blieb ruhig und die Autobahn leer. Entweder waren die Wegelagerer verschwunden oder sie hatte etwas übersehen.

»Was war das für ein Geräusch, Mega?«

»Keine Ahnung.«

»Das klang wie eine Alarmglocke. Sieh zu, dass du wegkommst! Beeil dich!«

»Verstanden.«

Noch einmal erhöhte sie die Geschwindigkeit. Oberschenkel- und Wadenmuskeln begannen zu schmerzen. Das Wrack eines Lkw auf dem Standstreifen versperrte ihr die Sicht zur Seite. Im Spalt unter der Leitplanke wuchs sandfarbenes Gestrüpp. Eine vermummte Gestalt sprang hinter dem Lkw hervor, rannte geräuschlos neben der Leitplanke her und schleuderte in weit kreisenden Bewegungen etwas über ihrem Kopf. Sie machte drei gewaltige Sätze, synchron zur Schleuderbewegung und warf ihr den Gegenstand hinterher. Sie spürte die Gefahr und sah instinktiv in die richtige Richtung. Ihre Augen wurden groß, als sie erkannte, dass etwas auf sie zugeflogen kam. Für eine Reaktion war es jedoch zu spät. Sie registrierte nur, wie das Ding, eine Art Bola, mit einem nassen Klatsch auf dem INDU aufschlug, hängen blieb und eine Beule im elastischen Stoff hinterließ. Mega erschrak derartig, dass sie einen heftigen Schlenker machte, der sie fast umkippen ließ. Mühsam gewann sie die Kontrolle zurück. Weiter passierte nichts. Der Vermummte blieb stehen und sah ihr hinterher. Adrenalin pumpte heftig durch ihre Adern. Sie hatte gewusst, dass es nicht so leicht werden würde. Mit einer Kraft, die sie selbst überraschte, trat sie mitleidlos in die Pedale und suchte mit schnellen Blicken die Autobahnränder nach weiteren Angreifern ab. Der Kerl war auf keinen Fall allein unterwegs. Wo versteckten sich die anderen? Walden meldete sich:

»Mega?«

»Alles in Ordnung. Nichts passiert.«

»Kannst du erkennen, was das ist?«

»Nein, keine Ahnung. Er hat irgendwas geworfen. Es ist hängen geblieben.«

Eine unangenehme Stille entstand. Mega schien sie viel zu lang. Das Liegefahrrad sauste mit Höchstgeschwindigkeit über die menschenleere Autobahn. In der Entfernung verwahrloste Äcker, verlassene Häuser. Karge Flächen, bedeckt mit Staub und Asche. Früher musste es hier Wald gegeben haben. Endlich brach Fr. Dr. Kobe das Schweigen:

»Langsamer Mega, du übersäuerst.«

»Verstanden.«

Ihre Beine schmerzten tatsächlich, als würden sie in Flammen stehen. Walden meldete sich:

»Du musst anhalten und aussteigen, Mega.«

»Hier?«

»sofort!«

Mega hörte einen Unterton in Waldens Stimme, den sie noch nie zuvor gehört hatte. Er alarmierte sie mehr als alles andere. Sie bremste so hart, dass die Reifen blockierten und über den Asphalt rutschten. Nach knapp zehn Metern kam sie, schlitternd und stotternd, mit rauchenden Reifen zum Stehen. Die Trägheit drückte sie derartig nach vorn, dass sie froh über den Gurt war.

Stille. Der Wind kam genau von hinten. Mega nestelte sich aus dem Sitz, riss den Reißverschluss auf, sprang aus dem INDU und sah sich vor Nervosität zitternd um, entdeckte aber niemanden. Vorsichtig umrundete sie das Fahrzeug. Auf der Außenhaut klebte ein eigenartiger, schwarzer Fladen, eine ölige Flüssigkeit, vielleicht eine Art Klebstoff. Das Seil, an dem der Mann den Fladen geschleudert hatte, lag auf dem Asphalt. Mega zog daran, doch die klebrige Masse ließ sich nicht entfernen. Sie war derartig mit der Außenhaut verschmolzen, dass sie sie mitzog. Mega hatte Angst, ein Loch in die Membran zu reißen. Plötzlich vernahm sie leises Summen und ihr wurde klar, was sie in den Händen hielt. Im Herzen des Fladens befand sich ein Aufziehmechanismus, dessen Feder die Spannung verlor. Er wurde langsamer. Nervös begann sie an dem Seil zu ziehen. Die Außenhaut hing fest und kam mit. Immer stärker zog sie, als plötzlich hinter der Leitplanke der Angreifer auftauchte. Der Untersetzte vollführte mit erstaunlicher Kraft einen Satz auf die Fahrbahn und stürmte in ihre Richtung. Er war nicht allein. Hinter ihm sprangen Weitere auf beiden Seiten auf den Pannenstreifen und verteilten sich über die Fahrbahnen. Stumm rannten sie, vermummt mit schwarzen Sturmhauben und Motorradhelmen. Mega hatte keine Zeit, sie genauer in Augenschein zu nehmen, doch die Sekundenbruchteile reichten, um sie davon zu überzeugen, dass es sich nicht um dieselbe Gruppe handelte, die Mark angegriffen hatte. Sie hielten Bolas in den Händen und drehten sie geschickt über ihren Köpfen. Noch befand sie sich außerhalb ihrer Reichweite. Doch das würde nicht ewig so bleiben. Ihr blieben Sekunden, um Entscheidungen zu treffen. Vor allem eins musste sie sich ins Gedächtnis rufen: ruhig bleiben. Jetzt in Panik zu geraten, wäre die schlechteste aller Alternativen.

Mega riss verzweifelt an der Strippe. So sehr, dass sie die Außenhaut beinah beschädigt hätte. Nur die Teflonbeschichtung bewahrte sie davor, zu reißen. Eine der Sicherheitsmaßnahmen, die besonders viel Zeit in Anspruch genommen hatten. Doch Fr. Dr. Kobe hatte auf ihr bestanden. Zum ersten Mal war sie der Physikerin für ihre penetrante Art dankbar. Teflon war eigensinnig genug, selbst mit aggressiven Klebstoffen keine Verbindung einzugehen. Mega zog noch einmal mit aller Kraft und riss den Fladen von der Hülle. Ein lautes Schmatzen ertönte. Das Geräusch ließ ihr das Herz in die Hose rutschen, doch die stramm gespannte Außenhaut klatschte zurück wie eine Bademütze und schmiegte sich wieder an die Aluminiumprofile, als wenn nichts gewesen wäre. Kleine, schwarze Flecken waren alles, was übrig blieb. Aus Mangel an Alternativen begann Mega ebenfalls die Bola im Kreis zu drehen und den Angreifern entgegenzurennen. Die Reaktion der Wegelagerer kam prompt, doch zu spät. Der Anführer wurde langsamer und blieb stehen. Einen Augenblick schien er einen Rückzug in Erwägung zu ziehen. Leise hörte Mega, wie das mechanische Summen im Inneren des Fladens mit einem leisen Klack endete. In diesem Moment schleuderte sie die Bola mit aller Kraft. Der Vermummte versuchte noch, zur Seite zu hechten, doch die Bombe hatte ihn bereits erreicht. Sie explodierte mit dem unregelmäßigen Krachen einer minderwertigen Eigenkonstruktion auf Kopfhöhe und entriss dem Mann die oberen Extremitäten. Die anderen Angreifer hatten sich, genau wie Mega, der Länge nach auf den Boden geworfen. Feuer breitete sich an der Explosionsstelle aus und erwischte einen weiteren Mann, der schreiend über die Leitplanke sprang und sich hinter ihr auf der Erde wälzte. Der Beton rauchte. Megas Ohren waren taub. Das Einzige, was sie noch hörte, war ein hoher Piepton. Alle anderen Geräusche verschwanden. Mit tauben, zittrigen Beinen versuchte sie, aufzustehen und loszulaufen. Es gelang ihr nicht sofort. Sie wankte, musste sich konzentrieren, um die Richtung nicht zu verlieren. Wo waren die Angreifer? Hinter ihr? Es gelang ihr kaum, sich zu orientieren. Sie hörte weder Schritte noch Stimmen, nur das schmerzhafte Pfeifen der Trommelfelle.

Schließlich erreichte sie das Liegefahrrad, kroch hinein und trat sofort, ohne den Reißverschluss zu schließen oder sich anzuschnallen, in die Pedale. Keine Sekunde zu spät. Im Rückspiegel sah sie die Kerle aus den Rauchschwaden schießen und Bolas über den Köpfen schwingen. Sie biss die Zähne zusammen. Die Oberschenkel drohten vor Schmerz zu platzen. Sie krallte sich in den Lenker. Irgendetwas kam aus den Lautsprechern. Die Wissenschaftler schienen Kontakt zu ihr aufnehmen zu wollen. Weit unterhalb des Sirrens hörte sie Stimmen, verstand jedoch nichts. Die Verfolger kamen näher. Sie rannten, als wäre der Teufel hinter ihnen her. Sie war zu langsam. Die Ersten begannen ihre Oberkörper zurückzulehnen, waren kurz davor, zu werfen. Mit einem gezielten Wurf würden sie sie erreichen.

Sie musste etwas unternehmen. Wieder vernahm sie etwas aus den Lautsprechern, verstand jedoch nichts. Was mochte es Wichtiges geben, dass sie sie in dieser Situation zu erreichen versuchten? Dann fiel es ihr ein. In letzter Sekunde. Der Notschalter für die Flucht. Sie legte die linke Hand auf den Hebel des Elektromotors und zog ihn nach hinten. Stufe 3.

Mega hatte ihn im Training nie ausprobiert. Dafür war im Keller nicht genug Platz gewesen. Auf Stufe 3 wurde die gesamte Energie der Akkus in einer Art Kurzschluss direkt auf die Antriebsachse übertragen. Das brachte verschiedene Gefahren mit sich. Von der Überhitzung der Akkus bis hin zur Überlastung des Motors und der Konstruktion. Außerdem wurde die Straßenlage aufgrund des plötzlichen Schubs instabil. Das war jedoch im Moment egal. Für Situationen wie diese war Stufe 3 konstruiert worden. Der Effekt verschlug Mega den Atem. Ohne ein Geräusch zu verursachen, beschleunigte der INDU katapultartig. Die Beschleunigung nagelte sie in den Sitz. Sie hatte Mühe das bockende Lenkrad unter Kontrolle zu halten. Die Verfolger bemerkten die Veränderung zu spät und verpassten den richtigen Moment für den Abwurf. Die Wucht der ersten Explosion schlug ihr fast den Lenker aus der Hand. Die zweite, bereits weiter entfernt, ließ sie nur noch zusammenzucken. Die Detonationen rissen rauchende Krater in die Fahrbahn. Flammen breiteten sich aus und versperrten den Verfolgern die Sicht. Mega spürte, wie sie am ganzen Körper zitterte. Sie war schweißgebadet. Meter für Meter vergrößerte sich der Abstand zwischen ihr und dem Flammenmeer. Sie versuchte ruhig zu bleiben, den INDU in einer geraden Linie nach vorn sausen zu lassen. Gehetzt blickte sie immer wieder nach links und rechts, musste sich zwingen regelmäßig zu atmen. Ein und wieder aus, zählte sie sich aktiv runter. Alles war gut. Alles unter Kontrolle. Ein und wieder aus. Langsam und gleichmäßig. Allmählich normalisierte sich ihre Atmung. Das Zittern blieb noch eine Weile.

Ihre Flucht war pures Glück gewesen. Wie oft würde sie solches Glück haben? Sie hatte es jetzt gehabt, weil sie naiv und unerfahren war. Weil sie ein Risiko eingegangen war, das sie nicht hatte abschätzen können. Weil sie sich leichtsinnig über den Rat der Wissenschaftler hinweggesetzt, weil sie gegen jede Vernunft gehandelt hatte. Wie oft würde sie mit der Taktik durchkommen?

Während die Rauchsäulen kleiner wurden, stellte sie entsetzt fest, dass der Akku bereits glühend heiß war. Vorsichtig schob sie den Schalter in seine Ausgangsposition zurück. Sie registrierte erstaunt, wie rücksichtslos ihr Körper ihre Leistung abgefordert hatte. Ihre Instinkte hatte sie genauso leergesaugt wie die Mechanik den Elektromotor. Es war ihr nicht möglich gewesen, sich dafür oder dagegen zu entscheiden. Es war einfach passiert. Ein Kurzschluss. Mega stellte beruhigt fest, dass sie zumindest nicht dazu neigte, in Panik zu geraten oder vor Angst zu erstarren. Bis zu diesem Tag war das alles graue Theorie gewesen. Weder sie noch die Wissenschaftler wussten, wie sie in einer lebensbedrohlichen Situation tatsächlich reagieren würde. Geplant oder kopflos. Erst jetzt hatten sie eine Antwort. Mega konnte Stress aushalten und schien für diese Aufgabe geeignet zu sein. Ihr war schwindelig vor Anstrengung, trotzdem war sie stolz. Sie hatte es geschafft. Sie hatte geschafft, woran viele vor ihr gescheitert waren. Und sie hatte allein entschieden. Es war ihr Sieg.

Es dauerte eine weitere Stunde, bis sie wieder etwas hören konnte und der lästige Tinnitus endlich verschwunden war. In dieser Zeit fuhr sie stumpf geradeaus. Ihre Augen lagen tief und schwer in ihren Höhlen. Der Schweiß auf ihrer Haut trocknete allmählich. Die Sonne, ein weißgrauer Fleck am farblosen Himmel, sank träge dem Horizont entgegen. Plötzlich knackte es im Lautsprecher. Walden meldete sich:

»Melde dich, Mega! Warum redest du nicht mehr mit uns?«

»Warum sollte ich nicht mit euch reden?«

»Weil du nicht antwortest.«

»Ich hab nichts gehört.«

»Verstanden ... Vermutlich der Explosionsdruck. Bist du verletzt?«

»Ich glaub nicht. Scheint so weit alles in Ordnung zu sein.«

»Dr. Kamura hat einen Schock diagnostiziert. Eventuell spürst du die Verletzung nicht. Wir müssen sichergehen. Sobald du dazu in der Lage bist, möchten wir dich bitten anzuhalten, damit wir dich untersuchen können.«

»Ich hab Hunger. Können wir die Pause mit einer Mahlzeit verbinden? Ich glaub, es ist alles in Ordnung.«

Es dauerte einen Moment, bis Prof. Walden antwortete. Er schien mit Dr. Kamura Rücksprache zu halten.

»In Ordnung. Melde dich, sobald du anhalten willst.«

»Verstanden.«

»Noch etwas, Mega ...«

Mega lauschte. Was kam jetzt? Ein Tadel?

»Wir glauben inzwischen, dass deine Entscheidung richtig war. Wir haben die Videobilder ausgewertet. An der Straßensperre waren mehr Wegelagerer, als wir vermutet haben. Wenn du versucht hättest, die Stelle zu umrunden, wärst du ihnen vermutlich direkt in die Arme gelaufen. Unsere Einschätzung war falsch und gefährlich. Wir möchten uns dafür entschuldigen.«

Damit hatte sie nicht gerechnet. Das war groß. Nie hätte sie es für möglich gehalten, dass die Wissenschaftler sich bei ihr entschuldigen würden.

»Ich nehme die Entschuldigung nicht an, weil es nichts zu entschuldigen gibt.«

»Verstanden ... Das ist nichts für den Funkverkehr und das soll dir bitte nicht zu Kopf steigen, aber wir möchten dir doch sagen, dass wir stolz auf dich sind, Mega.«

»Ich habe nur angewendet, was Fr. Kem mir beigebracht hat: „Ruhig bleiben, egal was passiert" und „Angriff ist die beste Verteidigung". Bei Fr. Kem müssen wir uns bedanken.«

Mega grinste schief. Der Schrecken des Überfalls war fast vergessen. Als Walden sich wieder meldete, hörte sie im Hintergrund Dr. Hammer lachen:

»Das war die dritte Straßensperre. Wir haben vor allem Glück gehabt, das sollten wir nicht vergessen.«

»Wie viele kommen denn noch?«

Es dauerte einen Moment, bis Walden antwortete:

»Wie viele es genau sind, wissen wir nicht ... Das Ende der Strecke hat noch niemand erreicht.«

Die Lautsprecher knackten. Mega wusste nicht, was sie dazu sagen sollte. Auch die Gegenseite schwieg.

Der INDU schwebte lautlos, bis auf die Luftverwirbelungen, die er hinter sich herzog, durch wüstes, leeres Gebiet. Die Landschaft sah aus, als wären sämtliche Pflanzen einem verheerenden Flächenbrand zum Opfer gefallen. So weit das Auge reichte, ragten verkohlte Baumstümpfe aus schwarzer Erde. Obwohl die Sonne hoch am Himmel stand, lag eine bedrückende Dämmerung über dem leblosen Land.

26. WACHPOSTEN

Ein paar Tage später wurde Mega mitten in der Nacht von Stromstößen geweckt und war sofort hellwach. Sie hatte ihr Biwak zwischen Dornenbüschen unter einer Brücke errichtet. Mit langsamen Bewegungen sah sie sich um. Der wachhabende Wissenschaftler würde sie nur im äußersten Notfall auf diese Art wecken. Sie hörte das Heulen des kalten Nachtwinds und das leise Gurgeln eines ausgetrockneten Rinnsals, das früher mal ein breiter Fluss gewesen sein musste. Mega meinte, sich daran erinnern zu können, dass er von rechts nach links floss. War sich aber nicht mehr sicher. Das Flussbett lag versteckt hinter einem dicken Betonpfeiler, der dieselbe Breite hatte wie die Brücke. Das Gluckern kam deshalb von rechts und links, nicht von vorn. Mega rutschte wie ein Neugeborenes aus dem Biwak, schlich auf Socken zum INDU und sah sich mit andächtigen Bewegungen um. Ihre Augen hatten sich den Beleuchtungsverhältnissen angepasst, trotzdem erkannte sie kaum etwas. Vorsichtig schob sie den Reißverschluss nach oben und griff in den Innenraum. Sie hatte sich die Positionen ihrer Ausrüstung gemerkt. Als Erstes klemmte sie das Headset ans Ohr. Mega flüsterte, trotzdem erschrak sie vor dem Hall der eigenen Stimme in der kalten Betonhöhle. Irgendwie erinnerte sie das alles an den Keller:

»Was ist?«

»Entschuldige, Mega.«

Es war Dr. Kamura:

»Ich hab zwei Lichtpunkte gesehen. Links von dir. Möglicherweise Fackeln.«

Mega tastete erneut mit der Hand in den Innenraum, ergriff den Grabendolch, richtete sich vorsichtig auf und machte ein paar Schritte. Sie hatte auf der rechten Seite die Leitplanke überquert und den INDU die Böschung hinunter und unter die Brücke getragen. Der Hohlraum lag wie ein kurzer Tunnel, tiefschwarz, vor ihr. Dahinter wurde die leere, karge Landschaft vom schwarzen Himmel einer sternklaren Nacht beleuchtet. Unruhige Böen trieben Sand und verdorrte Pflanzenreste vor sich her.

»Sei vorsichtig. Ich bin ziemlich sicher, dass es Fackeln waren.«

Kamura flüsterte. Er musste nicht flüstern, doch er war aufgeregter als Mega und auch nicht mehr der Jüngste.

»Ich seh nichts. Sind Sie sicher?«

»Ziemlich. Ich bin müde, aber ich glaub nicht, dass ich mir das eingebildet habe.«

Mega schlich im Schatten des Betonpfeilers nach vorn. Je weiter sie ging, desto mehr erkannte sie draußen. Am Vorabend hatte sie nur die notwendigen Vorsichtsmaßnahmen ergriffen. Sie war zu müde gewesen, um sich die Landschaft so gut einzuprägen, dass sie sich jetzt an sie erinnern könnte. Mitten in der Nacht kam ihr die Umgebung seltsam verändert vor. Sie hatte alles flacher und leerer in Erinnerung. In der Tat gab es eine Senke, in der der Fluss nach Norden zog. Er hatte jedoch längst sein gerades Bett verlassen, die Deiche an mehreren Stellen durchbrochen und mäanderte wild vor sich hin. Überschwemmungen und Erosionen hatten das einst von Menschen begradigte Flussbett wieder in ein urzeitliches Delta verwandelt. Eine Schlammwüste, wenn es regnete. Jetzt eine Kraterlandschaft. Einige der leeren Nebenarme hatten sich so tief in die Erde gegraben, dass ein Mensch in ihnen verschwinden konnte. Plötzlich erschien in einem ein roter Lichtschein. Dann zwei helle Punkte unmittelbar nebeneinander. Mega wich instinktiv in den Schatten zurück. Nur ihre Augen waren noch zu erkennen. Kleine, rote Glutpunkte. Dr. Kamura hatte sich nicht geirrt. Zwei Personen mit großen, unruhigen Fackeln begannen aus der Rinne auf den Wulst zwischen den Flussarmen hinaufzuklettern. Dort blieben sie stehen und sahen sich um. Mega konnte weder erkennen, ob sie bewaffnet waren, noch ob es sich um Frauen oder Männer handelte. Anhand der Bewegungen tippte sie jedoch auf Männer. Was hatten sie vor? Suchten sie nach ihr? Mega überprüfte sofort die andere Seite. Tiefe Schatten lagen über den Dornenbüschen. Bewegungen konnte sie nicht erkennen. Für Megas Geschmack waren die Zwei etwas zu unbeschwert unterwegs. Als würden sie einen Spaziergang machen. Das konnte verschiedene Gründe haben. Sie konnten sich sicher fühlen, weil sie sich im Herzen ihres Gebietes befanden oder sie rechneten nicht damit, dass jemand in der Nähe war. In jedem Fall hielt sie es für unwahrscheinlich, dass sie sie bemerkt hatten. Dann hätten sie die

Fackeln gelöscht. War es eine Ablenkung? Mega sah sich erneut nervös um. Sie wusste nicht, was los war, und das gefiel ihr nicht. Wenn sie sich beeilte, konnte sie rechtzeitig mit dem INDU auf der Autobahn sein. Für den Bruchteil einer Sekunde hielt sie dies für die beste Lösung. Dann sah sie, wie die Personen wieder in Bewegung gerieten und den von ihnen eingeschlagenen Weg parallel zur Autobahn fortsetzten. Sie wollten nicht zu ihr. Sie hatten ein anderes Ziel. Dr. Kamura meldete sich. Er hatte die Lautstärke gedrosselt, um Mega nicht zu erschrecken:

»Auf dem Video sehen wir nur dich, Mega.«

»Ich beobachte sie.«

»Verstanden.«

Langsam entfernten sich die Lichtpunkte. Sie begann zu zittern. Der Nachtwind kroch erbarmungslos durch die Schlafkleidung. Sie lief zum INDU zurück, fummelte mit steifen Fingern Hose und Jacke aus dem dicken, wetterfesten Sack und streifte sie über.

»Mega?«

Es war Prof. Walden. Kamura musste ihn geweckt haben.

»Deswegen müssen sie doch nicht extra aufstehen, Professor.«

Mega versuchte entspannt und witzig zu klingen. Es gelang ihr nicht richtig. Dafür klapperten die Zähne zu laut.

»Ich bin nur neugierig.«

»Ich schätze, sie wollen zur Autobahn, weiter hinten, Richtung Osten. Ich geh hoch und seh mir das an.«

»In Ordnung. Bleib in Verbindung! Im Moment sehen wir gar nichts.«

Mega schnappte sich das Fernglas, lief rechts unter der Brücke hinaus und seitlich die Böschung hinauf. Die Autobahn war an dieser Stelle zu einem Damm aufgeschüttet worden, der in die Brücke überging. Kaum hatte sie den Fuß auf die Krone gesetzt, erreichte sie der schneidende Nachtwind. Fröstelnd zog sie die Kapuze enger und hauchte sich in die Hände, bevor sie sich in einer schnellen Bewegung flach über die Leitplanke schwang und auf dem im Mondschein leuchtenden Randstreifen in die Knie ging. Bleiches Gras raschelte unter ihren Füßen. In der Ferne schwebten die Fackeln wie rote Irrlichter. Sie hielt den Atem an und hob das Fernglas. Automatisch schaltete es auf Nachtsichtmodus. Auf dem Weg lagen drei Wracks. Ein gutes Stück hinter dem Ende der Brücke, weniger als einen halben Kilometer entfernt, endete ihre Sicht, doch sie wurde das Gefühl nicht los, dass dort etwas Großes quer zur Autobahn lag. Eine Barrikade? Sie hatte ihr Lager in der Nacht aufgeschlagen und war müde gewesen. Das Hindernis musste sie übersehen haben. Es knackte im Ohr. Die Funkverbindung zu den Wissenschaftlern setzte kurz aus, dann meldete sich Prof. Walden:

»Wie sieht's aus?«

»Irgendwas liegt auf der Fahrbahn. Ich kann's von hier aus nicht erkennen.«

»Warte einen Moment.«

Walden verstummte. Mega hockte bewegungslos und wartete. Der Wind heulte unter der Leitplanke hindurch, während der rote Schimmer stillzustehen schien, mitten auf der Autobahn. Mega kam es plötzlich so vor, als wäre er zu hoch, als würde er ein Stück über der Fahrbahn schweben. Sie mussten auf das, was dort quer lag, hinaufgeklettert sein. Mega starrte angestrengt in die Dunkelheit. Eine Brücke?

»Direkt vor dir ist noch eine Brücke. Nicht die, unter der du schläfst, sondern eine zweite, quer zur Autobahn. Vielleicht wollen sie auf die andere Seite?«

»Um die Autobahn zu überqueren, müssen sie nicht über die Brücke gehen.«

Etwas leiser fügte sie hinzu:

»So stark ist der Verkehr nicht.«

Walden antwortete nicht. Mega fuhr fort:

»Wenn da ‚ne Brücke ist, wollen sie rauf, nicht rüber.«

»Vielleicht ein Wachposten.«

»Scheiße.«

Mega rieb sich die Stirn. Ihr wurde klar, dass die beiden Männer vor ein paar Stunden noch nicht auf dem Posten waren. Wäre sie in der Nacht einen Kilometer weiter gefahren, hätte sie das Hindernis bereits hinter sich.

Das Problem war bekannt. Die sicherste Lösung ebenfalls. Die Umgehung des Postens. Zu Fuß. Und wieder gab es keine richtige und keine falsche Antwort. Mega wusste es und Walden wusste es auch. Sie brauchten nicht darüber zu reden. Mega ging in Gedanken sämtliche Möglichkeiten durch. Sie hatte nur zwei Personen gesehen. Doch sie kamen irgendwo her. Ihr Lager befand sich also in der Nähe. Doch nichts deutete darauf hin, dass es dort war, wo die beiden herkamen. Es konnte auch auf der anderen Seite liegen oder direkt an der Autobahn, vielleicht sogar auf der Brücke. Plötzlich fiel ihr etwas ein:

»Sie beobachten die Autobahn. Mit einem Angriff von der Seite rechnen sie nicht.«

»Was meinst du mit Angriff?«

Mega wusste selbst nicht, was sie damit meinte. Walden fuhr fort:

»Wir wissen nicht, wie viele von denen schon auf der Brücke sind. Wir wissen gar nichts. Du kennst meine Meinung zu dem Thema.«

Mega nickte.

»Es sind zwei. Ich hab sie gesehen.«

»Das weißt du nicht. Wenn's schief geht, schlagen sie Alarm. Das ist …«

Es knackte. Die Funkverbindung brach ab. Waldens Satz verschwand in einem Funkloch. Wind knallte in Megas Ohr.

»Bitte wiederholen! Professor?«

Es knackte.

»… zu gefährlich. Ich rate dringend davon ab.«

Sollte sie sich ein weiteres Mal auf ihr Glück verlassen? Sie spürte, dass ihr Respekt deutlich gewachsen war.

»Ich seh mir die Sache aus der Nähe an … und entscheide mich dann.«

»Einverstanden.«

Sie kletterte über die Leitplanke zurück und schlich dahinter in der Hocke in Richtung Osten zum Brückengeländer. Die Funkverbindung knackte:

»Wir sind …«

An der Stelle fehlte etwas. Einen Moment später war Walden wieder zu verstehen:

»… melde dich!«

»Verstanden! Ich melde mich.«

Sie schaltete das Headset aus und steckte es in die Brusttasche. Die Fortbewegung in der Hocke war anstrengend, und sie wollte es nicht wegen einer dummen Unachtsamkeit verlieren. Es wiederzufinden, wäre bei den Beleuchtungsverhältnissen schwierig. Aus der Dunkelheit vor ihr schälte sich das vom Rost struppige Bogengerüst der Brücke. Hinter der Leitplanke gab es einen breiten Fußweg.

Mega kam problemlos voran, während das Rauschen des Flusses unter ihr lauter wurde. Den schwarzen Beton des Brückengeländers durchzogen Wasserschlieren. Er bröselte mürbe unter ihrer Hand, als sie sich abstützte. Flugsand hatte sich in den Ritzen gesammelt und graue Dünen gebildet. Etwa in der Mitte lag etwas auf dem Boden. Ein Kleiderhaufen. Mega kroch vorsichtig näher und wollte gerade die Hand ausstrecken, da erkannte sie, dass er die skelettierten Überreste eines Toten bedeckte. Die Knochenhände krallten sich in die Leitplanke, versuchten sich daran festhalten. Neben den Gebeinen lag ein Schlafsack. Eingerollt, möglicherweise noch zu gebrauchen. Mega dachte einen Moment darüber nach, die Sachen zu durchsuchen, entschied sich jedoch dagegen. Zeitverschwendung. Hier gab es nichts. Lebensmittel sahen aus wie ihre Besitzer. Mit Konservendosen war ebenfalls nicht zu rechnen. Sie seufzte leise und schlich weiter.

Am Ende des Brückengeländers musste sie sich ausruhen. Sie lehnte sich mit dem Rücken an den Beton, streckte die Beine aus und legte den Kopf in den Nacken. Der Himmel war riesig und klar. So klar war er nur bei Nacht. Sie konnte die Sterne sehen. Zahllose Lichter, für immer unerreichbar. Den roten Schein spürte sie als Bewegung von der Seite. Er war noch nicht so nah, dass man etwas erkennen konnte, doch er warf bereits Schatten, die urplötzlich verschwanden. Hatte man sie entdeckt? Sie zog den Kopf ein und hielt den Atem an. Die höheren Luftschichten pfiffen kalt über das Brückengeländer, sonst passierte nichts. Warum schlugen sie keinen Alarm? Worauf warteten sie?

Gleichmäßig richtete sie sich auf und lugte mit dem Fernglas zwischen den Metallpfosten hindurch. Im Restlichtmodus konnte sie die Brücke gut erkennen. Eine Landstraße kreuzte die Autobahn. Zu den Enden des schnörkellosen Betonquaders führten grasbewachsene Erdrampen. Auf ihrer Reise hatte sie bereits einige Brücken über- und unterquert. Diese kam ihr merkwürdig vor. Anders als die anderen. Ihr Geländer war höher und mit Wellblech verschalt. Schmale Sichtschlitze auf Augenhöhe. Eine Bewegung zog ihre Aufmerksamkeit auf sich. Hinter einem der Schlitze. Sie drückte sich ans Geländer, um das Fernglas ruhiger halten zu können. Einen Moment später tauchte sie erneut auf. Das Gesicht eines Mannes. Schmal, mit eingefallenen Wangen und tiefliegenden Augen. Er spähte durch die

Schlitze nach Westen auf die dunkle Autobahn. Ein Wachposten, genau wie Walden vermutete hatte. Gut, das war einer. Wo war der andere?

Es wurmte Mega, dass sie nach wie vor nicht genau wusste, was auf der Brücke los war. Nur in einem Punkt war sie sich sicher, nämlich, dass sie sie noch nicht entdeckt hatten und ihr deshalb noch alle Optionen offen standen. Die einfachste Lösung wäre, die Fahrt im Schutz der Nacht fortzusetzen. Sie wäre unter der Brücke hindurch, bevor die Wachposten sie überhaupt bemerken würden. Das erschien naheliegend und verlockend einfach. Trotzdem blieben Zweifel. An der dritten Blockade hatte es einen Warnmechanismus gegeben. Wer sagte, dass es hier nicht auch einen gab. Plötzlich wusste sie, was sie zu tun hatte. Sie musste sich die Fahrbahn unter der Brücke ansehen.

Ein Stück entfernt endete das Brückengeländer. Direkt dahinter hatte ein Lkw die Leitplanke zu einer Ziehharmonika zusammengestaucht. Das Fahrzeug lag auf der Seite im Graben. Seine Ladung, ein durchgerosteter Transportcontainer, war aufgebrochen und geplündert worden. Fahrbahn und Pannenstreifen bedeckten Berge verwitterte Kinderschuhe und extreme Übergrößen, die niemandem passten. Alles andere war fortgeschleppt worden. Mega huschte in den Schatten der moosbedeckten Achsen und nutzte den Container als Deckung.

Vorsichtig spähte sie um die Ecke zu Schießscharten hinauf. Der Mann tauchte hinter einem Spalt auf und sah nach Westen. Mega war inzwischen so nah, dass sie erkennen konnte, dass er nicht wirklich Ausschau hielt. Er tat nur so. Sein gelangweilter Blick war nach innen gerichtet. Er verschwand wieder und ging zum nächsten Spalt. Mega nutzte den Moment und sprintete die letzten zwanzig Meter in den toten Winkel unter der Brücke. Lautlos ging sie in die Hocke und lauschte. Kein Alarm, keine Schritte. Sie war nicht entdeckt worden. Vor ihr, keine zehn Meter entfernt, unterquerte die Autobahn die Landstraße. Schlichte Betonpfeiler trugen die Konstruktion, funktional, schmucklos. Auf beiden Seiten befanden sich die üblichen Rampen aus Pflastersteinen, auf denen Regenrohe ihre Spuren hinterlassen hatten. Alles war feucht und roch muffig, doch die Autobahn zwischen den Pfeilern schien leer. Nichts blockierte sie. Im Gegenteil. Sie schien freigeräumt worden zu sein. Mehrere Wracks waren auf den Standstreifen gezogen worden. Die Arbeit hatte deutliche Kerben auf dem Asphalt hinterlassen. Sie schlich näher, entdeckte jedoch nichts Verdächtiges. Keinen Draht, keine Lichtschranke, keine Sensoren. Sie wollte sich schon umdrehen, als ihr verdächtige Umrisse in der Dunkelheit auffielen. Eine Reihe von Fahrzeugen war unmittelbar hinter der Brücke liegen geblieben. Sie hatte etwas übersehen. Misstrauisch senkte sie den Oberkörper. Dünne Stahlnägel steckten im Asphalt. Er war gespickt mit ihnen. Sie mussten mit einem Bolzenschussgerät in der harten Oberfläche versenkt worden sein. Sie streckte die Hand aus und versuchte einen aus dem Asphalt zu ziehen. Keine Chance. Die Dinger saßen fest. Sie waren zu dick für den leichten INDU, doch das Risiko, mit Höchstgeschwindigkeit in das Nagelfeld zu rasen, wollte sie nicht eingehen. Sie könnte bremsen, aussteigen und ihr Gefährt tragen. In der Zeit wäre sie Angriffen jedoch schutzlos ausgeliefert. Sie musste den Wachposten irgendwie ablenken, ihn dazu bringen, für kurze Zeit in eine andere Richtung zu sehen, während sie sich näherte. Dann könnte es klappen. Doch wie sollte das gehen? Widerwillig beschloss Mega, sich die Oberseite der Brücke anzusehen.

Im toten Winkel schob sie sich den gepflasterten Hang zum Ende des Brückengeländers hinauf. Der Windschatten hinter der Wellblechverschalung hatte etwas Unheimliches. Als wäre man, ohne es zu wissen, in ein anderes Universum gewechselt. Mega rieb ihre steifen Hände aneinander und sah sich die Umgebung an. Weiße Wölkchen bildeten sich vor ihrem Mund. Ein schmaler, von Wurzeln durchstoßener Wirtschaftsweg schlängelte sich durch verwilderte Felder und führte den Erdwall hinauf. Das Land war zerklüftet. Regenfälle hatten die Äcker fortgespült und tiefe Furchen hinterlassen. Dazwischen wucherten dichtes Gestrüpp und Unkraut. Menschen oder ein Lager entdeckte sie nicht.

Sie entdeckte den Zweiten. Einer auf jeder Seite. Sie schlurften schweigend auf und ab, verharrten kurz vor den Scharten und sahen nach draußen. Einer nach Westen, der andere nach Osten. Beide schienen todmüde zu sein und sich nur zu bewegen, um sich wachzuhalten.

In das Gesicht des Ersten hatten sich Gram und Misstrauen gefressen. Seinen gelben Hals bedeckten laienhafte Tätowierungen. Das Gesicht einer Frau möglicherweise. Der andere trug eine zerschlissene Fellmütze. Beide stützten sich auf abgenutzte Jagdgewehre, als wären es Krücken. Mega registrierte wohlwollend, dass ihnen die Waffen zu schwer waren. Sie versuchten Kraft zu sparen. Alles an ihnen starrte vor Dreck. Ihre Hände waren schwarz, die Gesichter glänzten und das Haar klumpte. Mega konnte sie riechen. Eine eklige Mischung aus altem Schweiß und ranzigem Fett. Die Augen flößten ihr Respekt ein. Ein kaltes Feuer brannte in ihnen. Hunger. Unter den dicken Kleiderschichten hatte sie nicht sofort bemerkt, wie mager sie waren. Sie bestanden nur noch aus Haut und Knochen. Ihre Münder standen bereits offen, so sehr spannte die Haut über den Wangen.

In unregelmäßigen Abständen blockierten Betonteile die Brücke. In ihre Mitte erhob sich eine Wellblechhütte. Den Rest der zweispurigen Straße bedeckte stinkender Unrat. Mega entdeckte die Fackeln, die die Männer auf dem Weg getragen hatten. Sie steckten erloschen in einem mit Erde gefüllten Blumenkübel vor der Hütte.

Wie sollte sie die Kerle ablenken? Wenn sie entdeckt wurde, war die Unterstützung vor Ort, bevor sie zum Liegefahrrad zurückkehren konnte. Wenn es so etwas wie Unterstützung gab. Doch danach sah es aus. Die beiden verhielten sich so. Wie der Teil einer größeren Gruppe. Niemand durfte etwas merken. Weder die beiden noch ihre Unterstützer. Anders ging es nicht. Mega hatte im Training gelernt, sich leise zu bewegen. Sie war gegen die Ohren der Ausbilder und gegen ein empfindliches Messgerät angetreten und hatte beide Prüfungen bestanden. Wenn sie den richtigen Moment abpasste, konnte sie den Ersten erwischen, während der andere hinter der Hütte stand. Mega studierte die Bewegungen der beiden. Sie waren unregelmäßig. Mal war der eine schneller, mal der andere. Den perfekten Moment gab es nicht. Sie musste sich auf ihr Glück verlassen.

Im Schatten des Brückengeländers schob sie sich nach vorn. Wenn der Mann mit der Fellmütze, der sich ihr regelmäßig bis auf zehn Schritte näherte, das nächste Mal bei ihr wäre, würde sie zuschlagen. Am Horizont erschienen die ersten Anzeichen der Morgendämmerung. Ein fahles, unwirkliches Leuchten. Die Fellmütze kam näher, beugte sich nach vorn und spähte durch die Scharte. Der Wachposten blieb ungewöhnlich lang in dieser Position und kniff die Augen zusammen. Hatte er etwas entdeckt? Ahnte er etwas? Schließlich richtete er sich auf und kehrte ihr den Rücken zu. Lautlos wischte sie nach vorn, riss ihm mit der linken Hand den Kopf nach hinten und schlitzte ihm mit dem Grabendolch den Hals auf, um mit demselben

Schwung auszuholen und ihm einen kräftigen Stoß ins Herz zu verpassen und zwei weitere in den Magen und die andere Brustseite, um sicherzustellen, dass er auf keinen Fall Geräusche von sich gab. Schraubstockartig schloss die Linke den Mund, während sie über die Schulter in Richtung Hütte spähte. Krampfartige Konvulsionen dehnten sich in die Extremitäten aus. Schließlich ließen sie nach. Der Mann war tot.

Sein Kopf sackte in den Nacken und klappte die breite Schnittwunde am Hals auf. Blut quoll sporadisch heraus. Kein Schwall. Das Herz hatte aufgehört zu schlagen. Aus Versehen sah sie ihm ins Gesicht, obwohl sie das eigentlich vermeiden wollte. Die dünnen Lippen seines offenen Mundes drückten Erstaunen aus. Die Zähne glänzten überraschend weiß, wahrscheinlich von zu viel Magensäure. Das Zahnfleisch hatte sich zurückgebildet. Man konnte erkennen, wo der Schmelz aufhörte und die Wurzeln begannen, als würde er an Skorbut leiden. Mega war entsetzt, wie leicht der Kerl war. Höchstens sechzig Kilo. Viel zu wenig für seine Größe. Kurz vor dem Boden ließ sie ihn los, um Zeit zu sparen. Es klang, als würde sie ein Bündel Kleider in die Ecke werfen.

Die Schritte des Glatzkopfs näherten sich. Mega sprintete auf Zehenspitzen an den Betonteilen vorbei, in den Schatten des Wellblechverschlags. Vor der Außenwand ging sie in die Hocke. Ein Schwarm Fliegen erwachte zum Leben und schwirrte verärgert davon. Neben der Hütte stank es entsetzlich. Offensichtlich erleichterten sich die Männer an dieser Stelle. Mega schloss die Augen, versuchte durch den Mund zu atmen und zählte seine Schritte. Eins, zwei ... In diesem Moment hörte sie etwas anderes. Ein neues Geräusch. Nicht aus der Richtung des Glatzkopfs. Es kam aus der Hütte. Schwere Stiefel. Viel schwerer als die der anderen Männer. Megas Puls schnellte in die Höhe. Sie hatte etwas übersehen. Metallisches Quietschen auf der anderen Hüttenseite. Dann ein Klappen. Eine Tür. Weitere Schritte. Ein dritter Mann umrundete die Hütte, kam in ihre Richtung. Mega hielt den Atem an. Stimmen. Sie sprachen miteinander. Mit geschlossenen Augen drehte sie den Kopf, um besser verstehen zu können.

»Wir verhungern. Wir haben seit zwei Wochen nichts gegessen. Was machen wir jetzt? Verrat mir das mal!«

»Halt's Maul! Wenn er hier wär', würdest du nicht so reden.«

»Er ist aber nicht hier.«

»Aber unterwegs. Er will mit dir reden.«

»Scheiße.«

Mega bekam weiche Knie. Die Männer hatten ein Funkgerät und irgendjemand war auf dem Weg hierher. Damit hatte sie nicht gerechnet. Sie musste einsehen, dass ihr Plan nicht so gut war, wie sie gehofft hatte. Ihr blieb nur der Rückzug. So schnell wie möglich. Noch unterhielten sie sich. Noch hatte sie freie Bahn. Mega entfernte sich so schnell und geräuschlos, wie sie gekommen war, passierte die Leiche und entschied sich, sie an Ort und Stelle liegen zu lassen. Die Männer würden zuerst vor Ort suchen. Das könnte ihr Zeit verschaffen. Das Gewehr des Toten nahm sie an sich. Nicht um es zu benutzen, sondern, um die Verfolger vorsichtiger und langsamer zu machen. Vielleicht würden sie auf das Eintreffen der Verstärkung warten, bevor sie eine Suchaktion starteten. Mega erreichte das Ende der Brücke, verschwand seitlich auf die Böschung und blieb stehen, um einen Blick zurückzuwerfen. Von den Männern war weder etwas zu sehen, noch zu hören. Der kalte Wind rüttelte am Wellblech und pfiff durch die Scharten. Ansonsten war es still. Hatten sie aufgehört zu reden? Warum schwiegen sie? Oder waren sie einfach zu weit entfernt? Die plötzliche Stille wurde ihr unheimlich. Sie beeilte sich den Ort zu verlassen und schlich den Erdwall hinunter.

Die Rinnsteine am Fuß der Aufschüttung hatten Regengüsse unterspült und zum größten Teil fortgeschwemmt. Der gesamte Hang war erodiert. Immer wieder klafften Spalten in der Erde. Das erbeutete Gewehr machte sie unbrauchbar und ließ die Einzelteile in verschiedene Spalten fallen. Wieder am Lkw lehnte sie sich mit dem Rücken gegen das Fahrwerk und spähte vorsichtig mit dem Fernglas zur Brücke hinauf. Vor ihr lag die gefährliche Stelle ohne Deckung, doch hinter den Schlitzen bewegte sich nichts. Weder der Glatzkopf noch der unbekannte Dritte ließ sich blicken. Der Wind frischte auf und hauchfeiner Nieselregen setzte ein. Noch einmal holte sie Luft, dann glitt sie aus dem Schatten und eilte so schnell sie konnte zur Leitplanke. Ein paar Sekunden hielt sie mit geschlossenen Augen den Atem an und lauschte. Wind zerrte am Gras, das in den Ritzen wuchs. Keine Schritte. Kein Flüstern. Kein Alarm.

Als sie das Ende des Geländers erreichte, fummelte sie nervös das Headset aus der Brusttasche und klemmte es wieder ans Ohr, während sie den Abhang hinunterlief:

»Planänderung. Ich geh zu Fuß weiter. Welche Richtung?«

Die Funkübertragung knackte. Die ersten Worte von Prof. Walden waren kaum zu verstehen:

»... nach Süden ... zehn Kilometer ... eine Landstraße.«

»Wiederholen bitte.«

»Richtung Süden, zehn Kilometer.«

»Verstanden.«

Im Schutz der Dunkelheit kroch sie den künstlichen Hang hinunter und wurde vom Schatten der Betonkonstruktion verschluckt. Hier unten war es noch ein ganzes Stück dunkler als unter freiem Himmel und nichts davon zu spüren, dass der Tag anbrach. Hier war es noch immer kalt und feucht wie in einer Gruft. Mega hielt inne, um sicherzugehen, dass sich niemand neben dem INDU auf die Lauer gelegt hatte. Doch alles befand sich noch an seinem Platz. Der INDU stand unberührt, wie sie ihn zurückgelassen hatte.

Mega versuchte, sich in die Lage der Männer zu versetzen. Wie würde sie vorgehen? Würde sie sofort nach dem Angreifer suchen oder auf die Verstärkung warten? Plötzlich wurde ihr klar, dass es noch eine andere Möglichkeit gab, die sie bisher noch nicht in Erwägung gezogen hatte, weil sie in der Welt, aus der sie kam, nicht zur Debatte stand. Doch die Männer stammten nicht aus Megas Welt. Diese andere Möglichkeit könnte das Ausbleiben von Alarmsignalen erklären. Die Männer auf der Brücke könnten die Leiche einfach versteckt haben. Je länger sie darüber nachdachte, desto wahrscheinlicher kam ihr diese Variante vor. Der Hunger diktierte hier draußen das Verhalten, nicht die Logik. Sie könnten gegenüber der Verstärkung behaupten, der Mitstreiter sei plötzlich verschwunden. Die Version hätte den Vorteil, dass sie nicht nach ihr suchen würden.

Sie schlich zum INDU, griff in den Innenraum und zog den Rucksack heraus. Lange und intensiv hatte sie das Zerlegen des Liegefahrrads in der Dunkelheit geübt. Sie brauchte deshalb nicht direkt hinzusehen, sondern konnte sich auf den Tast- und den Geruchssinn verlassen und gleichzeitig die Umgebung im Auge behalten.

»Beginne Demontage.«

Mega ging von hinten nach vorn vor. Sie startete mit der Außenhaut und fuhr mit schnellen Handbewegungen am äußeren Rahmen entlang, um ihre Befestigungen zu lösen. Es knackte im Headset.

Walden meldete sich:

»Kannst du reden?«

»Ja.«

»Warst du auf der Brücke?«

»Ja.«

»Was hast du gesehen?«

»Es waren zu viele.«

»Warum die Eile?«

»Könnte sein, dass sie mich gehört haben.«

»Wie ist das passiert?«

»Ich bin mir nicht sicher ... Nur so'n Gefühl.«

Mega überlegte, während ihre Finger über die Aluminiumprofile flogen und die stabilisierenden Plastikstecker entfernten.

»Hast du sie angegriffen?«

»Ich hab sie beobachtet.«

Sie hatte im Moment nicht den Nerv, darüber zu sprechen. Nach kurzem Zögern schaltete sie das Headset aus. Ihr wurde klar, dass sie selbst noch nicht darüber nachgedacht hatte. Sie konnte ihr Verhalten noch nicht einordnen, hatte noch keine Meinung dazu. Eine Bombe zurückzuschleudern war eine Sache. Dieser Angriff auf den Wachposten war etwas anderes. Warum empfand sie keine Reue? Das entsprach nicht dem, was Sophia und Prof. Walden ihr beigebracht hatten. Sie hatte kein schlechtes Gewissen, war nicht mal schockiert. Sie hatte einen Menschen getötet, doch sie zitterte nicht mal. Ihre Finger glitten seelenruhig über die Aluminiumprofile. Wie konnte das sein? Was stimmte nicht mit ihr?

Mega drehte die Steckverbindungen mit einem leichten Ruck auseinander und legte die Teile wie ein dreidimensionales Puzzle zu einem kompakten Paket zusammen. Immer wieder musste sie leicht schieben und korrigieren. Beim Packen des Rucksacks kam es auf jeden Millimeter an. Sie fand das Auseinandernehmen immer nur halb so spannend wie den Zusammenbau. Eine etwas dröge Pflichtübung. Umso mehr musste sie sich konzentrieren. Jeder Fehler konnte den INDU beschädigen. Sie erschrak etwas, als sie zur Seite sah. Der Tag brach an. Nur unter der Brücke war es noch immer dunkel. Eilig faltete sie das Biwak und presste es auf die Aluminiumteile, die Motor und Elektronik umrahmten. Das Sturmgewehr hängte sie sich vor den Bauch, den Grabendolch steckte sie in den Gürtel, dann atmete sie durch, ging in die Knie und hob den Rucksack an. Der erste Moment war immer der schlimmste. Mega hatte zu wenig gegessen und zu wenig geschlafen. Nach den Belastungen der letzten Wochen kam der Sack ihr derartig schwer vor, dass ihr die Luft wegblieb und sie einen Moment das Gefühl hatte, ohnmächtig zu werden. Sie schüttelte den Kopf, rückte die Riemen zurecht, verlagerte ihr Gewicht nach vorn und setzte sich langsam in Bewegung.

Das Plätschern des Baches wurde lauter, als sie in südlicher Richtung die schützenden Betonwände verließ. Vorsichtig sah sie sich um. Mit dem zerlegten High-Tech-Fahrzeug auf ihren Schultern schob sie sich aus dem Schatten. Die Dämmerung würde noch etwa zwanzig Minuten dauern. Ihr Magen knurrte und zog sich schmerzhaft zusammen. Doch sie musste erst ein Stück Weg zurücklegen, bevor sie eine Frühstückspause einlegen konnte. Unsicher wankte sie den künstlichen Hang hinunter, machte einen Schritt auf ein unterspültes Abwasserrohr und blieb dort stehen. Richtung Süden hatte der Professor gesagt. Mega hob den Kopf und sah in diese Richtung. Dort war nichts. Leere Felder, umgeknickte Zäune, bewegungslose Windkraftanlagen, jede Menge Dornengewächse. Etwas weiter Richtung Westen entdeckte sie am Horizont ein leerstehendes Haus in der Nähe eines schiefen Strommastes. Mega beschloss in diese Richtung zu gehen und den Mast als Orientierungshilfe zu nutzen. Von dort aus würde sie Richtung Osten weiterziehen, falls alles nach Plan lief und nichts dazwischen kam.

Sie machte den ersten Schritt, dann den zweiten, dann den nächsten. Viele weitere folgten. Einmal mehr war sie gezwungen, ihre Reise im Schneckentempo fortzusetzen, denn wie eine Schnecke trug sie ihre ganze Welt auf dem Rücken.

27. DAS OPFER

In der Moorsiedlung verging die Zeit langsam. Auf eine schier endlose Periode außergewöhnlich heißer, trockener Tage folgte ein jäher Temperatursturz. Sturmböen trieben dunkle Regenwolken über das Land. Heftige Wolkenbrüche spülten die Saat fort. Wenn in diesem Jahr überhaupt etwas wuchs, war es zu wenig, das Meiste würde verfaulen. Die Bewohner der Moorfestung hatten schon einiges durchgemacht. So schlimm war es noch nie gewesen.

Unruhige Ölfackeln scheuchten bei Einbruch der Nacht nervöse Schatten über die feuchten Hüttenwände. Auf dem leeren Versammlungsplatz hatten sich Nebelinseln gebildet. Das alte Fett in den Schalen der kurzen, schwarzen Metallstäbe züngelte und räucherte. Die Söldner streckten es mit öligem Morast. Der stinkende Qualm ließ jedoch keinen Zweifel, welchen Ursprung das Fett hatte.

Hagen hielt es nicht für nötig, die Daumenschrauben weiter anzuziehen. Die Dinge schienen sich wunschgemäß zu entwickelten. Er musste nur warten. Doch nichts war schlimmer, als an einem Ort wie diesem zu warten. Wenn sie durchs Ödland zogen, hatten sie Ziele. Der nächste Tag, der nächste Marsch, die nächste Siedlung. All das gab es hier nicht. Die Männer benahmen sich wie verwöhnte Biester, verhaltensauffällige Kinder, die man keine Sekunde aus den Augen lassen konnte. Jeden Tag gab es Streit. Ruben war in Rage geraten, hatte einen namenlosen Neuling erschlagen und konnte hinterher nicht mal einen Grund für sein Handeln nennen.

Hagen wollte auf keinen Fall im Winter aufbrechen müssen, weil die Vorräte erschöpft waren. Sie mussten versuchen so lang wie möglich in der Siedlung zu bleiben. Im besten Fall bis zum Frühjahr, doch er ahnte, dass er sich nicht allein auf das Schicksal verlassen konnte. Früher oder später würde etwas passieren. Eine Kleinigkeit, ein Missgeschick, der verzweifelte Mut eines Bewohners. Hagen wusste, dass jederzeit etwas seine Pläne durchkreuzen konnte. Er musste den Druck erhöhen, die Reaktion erzwingen. Damit würde er Zeit verlieren. Wenn man einen Prozess beschleunigte, verkürzte man ihn auch.

Auf seinen Befehl hin wurde Tito zu ihm eskortiert. Die Proteste der Bewohner waren leiser geworden. Selbst der Anführer der einst stolzen Moorsiedlung stand kurz davor, zu kollabieren. Hagens größte Sorge galt der Gesundheit der Gefangenen. Der plötzliche Tod der Bewohner wäre eine Katastrophe. Er hätte die Restriktionen lockern und ihnen mehr Essen und mehr Platz verschaffen können. Doch Lockerungen bargen mehr Gefahren als Chancen. Sie wären als Schwäche ausgelegt worden. Von selbst schienen sich die Bewohner nicht zu bewegen. Die zähen Menschen aus dem Moor zogen einen langsamen, qualvollen Tod einem schnellen offensichtlich vor. Diese Einstellung galt es, zu ändern. Hagen sah keine andere Möglichkeit, als die Schlinge noch enger zu ziehen. Für ihn war das Routine. Grausame Normalität. Nichts Außergewöhnliches. Nichts, woran man viele Gedanken verschwenden musste.

In letzter Zeit hatte er manchmal lichte Momente, wachte plötzlich auf und war kurz dazu in der Lage, sich von außen zu betrachten. In diesen seltenen Augenblicken der Klarheit realisierte er die ganze Monstrosität seines Handelns. Das war neu und erschreckte ihn. Immer häufiger traten diese Momente auf, lähmten ihn, machten es ihm schwerer, notwendige Entscheidungen zu treffen. Hagen wusste genau, wem er diese Gewissensbisse zu verdanken hatte. Diesem Mädchen. Mega.

Titos Hände kreuzten sich stramm gefesselt auf seinem Rücken. Er hatte Gewicht verloren, das Gesicht schimmerte feucht und grau, die Wunden rot und entzündet. Mit der Ruhe des Unbeugsamen stand er in der dunklen Hütte, die einmal seine gewesen war, wartete geduldig.

»Du wolltest mich sprechen?«

Hagens Stimme schwebte in der Dunkelheit. Tito ortete ihn nicht und sprach deshalb in die Richtung, in der er ihn vermutete:

»Die Ernte wird schlecht. Das meiste wurde weggespült, weil wir die Saat nicht tief genug eingegraben haben, der Rest wird verfaulen. Das Essen reicht nicht ... Wir sind zu viele. Wir können nicht alle ernähren.«

Hagen erhob sich. Er hatte wie ein römischer Feldherr mit angewinkeltem Bein auf dem Feldbett gelegen. Seine Wunden waren, im Gegensatz zu denen von Tito, bestens verheilt und kaum noch zu erkennen. Weiter hinten stand noch jemand. Stellgar, der jetzt ebenfalls in den Halbschatten vortrat. Seine Augen, zwei Lichtpunkte, dünn wie Stecknadeln, fixierten Tito. Hagen klang müde, als hätte er geschlafen:

»Ist das so?«

»Es reicht nicht. Wir verhungern.«

»Wenn wir ein paar von euch erschlagen, passt es wieder, oder?«

Tito schloss die Augen, zwang sich ruhig zu bleiben, holte tief Luft:

»Ihr braucht unsere Hilfe. Ihr kennt euch nicht mit dem Reisanbau aus. Wir säen für euch, wir ernten für euch.«

»Wir kennen uns nicht mit Reisanbau aus? Wer sagt denn so was?«

»Ich.«

»Und wie kommst du zu der Unterstellung? Woher willst du das wissen?«

»Ihr helft uns nicht.«

Hagen hatte Lust, mit Tito zu diskutieren, um sich die Zeit zu vertreiben. Gespräche mit seinen Männern waren vorhersehbar, langweilig. Mit Tito war das anders. Hagen fehlte jemand, mit dem er einen Disput austragen konnte. Jemand, der ihm gewachsen war, ihm widersprach. Unter seinen Leuten gab es nur Befehlsempfänger und Stellgar war einsilbig. Mit ihm konnte man nicht streiten. Hagen bedauerte plötzlich, dass Tito bald Geschichte sein würde.

»Schön. Nehmen wir mal an, du hast Recht. Wir haben keine Ahnung vom Reisanbau. Was für ,ne Überraschung.«

Hagens Männer, die im Eingang hinter Tito warteten, stießen heiseres Gelächter aus. Der Söldneranführer neigte den Oberkörper nach vorn:

»Wir verhungern, aber von euch soll ich keinen töten. Ich soll also die eigenen Männer erschlagen oder, wie seh ich das? Ist es das, was du vorschlägst?«

»Ich rede nicht von erschlagen. Niemand muss erschlagen werden.«

»Was meinst du dann? Was müssen wir deiner Meinung nach tun?«

»Wir müssen aus jeder Gruppe vier auswählen und sie verstoßen, um den Rest zu retten.«

»Und was wäre daran anders, als sie zu erschlagen? Der Winter steht vor der Tür und du willst sie wegjagen, sie verhungern lassen? Das ist dein Vorschlag? Du wählst Leute aus und lässt sie verhungern?«

»Es muss auch niemand verhungern. Sie müssen sich nur woanders durchschlagen.«

»Woanders durchschlagen? Wo denn? Welche Stadt kannst du

empfehlen? ... Du weißt, wie's da draußen aussieht. Dort ist nur der Tod. Sie werden sterben. Langsam und qualvoll.«

Hagen machte eine Pause, um Tito eine Antwort zu ermöglichen. Doch der starrte nur in die Dunkelheit. Hagen spürte, dass er den Mann verunsichert hatte. Seine Argumente waren stärker. Der Anführer der Moorbewohner hatte ihm nichts entgegenzusetzen. Am meisten freute ihn, dass er die Schieflage der Diskussion kaum noch wahrzunehmen schien.

»Ich mach dir einen anderen Vorschlag. Du musst deine Leute nicht so grausam sterben lassen. Das kann niemand von dir verlangen. Die Situation ist, wie sie ist. Das Leben hart, das Essen knapp. Wir sind zu viele. Wer überleben will, muss Entscheidungen treffen. Manchmal keine ruhmreichen ... Du tötest acht von deinen Leuten - schnell und schmerzlos - und rettest dem Rest damit das Leben. Was hältst du davon?«

Tito verschlug es die Sprache. Hagen genoss den Moment. Er konnte sehen, wie die Erkenntnis in ihn hineinsickerte, wie ihm klar wurde, dass es keine vernünftige Lösung gab, dass es nie darum ging, eine zu finden.

»Was hältst du davon? Ist das akzeptabel? Ist doch besser, als sie leiden zu lassen? Oder nicht?«

Tito konnte nicht antworten. Sein Hals war wie zugeschnürt, sein Mund ausgetrocknet. Er brachte keinen Ton heraus.

»Ich rede mit dir! Ist das akzeptabel?«

Tito erwachte. Er sprach leise, doch erstaunlich fest und eindeutig:

»Nein.«

Hagens Augen leuchteten in der Dunkelheit. Er hatte richtig kalkuliert. Auf bestimmte Verhaltensweisen war Verlass. Für Hagen galten sie nicht. Doch er kannte sie, wusste sie zu provozieren.

»Du weißt, was passiert, wenn du dich weigerst.«

Plötzliche Schwäche übermannte Tito. Er schloss die Augen und ließ den Kopf sinken. Hagen wartete auf eine Antwort. Sie kam nicht. Hagen näherte sich und packte sein Kinn, als wollte er ihm einen Kuss geben:

»Vor Sonnenaufgang bekomm ich die Antwort.«

Die Männer zogen Tito nach draußen. Er taumelte über den Platz, als wäre er betrunken. Schließlich stolperte er, fiel der Länge nach hin und wäre am liebsten liegen geblieben.

Der Handel war Gift. Eine Falle. Perfide Abartigkeit und böses Spiel.

Es dauerte eine Weile, bis der Anführer der Moorbewohner wieder sprechen konnte. Die ausgemergelten Gestalten in der Männerhütte sahen ihn mit großen Augen an. Sie wollten Neuigkeiten hören und sie gleichzeitig nicht hören. Solange die Wahrheit noch nicht ausgesprochen worden war, bestand noch Hoffnung. Die Meisten zählten eins und eins zusammen. Sie sahen Tito, sahen, wie verzweifelt er war und wie wenig er es verbergen konnte, und wussten, dass es keine Hoffnung mehr gab. Selbst die größten Optimisten, die bis zu diesem Moment durchgehalten hatten, wandten sich jetzt ab. Einzig Vaith hatte den Mut noch nicht verloren. Schließlich hielt er es nicht mehr aus:

»Was hat er gesagt, Tito? ... Rede!«

Tito hob den Kopf:

»Die Bedingungen sind nicht annehmbar.«

»Was heißt das?«

»Dass wir ihnen nicht geben können, was sie haben wollen.«

»Was bedeutet das, Tito? Wir verhungern! Wir tun nichts und verhungern. Willst du DAS damit sagen?«

Vaith machte Titos Lethargie wütend. Plötzlich, heftig und viel zu laut für die Moorsiedlung fuhr er Tito an:

»Wir entscheiden, was gut für uns ist. Du bist offensichtlich nicht mehr dazu in der Lage. Was wollen sie? Sag es uns!«

Tito seufzte, dann nickte er:

»Gut, wenn du entscheiden willst, entscheide du! Sie wollen, dass wir acht von uns töten.«

Einen Moment herrschte Stille. Einige hatten den Eindruck, sie hätten etwas nicht mitbekommen, und fragten nach. Tito wiederholte die Forderung. Allmählich dämmerte es ihnen. Langsam begannen sie zu verstehen.

»Du hast dich verhört.«

»Nein.«

»Das macht keinen Sinn. Die brauchen uns doch, ... oder?«

Tito antwortete nicht. Vaith hakte nach:

»Die brauchen uns doch, ... oder? Tito?«

Tito antwortete nicht. Vaith ließ sich mit dem Rücken an die Außenwand fallen, raufte sich die Haare und starrte auf den Boden. Die Männer in der Hütte schwiegen. Jeder für sich. Vaith ballte die Fäuste, dass die Knochen knackten und seine Knöchel weiß wurden. Schließlich schlug er mit aller Kraft auf den festgestampften Boden, doch statt zu schreien, begann er zu flüstern. Es klang entschlossen. So sehr, dass die anderen aufmerksam wurden:

»Ich werde nicht warten, bis ich keine Kraft mehr habe. Wenn ich sterbe, dann schnell.«

Ein paar nickten. Einige zögerlich, andere mit Nachdruck. Tito neigte den Kopf:

»Was hast du vor?«

Vaith sah ihn verschwörerisch an:

»Wie sollst du's machen? Nicht mit bloßen Händen, oder?«

Tito begriff Vaiths Plan und nickte:

»In Ordnung.«

Da es Vaiths Idee war, ließ Tito ihm den Vortritt. Vaith wandte sich leise an die Männer:

»Wir brauchen acht Freiwillige!«

Vaith hob als Erster selbst die Hand. Tito nickte. Nach und nach hoben sich weitere Hände. Micha, Lischka und Alvo, der Ingenieur, waren dabei. Tito nickte allen zu. Die anderen standen auf und ließen die Freiwilligen nach vorn. Schließlich blickten Vaith und Tito in sieben unerschrockene Gesichter. Der Plan war simpel und schien tatsächlich realisierbar. Nachdem die Bewohner der Moorfestung im Flüsterton alles besprochen hatten, ermahnte Tito die Männer:

»Ihr wisst, mit wem wir es zu tun haben. Schlagt als Erste zu! Schont niemanden! Selbst dann nicht, wenn sie am Boden liegen. Was ein Fehlschlag bedeutet, muss ich euch nicht sagen.«

Hagen wartete im Schatten hinter der Hütte und lauschte mit geschlossenen Augen in die Dunkelheit. Sein Vollbart wuchs ungepflegt und wild. Ein räudiger Schakal, der auf Beute lauerte. Ein großer, bleicher Mond stand am Himmel. Es war still geworden, in der Siedlung. Die Luft angenehm kühl und feucht. Der Geruch des Moors lag schwer zwischen den Hecken. Auf der anderen Seite des Versammlungsplatzes tauchten Männer mit Schusswaffen aus dem Halbdunkel auf. Hagen gab ihnen ein Zeichen. Sie verschwanden wieder. Trügerische Ruhe hatte sich ausgebreitet. In dieser Nacht schrie keine Frau und kein Mann lachte. Alle taten, als würden sie schlafen. In Wahrheit schlief niemand. Die Frauen spürten, dass etwas vorging. Angespannt lehnten sie an der Außenwand, sahen sich gegenseitig an und schwiegen. In den schmutzigen Händen Küchenmesser, Schraubenzieher und andere Gerätschaften, die sie in die Hütte geschmuggelt hatten. Voller Angst warteten sie auf das, was kommen würde.

Stellgar trat lautlos aus dem Schatten und näherte sich Hagen:

»Er hat acht ausgewählt, will es aber nicht vor den anderen tun.«

Hagen überlegte einen Augenblick:

»Habt ihr alles?«

Stellgar nickte.

»Wo will er's machen?«

»Auf dem Feld.«

Hagen fixierte Stellgar:

»Hört sich fast an, als wenn er wirklich vorhätte, jemand' umzubringen.«

»Ganz sicher sogar. Aber nicht die eigenen Leute.«

»Vier zur Bewachung. Zu viele machen ihn misstrauisch.«

»Zu wenige auch.«

»Vier sind gut.«

Die Söldnerwachen gingen rechts und links neben den Freiwilligen. Neue, deren Namen sich niemand merken wollte. Hagen hatte ihnen die Sache schmackhaft gemacht, ihnen einen Aufstieg in der Rangordnung versprochen. Die Aufnahme in den harten Kern. Sie würden sich nicht mehr als Letzte Frauen aussuchen müssen, nicht mehr als Letzte ihr Essen bekommen. Es gab den harten Kern und einen weichen Mantel. Unter den Mantel zu kriechen, war verhältnismäßig einfach. Man musste den Söldnerangriff unverletzt überleben. Wenn man Glück hatte, bekam man ein Angebot. Meist handelte es sich um Einzelgänger, die versehentlich in die Gruppe geraten waren. Männer ohne feste Bindung. Wenn man ein Jahr im Mantel überlebte, bestand die Chance, mit dem Kern zu verschmelzen. Etwas, für das es weder eine eindeutige Zeremonie noch einen festen Termin gab. Eines Tages gehörte man dazu und alle wussten es. Veteranen, wie der weißhaarige Martin, Ramsan oder Jorlund, kannten Hagen. Sie wussten, was man von seinen Versprechungen zu halten hatte, doch sie schwiegen, denn niemand war so dumm, sich für einen Neuen die Hände schmutzig zu machen.

An der Spitze der eigenartigen Prozession schritt Tito. Beide Parteien waren nervös: Hagens Männer, weil sie aufgrund der Personalauswahl ahnten, dass dies kein normaler Auftrag war, und die Bewohner, weil sie allen Grund hatten, nervös zu sein. Sie mussten überzeugend ihre Rollen spielen, so tun, als wenn sie nicht wüssten, was mit ihnen geschehen sollte. Sie vermieden es, den Bewachern in die Augen zu sehen, und starrten verbissen auf die Erde vor ihren

Füßen. Hagens Männer trugen entsicherte Sturmgewehre in den Händen und hielten Abstand. Sie waren Neulinge, doch weder waren sie dumm noch unvorsichtig. Allen Bewohnern, Tito eingeschlossen, waren die Hände auf dem Rücken gebunden worden. An Flucht war nicht zu denken. Selbst wenn sie trotz der Sturmgewehre ihren Bewachern entkommen wären, gab es in der Dunkelheit nur einen sicheren Weg nach draußen: den Bohlenweg. Und den ging man nicht in der Dunkelheit, schon gar nicht mit gefesselten Händen. Die Gruppe stampfte schwerfällig querfeldein über den aufgeweichten Acker. Der kalte Morast schmatzte unter ihren Füßen. Tito steuerte einen ungewissen Ort in der Mitte zwischen innerer und äußerer Hecke an. Das Niemandsland der feuchten Reisfelder. Die Nacht war still und klar. In der Nähe verstummten Frösche und Zikaden. Wenn die Männer vorüber waren, setzten die Gesänge wieder ein:

»Wo bringst du uns hin, Tito?«

Es war Alvo, der sich beschwerte.

»Wirst du sehen, wenn wir da sind«,

antwortete Tito barsch, ohne sich umzudrehen. Sein breites Kreuz schwankte, von den Fesseln behindert, hin und her. Irgendwann blieb er stehen. Die Prozession rückte auf. In jede Richtung freies Feld, das in der nur vom Mond erhellten Dunkelheit verschwand. Dazwischen niedrige Dämme, Terrassen. Hier und da eine Reflexion auf einer Kollektorenoberfläche. Am Horizont, kaum noch zu erkennen, die innere und die äußere Hecke. Unter ihren Füßen schwang das Moor, als drohte die Welt unter ihren Füßen zusammenzubrechen. Nach den Regenfällen der vergangenen Tage waren die Felder wieder feucht und schimmerten wie schwarzes Öl im kalten Mondlicht. Hier und da ragten Schlamminseln aus dem Wasser. Hagen streckte dem Bewacher, der ihm am nächsten stand, seine gefesselten Hände entgegen. Der zückte ein dünnes Messer und durchtrennte den Strick mit einem schnellen Schnitt, trat zurück und hob das Sturmgewehr, um auf Titos Kopf zu zielen. Tito rieb sich die Handgelenke und sah sich traurig das zerschnittene Seil an.

»Sag uns endlich, was wir hier sollen, Tito!«

Vaiths gespielte Angst war deutlich zu hören. Er machte seine Sache gut. Auch die anderen sahen sich nervös um und traten von einem Bein auf das andere, als ahnten sie, dass Tito etwas tun müsste, was er nicht tun wollte. Der Anführer streckte dem Bewacher erneut die Hand entgegen. Nach kurzem Zögern senkte der Mann die

Waffe, gab ihm das Messer und ermahnte ihn:

»Eine falsche Bewegung und du bist tot.«

Tito hob die Klinge und trat vor seine Leute. Vaith und Lischka sahen ihn nervös an.

»Ich mach's kurz. Mir fällt das nicht leicht, das müsst ihr mir glauben. Doch wir haben keine Wahl. Wir haben zu wenig zu essen. Ich wurde aufgefordert, acht von euch zu töten, damit der Rest von uns weiterleben kann.«

»Was?«

»Bist du wahnsinnig?«

Die Männer protestierten und schrien laut durcheinander, einige wollten davonrennen. Nur die Gewehre der Bewacher hielten sie davon ab.

»Warum wir? Warum nicht die anderen?«

»Ich bitte euch, das Opfer anzunehmen. Im Wissen, dass ihr eure Freunde, eure Frauen und eure Kinder retten werdet.«

»Was soll die Scheiße? Ich hab keine Kinder.«

»Ich werde Vater. Ich will mein Kind sehen, bevor ich sterbe.«

»Ich will nicht sterben. Ich hab keine Lust, zu sterben.«

Der Stress beflügelte die Männer. Die Vorstellung geriet überzeugend. Die Neuen verloren ihre Vorsicht und ließen die Waffen sinken, so sehr lockte die Chance, Zeuge eines interessanten Schauspiels zu werden.

Tito eilte nach vorn und rammte Vaith, der gerade um Hilfe schreien wollte, das Messer in den Bauch. Lischka wich entsetzt zurück. Er hüpfte, so sehr überraschte ihn der plötzliche Angriff. Vaith sackte stöhnend zusammen. Direkt im Anschluss rammte Tito Lischka das Messer in den Unterbauch, bevor er weglaufen konnte. Der Getroffene hustete, riss die Augen auf und sackte nach vorn. Die anderen versuchten nach hinten auszuweichen und näherten sich den Bewachern. Tito hob erneut das Messer. Es schimmerte im Mondlicht. Etwas irritierte den Mann, der es ihm gegeben hatte, doch er kam nicht darauf, was es war. Als es ihm endlich klar wurde, war es zu spät. Das Messer war nicht mit Blut bedeckt, das Opfer vorgetäuscht. Alles passierte blitzschnell und gleichzeitig. Die vermeintlich Getöteten sprangen auf und stürzten sich auf die Wachen. Die anderen Bewohner, die nach hinten ausgewichen waren, drehten sich um und schlugen den Söldnern die Waffen aus den Händen, während Tito einen gewaltigen Satz nach vorn machte, um dem Mann, der ihm die

Klinge gegeben hatte, das Messer an den Hals zu drücken. Hagens Männer ergaben sich überrumpelt. Nur ihr Keuchen störte die Stille. Tito starrte seinem Mann in die Augen:

»Da hat sich jemand verrechnet.«

Es juckte ihm in den Fingern, ihm sofort den Hals aufzuschlitzen. Doch er zischte nur:

»Wie sieht's aus?«

Vaith zielte mit dem entwendeten Sturmgewehr aus sicherer Entfernung auf den Kopf seines Bewachers. Der Mann stand regungslos mit leicht gesenktem Kopf da.

»Was machen wir mit ihnen?«

»Nehmt die Messer!«

Blitzschnell griffen die Bewohner zu den Messern der Bewacher. Bevor sie schreien konnten, zuckte geschliffener Stahl durchs Mondlicht. Die Söldner gingen röchelnd in die Knie, hielten sich die bleichen Hälse, versuchten vergeblich den Schwall zu stoppen, der sich über ihre Kleidung und auf den dunklen Acker ergoss. Der Blutverlust schickte ein Zittern durch ihre Körper. Die Muskulatur krampfte. Sie wurden bewusstlos, noch bevor sie in den Matsch fielen. Schwarzes Blut mischte sich mit kaltem Morast, während ihre Züge erstarrten und kalkweiß wurden.

Die Bewohner warteten, bis sich keiner mehr bewegte. Vaith ging von einem zum anderen und stieß sie mit dem Fuß an.

Tito drückte das Messer tief in den Hals seines Bewachers und ließ ihn keine Sekunde aus den Augen. Er spürte, wie das Blut unter der Klinge pulsierte, wie der Söldner vor Angst zu zittern und zu schwitzen begann. Die Bewohner versammelten sich hinter dem Anführer und sahen sich um. Alles war ruhig geblieben. Die Aktion schien nicht entdeckt worden zu sein. Tito beugte sich vor und flüsterte dem Mann ins Ohr:

»Mach die Augen auf!«

Erschrocken öffnete der Mann die Augen. Tito durchtrennte Luft- und Speiseröhre mit einem schnellen Schnitt. Der Mann beugte sich nach vorn, als müsste er sich übergeben, sackte zur Seite, wälzte sich im Morast, versuchte das Loch im Hals mit den Händen zu schließen. Er schaffte es, sich noch einmal umzudrehen und die Männer anzusehen, während Blut zwischen seinen Fingern hervorquoll. Das bleiche Gesicht voller Überraschung, obwohl absehbar gewesen war, was passieren würde. Die Augäpfel verschwanden nach oben in den

Höhlen und die Bewegungen wurden langsamer. Schließlich endeten sie.

Die Bewohner standen schweigend nebeneinander. Keiner hatte sich abgewandt. Alle starrten den Toten an, doch niemand triumphierte. Sie schwiegen, steckten die Messer in ihre Gürtel und schulterten die Sturmgewehre.

Die Karawane bewegte sich über den Acker zur inneren Hecke zurück. Vier der neun Männer gingen dicht hinter einem größeren Vordermann. In der Dunkelheit sah es aus, als würden fünf Männer zurückkehren, als hätte Tito seine Schuldigkeit getan.

Schweigend passierte die Gruppe den Durchgang. Die Siedlung lag still im Mondlicht. Nichts rührte sich. Tito fiel auf, dass es dunkler geworden war. Jemand hatte Öllampen gelöscht. Als sie aufgebrochen waren, hatten sie noch gebrannt. Der Anführer der Moorbewohner sah sich misstrauisch um. Die Luft war angenehm. Still und klar. Im Schatten zwischen den Baracken schien sich niemand aufzuhalten. Nicht einmal Wachen. Die Gruppe kauerte sich hinter die erste Hütte. Vaith ließ den Blick über den Versammlungsplatz schweifen. Tito neigte sich zu ihm:

»Es ist zu ruhig.«

»Wir wussten, dass das passieren würde.«

Tito nickte widerstrebend:

»Du, Lischka und Micha. Ihr geht zu unserer Hütte. Der Rest zu den Frauen.«

Die Männer teilten sich auf. Vaith übernahm die Führung der ersten Gruppe und wandte sich nach rechts. Tito ging der zweiten voran:

»Vorwärts!«

Es war kühl im Mondschatten. Tito spähte nach vorn Der Versammlungsplatz schien tatsächlich leer zu sein.

Auf der anderen Seite glitt die erste Gruppe geschickt von Schatten zu Schatten und näherte sich der Männerhütte. Schließlich ging Vaith vor der Tür in die Knie und sah sich um. Alles blieb ruhig. Vorsichtig hob er das Vorhängeschloss und schob den vorbereiteten Draht in den Schlitz.

In diesem Moment wurde ohne Vorwarnung das Feuer auf ihn eröffnet. Vaith ging sofort zu Boden, Lischka kurz danach. Micha schaffte es zurück in die Deckung und schoss zurück. Nach drei Schüssen blockierte sein Magazin. Verzweifelt schlug er mit der

Faust dagegen. Tito brüllte:

»Vorwärts!«

Ein Schatten hechtete ihm entgegen und ein harter Schlag traf ihn ins Gesicht. Bevor Tito klar werden konnte, was passierte, verschwammen bereits die Sterne über ihm. In der Schrecksekunde, in der ein Ellenbogen sich schmerzhaft in seinen Unterbauch bohrte, hatte der Angreifer bereits seinen Arm zu fassen bekommen und ihn mit geübtem Schwung und vollem Körpergewicht nach vorn gezogen, dass Tito aus dem Stand einen Überschlag machte und so heftig auf dem Rücken schlug, dass ihm die Luft wegblieb. Einen kurzen Moment hörte er nichts mehr. Als er endlich die Augen aufschlagen konnte, starrte er in die Mündung einer automatischen Pistole. Weiter hinten tauchte Stellgars markanter Schädel auf:

»Denk an die Frauen und bleib liegen!«

Tito gehorchte und verharrte regungslos. Das Jammern der Verwundeten mischte sich mit dem Geschrei der Gefangenen, die von den Schüssen aufgeschreckt worden waren und mit den Fäusten gegen die Hüttenwände schlugen.

Hagen gab den Männern Zeichen, dass sie für Ruhe sorgen sollten. Er überquerte den Versammlungsplatz und blieb vor Tito stehen:

»Steh auf!«

Der Angesprochene erhob sich mühsam. Stellgar trat zurück und steckte die Pistole in den Schulterholster.

»Hände auf den Rücken!«

Tito gehorchte. Blitzschnell schlang ihm jemand ein Seil um die Gelenke und zog die Schlinge zu.

»Dein kleiner Aufstand wurde niedergeschlagen. Wir beide hatten einen Vertrag. Du hast ihn gebrochen. Du weißt, was das bedeutet.«

Die Männer, die Tito gegenüberstanden, hatten ihre Lippen zurückgezogen. Doch sie lächelten nicht. Vor dem Moormenschen standen Hunde, die ihre Lefzen entblößten. Lange, weiße Zähne blitzten und die aufgehende Sonne färbte das Zahnfleisch blutrot.

28. FUNKSTILLE

Der Umweg kostete Mega fünf Tage. Auf der Autobahn hätte sie für die Strecke kaum mehr als eine oder zwei Stunden gebraucht. Der Gedanke frustrierte sie. Sie könnte längst über alle Berge sein. Trotzdem bereute sie ihre Entscheidung nicht. Im Gegenteil. Sie hatte sich fest vorgenommen, beim nächsten Mal den Rat der Wissenschaftler sofort zu beherzigen. In eine solche Lage wollte sie nicht noch einmal geraten. Sicherheitshalber hatte sie sogar einen Tagesmarsch mehr als notwendig in Kauf genommen, um den Wachposten möglichst weiträumig zu umgehen. Sie rechnete nicht mit einem Suchtrupp. Die Wissenschaftler seltsamerweise auch nicht. Vielleicht hatten sie aus Megas Andeutungen ihre Schlüsse gezogen.

Mega war noch immer irritiert, wenn sie darüber nachdachte, was sie auf der Autobahnbrücke getan hatte. Wie kam sie auf solche Ideen? Niemand hatte ihr einen Tipp gegeben. Gezielte Tötungen hatten nicht zu ihrer Ausbildung gehört. Sie hatte das Ganze nicht geplant. Zumindest nicht bewusst. Und genau das war es, was ihr Angst machte. Gab es da etwas, was sie in sich trug, von dem sie nichts wusste? Etwas, was sie nicht kontrollieren konnte? Mega mochte das Thema nicht ansprechen. Es reichte ihr, dass sie ständig daran denken musste. Die Wissenschaftler schienen sie zu schonen und sie während des Fußmarsches nicht zusätzlich belasten zu wollen. Worüber hätten sie auch reden sollen? Es war passiert. Daran ließ sich nichts ändern. Sie spürte, dass sie dem Thema nicht ewig würde ausweichen können. Eines Tages würde sie sich damit auseinandersetzen müssen.

Am dritten Tag ihres Umwegs durchquerte Mega die Überreste einer Kleinstadt. Eine Geisterstadt, wie es sie jetzt überall gab. Keine Menschenseele weit und breit. Vorsichtig schlich sie von Haus zu Haus. In einer Seitenstraße wurde sie auf einen Baumarkt aufmerksam. Hinter einer zugewachsenen Senke sah sie ihn in einem kleinen Industriegebiet. Baumärkte waren interessant. Obwohl man sie mit hoher Wahrscheinlichkeit unzählige Male geplündert hatten, ließen sich dort vielleicht nützliche Dinge finden. Mega setzte den

Rucksack vor den eingeschlagenen Fensterscheiben einer ehemaligen Eisdiele ab, versteckte ihn in einer Nische und machte einen Abstecher. Nachdem sie tief über den Boden gebeugt die Senke durchquert hatte, betrat sie zögernd die Haupthalle. Das Plätschern eines Rinnsals drang an ihre Ohren. Die hintere Hälfte des Gebäudes lag eingestürzt am Boden, sämtliche Hochregale leergefegt. Nichts hatten die Plünderer übrig gelassen. Mega riss zwei Plastikschilder ab, die an die Wand geschraubt worden waren, dann eilte sie zum INDU zurück. Am Abend verarbeitete sie das Material zu Plastikspänen. In der Nacht rollte sie sich dicht neben dem Rucksack zusammen und installierte zwei Kameras, damit die Schutzengel über ihren Schlaf wachen konnten. Retten konnten sie sie nicht, doch mit Schutzengeln schlief es sich besser.

Am Abend des fünften Tages erreichte Mega endlich die Autobahn und ließ sich erschöpft hinter dem Toilettenhäuschen eines verwilderten Parkplatzes auf den Boden fallen. Sie durfte das eigentlich nicht, der INDU konnte dabei beschädigt werden, doch sie konnte einfach nicht mehr. Kein Schritt weiter. Nie wieder würde sie das Ding schleppen, schwor sie sich in diesem Augenblick. Walden beließ es bei einem Tadel. Die Montage des INDU wurde auf den Morgen vor Sonnenaufgang verschoben. Walden wusste, dass Mega sich ausruhen musste, wenn sie am nächsten Tag fit sein wollte.

Es sah nach Regen aus. Sie warf einen kurzen Blick ins Innere des Toilettenhäuschens. Es stand vor Dreck und anderen menschlichen Überresten, die nicht mehr zu identifizieren waren. Versteinert, geruchlos. Sie zog es dennoch vor, unter freiem Himmel zu übernachten. Aus dem Rucksack, der Rückwand des Toilettenhäuschens und der Außenhaut des INDU baute sie sich einen Unterschlupf, tarnte ihn mit Gestrüpp und verschwand gerade rechtzeitig in der Höhle, als es zu tröpfeln begann. Der Wind frischte auf und rüttelte heftig am Regendach. Mega hatte den Unterschlupf an die richtige Stelle in den Windschatten gebaut, doch die feuchten Böen waren so stark, dass das federleichte Dach wild hin- und hergerissen wurde und sehr zu Megas Beunruhigung ein pochendes Geräusch verursachte. Es könnte irgendetwas sein. Doch wenn sich Menschen in der Nähe aufhielten, die die Geräusche der Umgebung kannten, könnte ihnen das neue Geräusch auffallen. Bald war das Prasseln des Regens jedoch so laut, dass es das Pochen übertönte. Mega beruhigte sich, kroch in den Schlafsack und zog mit geübten Bewegungen in der beengten Umgebung die feuchte Kleidung aus. Sie war seit Beginn der Reise nicht gewaschen worden und roch entsprechend. Mega hatte weder die Zeit noch die Muße, darauf zu warten, dass ihre Kleidung trocknete. Sich selbst wusch sie regelmäßig, wenn sie eine Pfütze fand, die tief genug war. Das musste reichen. Glücklicherweise war sie relativ unempfindlich gegenüber Gerüchen. Alles andere wäre im Ödland auch unpraktisch gewesen.

Sie schnürte die Kapuze des klammen Schlafsacks enger, dass gerade noch Nase und Augen herauslugten, lehnte sich mit dem Rücken gegen die Toilettenwand und beobachtete erschöpft, wie ausgetrocknetes Gras und Dornengestrüpp ruhelos von prasselndem Regen und heftigen Windböen hin- und hergezerrt wurden. Wirbel trieben ihr, trotz Regenschutz, feuchte Luft ins Gesicht. Ihre Haut saugte sie auf, wie eine durchlässige Membran gelöstes Salz. Mega liebte es. Die Kühle im Gesicht und die Wärme des Schlafsacks am Körper. Frieden breitete sich in ihr aus. Sie bildete sich ein, dass bei diesem Wetter kein Lebewesen, egal wie hungrig oder böse es war, Unheil anrichten würde. Für ein paar Glücksmomente gab sie sich dieser Illusion hin. Die Tropfen fielen so dicht, dass man keine fünfzig Meter weit sehen konnte. Das Pochen der dünnen Membran, das gleichmäßige Rauschen, die Kälte und der feuchte Wind lullten sie ein, machten sie schläfrig. Megas Atemzüge wurden langsamer. Schließlich fielen ihr die Augen zu.

Waldens Stimme klang, als wäre sie weit, weit entfernt. Als würde er am anderen Ende eines großen, feuchten Waldes stehen und ihr durch den dichten Nebel etwas zurufen. Zunächst verstand sie nichts. Dann dämmerte es ihr. Das, was der Mann dort rief, war ihr Name.

»Mega ... Mega.«

Sie ließ die Augen geschlossen, wollte nicht antworten. Sie wollte schlafen. Schlafen und nie mehr aufwachen. Diese kalte, sinnlose Welt hinter sich lassen.

»Mega?«

Sie antwortete schwerfällig, als wäre sie betrunken. Die eigene Stimme klang ebenfalls weit weg, als würde sie einer fremden Person gehören:

»Was ist?«

»Ich muss dir noch was sagen.«

Sie öffnete die Augen. Waldens Tonfall weckte sie.

»Wir können nicht davon ausgehen, dass die Enklave dir die Ersatzteile umsonst überlassen wird. Wir gehen davon aus, dass du sie bezahlen musst.«

»Womit soll ich bezahlen?«

»Wir haben Mikroprozessoren in deinen Gürtel eingenäht. Als Tauschmaterial. Sie sind wertvoll, aber nicht überlebensnotwenig. Im Gürtel sind fünf. Einer sollte ausreichen für die Ersatzteile. Die anderen sind für Notfälle. Situationen, die wir nicht vorhersehen können. Falls Du jemand' bestechen musst, wenn du was zu essen brauchst, solche Sachen.«

»Verstehe.«

»Du musst die Naht auftrennen, um an sie ranzukommen.«

»Okay.«

»Die Prozessoren sind alles, was wir haben, Mega. Wenn du sie verlierst, wird es schwer werden, die Ionentauscher zu bekommen.«

»Warum sagt ihr mir das jetzt erst?«

»Du kannst nur verraten, was du weißt. Wenn sie dich lebend kriegen ... Wir haben darüber gesprochen ... Wir dürfen uns da keine Illusionen machen. Deshalb.«

Mega überlegte:

»Und warum nicht später?«

Es dauerte einen Moment, bis Walden sich zurückmeldete. Sie konnte hören, dass er seine Worte mit Bedacht wählte:

»Wie gesagt: Wir hielten den Zeitpunkt für gekommen.«

Mega antwortete nicht.

»Du tust viel für uns. Wir können dir nicht viel zurückgeben ... außer unserer Freundschaft.«

Mega musste schlucken. Der letzte Satz irritierte sie. Irgendetwas stimmte nicht. Walden wollte ihr etwas sagen, das spürte sie, doch er rückte nicht damit raus.

»Was ist los, Professor?«

Eine Stille entstand am anderen Ende.

»Schlaf jetzt, Mega! Wir halten Wache.«

Der nächste Morgen war so düster und grau wie alle anderen. Mega wollte sich trotzdem einbilden, dass die Luft durch den Regen etwas klarer geworden war. Überall standen Pfützen. Bodennebel zog in Schwaden über die Autobahn und behinderte die Sicht. Während Mega ein karges Frühstück aus Nahrungsmittelkonzentrat und gesammeltem Regenwasser zu sich nahm und den INDU mit geübten

Handgriffen zusammenbaute, klarte es ein wenig auf. Nachdem sie fertig war, kletterte sie ins Cockpit, schloss die Kabel an und prüfte Steckverbindungen und Funktionen. Alles war an seinem Platz und funktionierte einwandfrei. Sie holte tief Luft. Endlich war wieder alles so, wie es sein sollte. Was für eine Erleichterung. Ein Fortbewegungsmittel, das Wind und Wetter trotzte und keine Energie verbrauchte. Sie konnte es kaum erwarten, die ersten Tropfen aus dem Schlauch des Aufbereiters zu saugen.

Langsam rollte sie über den buckligen Asphalt des Parkplatzes auf den Beschleunigungsstreifen, trat befreit in die Pedale und wurde zügig schneller. Wie der Besuch aus einer anderen Galaxie, in einem Gefährt, das weder in die Umgebung noch in die Zeit passte, schoss sie elegant auf die leere Autobahn hinaus. Pfeilschnell und lautlos. Das Land lag leer und starr im Nebel. Kommentarlos registrierte es den Aufbruch. Eine Teilchenverschiebung, die sich Sekunden später wieder nivellierte. Mega hingegen freute sich. Plötzliche Euphorie jagte ihr ein gewaltiges Kribbeln durch Arme und Beine. Die Straße hatte sie wieder.

Gegen Mittag wurde sie Zeugin eines äußerst seltenen Naturschauspiels. Für einen kurzen Moment kam die Sonne raus. Die Schönheit, die Mega erblickte, nahm sie unmittelbar gefangen. Wie hypnotisiert starrte sie auf den kargen, grauen Boden, der plötzlich Farbe bekam, grün und ocker wurde. Helle Flecken huschten über ihn hinweg, wie aufgeschreckte, fliehende Tiere. Unendlich schnell und vollkommen still. Genau wie sie. Mega kam es vor, als würde sie zum ersten Mal im Leben von der Sonne berührt werden. Wärme durchströmte sie, breitete sich in ihren Armen aus. Ein unbeschreibliches Gefühl. Von einem Augenblick auf den anderen war plötzlich alles gut. Alles bekam Sinn. Mehr als das, sie mochte ihr Leben plötzlich. Sie konnte es nicht fassen. Diese Aneinanderreihung von Qual und Entbehrung, von Unterdrückung und Selbstgeißelung. Sie liebte das alles. Ein Gedanke sprang sie an. Sollte das der Sinn sein? So, wie es Emily und Mia in ihrem Buch gemalt hatten? War sie aufgebrochen, um die Sonne zu suchen? Mega fühlte sich so wohl, wie noch nie in ihrem Leben. Sie begriff nicht, wo all das so plötzlich herkam. Hatten diese Gefühle die ganze Zeit über in ihr geschlummert? Hatten sie jahrelang gewartet, um jetzt ungefiltert und alle auf einmal auf sie loszustürmen? Es war atemberaubend. Unbeschreiblich. Das Summen der Reifen, das leise Pochen der aerodynamischen Hülle. Die Wärme auf der Haut, ihre gleichmäßigen

Bewegungen, ein Rausch. Alles floss ineinander, beflügelte sie. Sie fuhr nicht, sie flog mit den Wolken dahin. Ihr Körper und die Sonne wurden eins. Sie lächelte entrückt. Tränen der Wonne rollten ihre Wangen hinunter. Wie hatte das alles passieren können, wenn es die Sonne gab? Die junge Frau schloss die Augen und versuchte, sich das Gefühl einzuprägen, wollte es nie wieder vergessen. Dr. Kamura meldete sich. Er klang besorgt:

»Was ist los, Mega? Alles in Ordnung?«

»Habt ihr das gesehen?«

»Was meinst du? Was ist los?«

Kamura klang aufgeregt.

»Die Sonne. Habt ihr die Sonne gesehen?«

»Die Sonnenflecken? Ja, haben wir gesehen.«

»Wieso ist der verdammte Himmel immer so grau?«

»Die Asche hat die Atmosphäre verdunkelt ...«

Er brach abrupt ab. Als er sich wieder meldete, hatte sich seine Stimme verändert. Sie war lauter, als wenn er sichergehen wollte, dass Mega ihn auf jeden Fall verstand:

»Wir empfangen ein starkes elektromagnetisches Signal, Mega. Irgendwas ist hinter dir auf der Autobahn ...«

Die Anspannung in seiner Stimme wirkte. Megas Euphorie war so schnell verschwunden, wie sie aufgetaucht war. Walden übernahm das Mikrofon. Obwohl er sich besser im Griff hatte, konnte man auch in seiner Stimme die Dringlichkeit der Situation nicht überhören:

»Elektromagnetische Schwingungen, Mega. Ein Verbrennungsmotor nähert sich mit hoher Geschwindigkeit. Du musst sofort anhalten!«

Mega steuerte in Richtung Leitplanke und sah in den Rückspiegel. Nichts zu hören und nichts zu sehen. Was war los? Übertrieben die Sicherheitsberater? Ein paar Instrumente waren feiner als ihre Sinne. Elektromagnetische Schwingungen konnte sie nicht wahrnehmen. Gut möglich, dass sich eine Gefahr näherte, ohne, dass sie sie spürte, doch das wäre das erste Mal. Ihr sechster Sinn hatte sie noch nie im Stich gelassen. Warum jetzt? Sie dachte an ihr Gelübde. Diesmal würde sie dem Rat der Wissenschaftler folgen.

»Was ist mit dem INDU? Demontieren?«

»Keine Zeit. Stell ihn ab, nimm die Waffen und bring dich in Sicherheit! BEEIL DICH!«

Waldens Stimme überschlug sich und in diesem Moment spürte

sie es. Er hatte Recht. Sie musste sich beeilen. Sie rollte auf den Standstreifen, in eine Lücke zwischen zwei Wracks. Eine Limousine, bleich und ausgeschlachtet, ohne Reifen und Türen und ein Wohnwagen, ebenfalls ohne Räder, der kaum noch als solcher zu erkennen war. Irgendjemand hatte ihn angezündet und ausbrennen lassen. Die deformierte, untere Hälfte war übrig geblieben und im Laufe der Jahre grau geworden. Vor der Leitplanke brachte sie den INDU zum Stehen und begann, sich eilig von den Verkabelungen und vom Sicherheitsgurt zu befreien. Sie schnappte sich Sturmgewehr und Grabendolch und riss die Außenhaut auf. Von Sekunde zu Sekunde spürte sie deutlicher, dass sie sich beeilen musste, und in diesem Moment, hörte sie es: Ohrenbetäubendes Krachen näherte sich mit erschreckender Geschwindigkeit. Der Lärm war markerschütternd. Der Beton der Fahrbahn begann zu vibrieren, dann zu beben. Etwas Derartiges hatte Mega noch nie zuvor gehört. Das Dröhnen steigerte sich zu einem Krachen, das schmerzhaft an den Trommelfellen riss. Mega warf sich das Sturmgewehr um den Hals, steckte den Grabendolch in den Gürtel und presste sich die Hände auf die Ohren. Der Lärm lähmte sie, zwang sie in die Knie.

Dann sah sie das Ungetüm. Ein brennender schwarzer Koloss, so breit wie zwei Fahrspuren, eine dicke Rauchsäule hinter sich herziehend. Walden schrie ins Headset:

»Hinter die Leitplanke!«

Wie eine Hochspringerin glitt sie auf die andere Seite. Der gepanzerte Truppentransporter rammte das Wrack des Pkw und schleuderte es Sekundenbruchteile später mit ohrenbetäubendem Krachen gegen den stählernen Aufprallschutz. Der ächzte und verformte sich. Rost platzte wie Sand, wurde ihr hinterhergeschleudert und kitzelte sie im Nacken. Die Planke straffte sich und drohte zu reißen. Mega roch den stinkenden Atem des Ungeheuers, entkam um Haaresbreite, fiel auf den harten Rasen und rollte aus der Gefahrenzone. Wie eine Katze landete sie auf den Füßen. Hatte das Ding den INDU erwischt? War er zwischen Pkw und Wohnwagen zerquetscht worden? Sie drehte sich um und atmete erleichtert auf. Der INDU schien unversehrt. Wie durch ein Wunder hatte die Wucht des Aufpralls den Pkw nur zur Seite und nicht nach vorn geschleudert.

Die groben Stollenprofile dickwandiger Hartgummireifen verursachten das ohrenbetäubende Dröhnen und die Fehlzündungen minderwertigen Treibstoffs das Knallen und Krachen. Das Aggregat setzte in regelmäßigen Abständen aus, spie schwarzen Rauch und flutete die Autobahn mit einer dichten Wolke giftiger Abgase. Was auch immer in diesem Motor verbrannt wurde, war sicher kein Benzin. Mega unterdrückte einen Hustenanfall und kroch rückwärts, um den Abgasen zu entkommen. Neben dem Lärm der Fehlzündungen hörte sie weitere Geräusche. Schreie. Vorsichtig richtete sie sich auf und sah dem davonröhrenden Spähpanzer hinterher. Auf dem Dach hatten sich ein Dutzend Männer festgekrallt. Bewaffnet mit Hämmern und Brechstangen versuchten sie Luken aufzustemmen und sich Zugang zum Fahrzeuginneren zu verschaffen. Sie trugen zerschlissene Lederkleidung, Stiefel, Motorradhelme und Pilotenbrillen und hatten sich mit Seilen am Transporter festgebunden. Einer von ihnen war gerade damit beschäftigt, mit einem Vorschlaghammer die Sichtschlitze des Fahrzeugs einzuschlagen. Zweien war es gelungen, eine Stahlluke mit einem Wagenheber aufzustemmen. Ein Weiterer zog den Sicherungsring einer Granate, stampfte sie mit dem Fuß durch die entstandene Lücke und warf sich zur Seite. Die Explosion riss die Luke auf und schoss als Flammenfontäne in den Himmel. Der Panzerwagen geriet ins Schlingern. Ein Mann wurde über den Rand des Daches geschleudert, vom Seil zurückgerissen und geriet seitlich unter die Räder, die ihn zerfetzten. Der Bolide schleuderte unkontrolliert mal zur äußeren, mal zur inneren Leitplanke. Während der Wind die Abgase verteilte, wurden das Dröhnen der Reifen und das Krachen der Fehlzündungen leiser.

Nach einer Weile konnte sie aufatmen. Vorsichtig lief sie zur Leitplanke zurück und stieg auf die andere Seite. Keine Spur mehr vom Transporter. Nur hören konnte sie ihn noch. Ohne Vorwarnung brach das Dröhnen plötzlich ab. Wenige Sekunden später folgte eine Explosion. Dann, wesentlich leiser, einzelne Schüsse und Sturmgewehrsalven.

»Alles in Ordnung, Mega?«

»Was zum Teufel war das?«

»Daran arbeiten wir. Was ist mit dem INDU? Ist er beschädigt?«

Walden bemühte sich ruhig zu bleiben, doch Mega hörte, dass er unter Stress stand. Er kannte nur die Videobilder aus dem Inneren des INDU. Die rohe Energie des Aufpralls hatte die Leitplanke völlig deformiert. Ein Stützpfeiler war samt Betonfuß aus dem Boden gerissen und das Wrack des Pkw war zu einem handlichen Paket zusammengeschoben worden. Der INDU klemmte zwischen seinen

Überresten und denen des Wohnwagens. Bei dem Anblick erschrak sie. Aluminium verbog nicht. Sollte etwas gebrochen sein, wäre es vorbei. Ihre Reise würde enden. Genau an dieser Stelle.

»Wie sieht's aus?«

Mega antwortete nicht. Sie fühlte sich unwohl, als sie den federleichten Bug anhob. Zu ihrer Erleichterung stellte sich heraus, dass der INDU nicht mal eingeklemmt worden war. Erstaunt schüttelte sie den Kopf, zog das Gefährt auf die Straße, umrundete es fassungslos und betrachtete es von allen Seiten. Die Hülle hatte nicht mal einen Kratzer. Eilig öffnete sie den Einstieg und sah ins Innere. Auch im Cockpit schien alles in Ordnung zu sein.

»Wie groß ist der Schaden?«

»Sieht aus, als wär' keiner entstanden.«

»Das Wrack wurde direkt aufs Fahrrad geschleudert. Du hast was übersehen. Sieh genau nach!«

»Das Auto ging in die Leitplanke. Der INDU wurde nur zur Seite geschoben. Wir haben Glück gehabt ... Wieder mal.«

»Verstanden.«

Am anderen Ende entstand eine Pause. Mega nutzte den Moment, um Sturmgewehr und Dolch im Cockpit zu verstauen und nach Osten zu sehen. Etwa drei Kilometer entfernt stieg eine Rauchsäule auf. Geräusche waren nicht mehr zu hören. Es war wieder still. So still, wie nur das Ödland sein konnte. Nur der Wind murmelte und das Gras flüsterte. Mega stieg ein und schloss die Außenhülle. Fr. Dr. Kobe meldete sich:

»Der Elektromotor verfügt über ein Diagnoseprogramm, Mega. Ein sehr einfaches, aber besser als nichts. Ich möchte dich bitten, es zu aktivieren. Dazu musst du losfahren. Es funktioniert nur während der Fahrt.«

»Verstanden.«

In der Hektik war sie mit einer großen Übersetzung stehen geblieben. Schwerfällig lenkte sie den INDU auf die mittlere Fahrspur und gewann langsam an Geschwindigkeit. Der Transporter hatte Treibstoff verloren. Die Oberfläche der Flüssigkeit schimmerte in sämtlichen Spektralfarben. Der Treibstoff besaß eine eigenartige Viskosität, die ihn vom Asphalt abperlen ließ wie Regentropfen auf der Oberfläche von Grashalmen. Die Substanz erinnerte sie an Quecksilber. Mega entschied sich den Kontakt mit den Absonderungen des Metallmonsters nach Möglichkeit zu vermeiden. Die Spur war gut zu erkennen. Die äußere Leitplanke hatte das Militärfahrzeug öfter touchiert als die innere. Fr. Dr. Kobe erriet ihre Gedanken:

»Versuch nicht durch das Zeug zu fahren, Mega! Wir wissen nicht, was das ist.«

»Verstanden. Wie ist der Plan? Das Ding scheint auf der Autobahn liegen geblieben zu sein.«

»Wir gehen davon aus, dass es die Autobahn verlassen hat.«

Wie konnten sie das wissen? Obwohl sie sich keinerlei Reim darauf machen konnte, antwortete sie:

»Verstanden. Das heißt, ich fahr dran vorbei?«

»Warte kurz ...«

Fr. Dr. Kobe hielt das Mikrofon zu und schien sich mit den anderen zu besprechen. Die Feuchtigkeit der vergangenen Nacht wich einem trockenen, kalten Westwind, der ihr angenehm in den Rücken drückte. Mega bildete sich ein, dass ihr das Treten leichter fiel.

»Diese Geschwindigkeit halten, Mega. Neben dem Hebel findest du auf der rechten Seite der Konsole Vertiefungen.«

Ohne den Blick von der Straße zu nehmen, befühlte Mega den Elektromotor. Sie wusste, welche Vertiefungen Fr. Dr. Kobe meinte. Mega hatte sich die ganze Zeit über gefragt, wozu sie dienten.

»Du musst mit einem spitzen Gegenstand in die mittlere Vertiefung stechen. Etwa drei Sekunden.«

»Mittlere Vertiefung. Verstanden.«

Mega sah sich im Innenraum um. Womit sollte sie stechen? Sie hatte nichts. Keinen Kugelschreiber, keinen Bleistift. All das brauchte sie nicht. Schließlich fand sie etwas. Den Grabendolch.

»Nur kurz, Mega. Rein und wieder raus.«

»Verstanden.«

Mega stach mit der Dolchspitze in die Vertiefung. Direkt daneben begann in einer anderen Vertiefung eine rote LED zu blinken.

»Hier blinkt was.«

»Diagnose läuft. Ich melde mich.«

»Verstanden.«

Mega klemmte den Dolch wieder unter den Klettverschluss und lehnte sich zurück. Die Diagnose lief, was auch immer das heißen mochte. Sie war froh, dass sie funktionierte. Plötzlich herrschte vollkommene Stille im Innenraum. Der Wind kam genau von hinten. Sie schwebte wie ein Heißluftballon, geräuschlos, nur vom Summen der Reifen begleitet. Die Sonne verbargen weiße Schleierwolken. Vom

Treten wurde sie warm. Sie zog Jacke und Pullover über den Kopf und strampelte im T-Shirt weiter. Die Haut unter ihren Sommersprossen leuchtete hell, fast weiß. Sie sah zur Seite nach Norden. Ein leerer Hang öffnete den Blick auf ein ehemaliges Waldgebiet. Baumstümpfe lagen unregelmäßig, schräg, manche zersplittert am Boden und zeigten alle in die gleiche Richtung, als wäre das Gebiet von einer mächtigen Explosion verwüstet worden. Der Horizont verschwand im Dunst. Dazwischen erhoben sich alte Zäune, umgeknickte Pfosten, rostiger Stacheldraht. Auf der anderen Seite, im Süden, lagen die Ruinen einer Fabrik. Windschiefe Schornsteine, zerschlagene Fensterscheiben, verwaiste Parkplätze.

Vor ihr, im Osten, gewann die schwarze Rauchsäule an Intensität. Nur eine langgestreckte Kurve lag noch zwischen ihr und dem gepanzerten Transporter. Fr. Dr. Kobe meldete sich. Die Leitung knackte und die Verbindung brach ab:

»Wiederholen bitte!«

»Noch fünfhundert Meter.«

»Woher wisst ihr das so genau?«

»Die Sensoren des INDU konnten die elektromagnetischen Schwingungen lokalisieren.«

»Was heißt konnten?«

»Der Motor läuft nicht mehr ... Wir vermuten, dass der Tank leer ist, oder der Motor zerstört wurde.«

»Verstanden. Was hat die Diagnose ergeben.«

»Nichts.«

»Was heißt das?«

»Dass nichts kaputt ist.«

»Verstanden. Ich steig aus und seh mir die Sache an.«

»In Ordnung. Sei vorsichtig!«

Sie näherte sich der Leitplanke, bremste sanft und blieb geräuschlos stehen. Vorsichtig öffnete sie die Außenhaut und glitt so leise wie möglich auf die Straße. Den stärksten Eindruck hinterließ immer wieder die Stille. Düstere Beklemmung lag in ihr. Stärker als sonst. Irgendetwas war anders an diesem Ort.

Plötzlich ertönte ein eigenartiges Pochen, dann ein Knallen und ein Pfeifen. Das Geräusch von Gummi im Feuer. Der Transporter brannte. Mega griff eilig zu Fernglas, Grabendolch und Sturmgewehr und hob den INDU über die Leitplanke. Es überraschte sie immer wieder, wie leicht er war. Fr. Dr. Kobe hatte das Fahrzeug zum Glück so flach konstruiert, dass es hinter den verrosteten Planken nur jemandem auffiel, der ganz genau hinsah und wusste, wonach er suchen musste.

Sie beschloss, sich trotzdem zu beeilen und ihre Beobachtung so schnell wie möglich abzuschließen. Sie stützte sich auf, machte einen Satz und landete auf einem Standstreifen, der die Autobahn vom Hügel trennte. Einst hatte hier gleichmäßig getrimmter, mit Metallmatten stabilisierter Rasen den Hang vor Erosion bewahrt. Jetzt war er dicht mit Disteln, Brennnesseln und Sauerampfer bedeckt. Mühsam kämpfte sie sich durch das scharfkantige Unkraut. Auf dem Kamm öffnete sich der Blick auf die Umgebung. Außer der Rauchsäule war nicht viel zu erkennen. In allen Himmelsrichtungen verschwand die Landschaft nach wenigen Kilometern im Dunst. Am Fuß des Hügels entdeckte sie den Transporter. Das gepanzerte Vehikel hatte tatsächlich die Leitplanke durchbrochen. Auf einem Abhang hatte es sich mehrfach überschlagen und eine Spur der Verwüstung hinterlassen. Die Erde war zerfurcht und aufgewühlt, als wäre sie von Pferden mit einem gewaltigen Pflug bearbeitet worden. Hundert Meter von der Autobahn entfernt lag es auf dem Dach. Türen und Luken standen offen. Rote Flammen schlugen heraus. Die Windstille hinter dem Hügel ließ den dichten, schwarzen Rauch fast senkrecht in den Himmel steigen. Vor und hinter dem Wrack bewegte sich etwas auf dem Boden. Mega erkannte nicht, um was es sich handelte. Vorsichtig sah sie sich um. Ihr Standort schien verhältnismäßig sicher, doch ganz ohne Deckung wollte sie nicht bleiben. Mulden übersäten den Boden des Bergrückens. Eine wüste Kraterlandschaft. Selbst die Baumwurzeln schienen hier aus dem Boden gerissen und als Brennholz verwendet worden zu sein.

Sicherheitshalber kroch sie in eine Mulde, hob vorsichtig den Kopf über den Rand und sah durch das Fernglas. Das brennende Wrack und seine Umgebung boten einen grauenhaften Anblick. Das, was sich in der aufgewühlten Erde bewegte, waren verwundete Männer, die orientierungslos umherirrten. Mega konnte in dem Chaos nicht erkennen, wer die Auseinandersetzung gewonnen hatte. Die Fahrer oder die Angreifer. Sie bewegte das Fernglas ein Stück nach links und erstarrte. Ein großer, breitschultriger Mann nahm den Motorradhelm ab und fuhr sich mit der Hand durch lange, schlohweiße Haare. Das wettergegerbte Gesicht war schmerzverzerrt. Er untersuchte eine Schnittwunde am Arm. Doch er ging aufrecht, humpelte nur leicht und schien sonst keine Verletzung zu haben. Mega meinte sich erinnern zu können, die tätowierten Unterarme auf dem Dach des Transporters gesehen zu haben. Er zog eine Automatikpistole aus dem Gürtel, sah sich um und näherte sich dem erstbesten Mann. Der schien etwas zu sagen, doch der Weißhaarige hörte nicht, sondern schoss dem Verwundeten in den Kopf. Das Krachen der Waffe ließ Mega zusammenzucken. Nicht, weil es laut war, sondern weil sie den Verletzten eigentlich für einen Mitstreiter des Weißhaarigen gehalten hatte. Er musste es gewesen sein, denn er trug ähnliche Kleidung und hatte ähnliche Tätowierungen. Der Schütze ging weiter, zielte auf den nächsten, redete kurz mit ihm und schoss. Mega erschloss sich der Sinn der Exekutionen nicht. Der Mann ging reihum und schoss auf alles, was sich bewegte. Zwischendurch wechselte er die Richtung, auch das aus Gründen, die Mega nicht nachvollziehen konnte. Er schoss, wechselte das Magazin und schoss weiter. Mega kniff die Augen zusammen. Der Wahnsinnige tötete seine Mitstreiter wie lahme Gäule, die sich die Beine gebrochen hatten. Männer, mit denen er Seite an Seite gekämpft hatte. Er sah ihnen in die Augen und erschoss sie, ohne mit der Wimper zu zucken. Ihr wurde schlecht. Kraftlos ließ sie das Fernglas sinken und rutschte zurück auf den Boden des Kraters. Sie verabscheute diese Welt. Ihre Bemühungen waren umsonst. Die Menschheit hatte keine Zukunft. Sie sollte aufgeben. Es wäre wohl das Beste, das einzig Sinnvolle.

Kraftlos sackte ihr Kopf nach hinten. Am tiefsten Punkt des Kraters lag sie auf dem Rücken und sah nichts mehr von der Welt. Nur noch den weißen Himmel. Die Sonne hinter Wolkenschleiern. Irgendwo dort oben. Mega rettete sich in die Fantasie, dass das alles nur ein böser Traum war und sie nur zu erwachen bräuchte. So lang sie die entsetzliche Welt nicht sah, existierte sie nicht. Regungslos lag sie. Eine Tote in einem runden Grab.

»Mega?«

Fr. Dr. Kobes Stimme drang kaum zu ihr durch.

»Wir haben Schüsse gehört. Antworte bitte! Mega? Hörst du mich? Wir machen uns Sorgen.«

Mit schwerer Zunge murmelte sie:

»Ich bin hier.«

»Alles in Ordnung?«

»Ja.«

»Bist du verletzt?«

»Nein.«

»Wie ist die Lage?«

»Der Transporter ist zerstört. Die Männer sind tot.«

»Alle?«

»Alle.«

Am anderen Ende entstand eine Pause. Schwerfällig richtete sie sich auf. Das Headset rutschte aus dem Ohr und fiel auf den Boden. Sie betrachtete es skeptisch, wie einen Fremdkörper, ein seltsames Insekt, das auf dem Rücken lag und mit den Beinen zappelte. Vorsichtig hob sie es auf, wischte sorgfältig die Sandkörner ab und steckte es ins Ohr zurück.

»... hast du verstanden, Mega?«

»Wiederholen bitte.«

»Wir glauben, dass es am besten ist, die Unfallstelle so schnell wie möglich auf der Autobahn zu passieren.«

»Verstanden.«

»Geht's dir wirklich gut?«

Es dauerte etwas, bis Mega leise antwortete.

»Es geht mir gut.«

Auf dem Bauch schob sie sich über den Kraterrand und trat, tief über den Boden geneigt, den Rückweg an. Sie fand den INDU unversehrt, stieg ein und trat lust- und kraftlos in die Pedale. Die Bewegung tat ihr gut. Half ihr, die lähmende Gleichgültigkeit zu vertreiben. Sie stellte fest, dass sie Durst hatte. Auch das war ein gutes Zeichen. Sie steckte den Schlauch in den Mund, nuckelte aufbereitetes Wasser und beschleunigte auf der mittleren Spur. Eine Schrecksekunde lang versperrte ihr der schwarze Rauch die Sicht, dann lag die Gefahr hinter ihr. Der weißhaarige Mann mit den tätowierten Unterarmen tauchte zum Glück nicht mehr auf.

Ihr wurde klar, dass sie lernen musste Distanz zu halten, die Dinge nicht so nah an sich ranzulassen, sonst würde sie das Ödland nicht überleben.

Bis zum Nachmittag konnte sie ein gutes Stück Weg bewältigen. Der Asphalt hatte gute Qualität. Wie überall waren sämtliche Straßenschilder entfernt worden. Nur die Hinweistafeln hingen noch, stumpf und blind, mit gesplitterten Displays, an den schiefen Kabelbrücken, zerrissen und mit Unrat bedeckt, wie die Masten von gekenterten Containerschiffen. Zum Teil hatten sie sich gelöst und waren auf die Fahrbahn gestürzt. Hier und da ragten leere

Metallstangen in den Himmel. Alles sah improvisiert aus. Als hätte der Krieg noch nicht begonnen, oder als wäre er noch nicht vorbei. Ein Übergangsstadium. Zunächst waren es Schutzmaßnahmen gewesen. Marodierende Horden konnten sich schlechter orientieren. Einheimische, die sich zusammengerottet hatten, um sich zu verteidigen, waren ohne Verkehrsschilder im Vorteil gewesen. Später spielte der Wert des Materials eine Rolle. Gegen Ende ertrugen die Menschen die Erinnerungen an das alte Leben nicht mehr und begannen, alles zu vernichten, was sie erinnerte. Das war keine Lösung, doch es erleichterte das Überleben. Eine Zeit lang zumindest. Mega wusste nie, wo sie war. Die Wissenschaftler bestimmten ihre Position, indem sie einen alten Satelliten anpeilten. Er sendete nicht mehr, kreiste aber verlässlich auf seiner Umlaufbahn und funktionierte wie ein Spiegel. Doch er diente nur der Standortbestimmung. Bild und Ton wurden von Sendemasten empfangen, die Fr. Dr. Kobe auf den Dächern der Universitätshochhäuser hatte installieren lassen.

Mega war versunken in den Anblick der toten Landschaft, die mit andachtsvoller Stille an ihr vorüberzog. Durch die monotone körperliche Tätigkeit, das gleichmäßige Treten, verloren ihre Gedanken die Bodenhaftung. Sie erwischte sich dabei, dass sie zu Mark zurückkehrte, zu dem Moment kurz vor seinem Aufbruch. Mark hatte sie nur ein einziges Mal geküsst. Schnell und überraschend. Viel Gefühl hatte nicht in diesem Kuss gelegen. Und trotzdem war es dieser eine, kurze Moment, auf den sich Megas Sehnsucht nun konzentrierte. Dieser eine flüchtige, vollkommen hoffnungslose Moment. Sie wusste, dass sie alles dafür geben würde, wenn sie noch einmal dorthin zurückkehren könnte. Erst jetzt verstand sie, dass sie ihn liebte, ihn immer geliebt hatte. Denn das war es, was Mega unter Liebe verstand. Jemanden, der nicht mehr da war, so sehr vermissen, dass es wehtat. Und das tat es. Es tat weh.

Im selben Moment fiel ihr ein, dass sie beobachtet wurde. Die Innenkamera des INDU war direkt auf ihr Gesicht gerichtet. Warum vergaß sie das immer? Sie zog die Nase hoch und versuchte nicht direkt in die Kamera zu sehen, weil sie Angst hatte, dass die roten Augen sie verrieten. Sie schaffte es nicht. Schließlich drehte sie den Kopf zur Linse und meldete sich laut und angesäuert:

»Wer beobachtet mich gerade?«

Die Leitung knackte. Auf der anderen Seite sprach jemand. Der Ton war jedoch verzerrt und nicht zu verstehen. Schließlich brach die Verbindung ab. Dann war sie wieder da, doch zu leise. Mega beugte sich vor. Es half nichts:

»Wiederholen bitte! Die Verbindung ist schlecht.«

Starkes Rauschen, Statik, Krachen. Dann war die Verbindung wieder da.

»Ich bin hier, Mega.«

Es war Prof. Walden. Mega war erleichtert. Wenn er sie beobachtet hatte, war es nicht so schlimm. Wenn es Fr. Dr. Kobe gewesen wäre, hätte Mega das deutlich mehr gestört.

»Kannst du mich hören?«

»Ich hör dich.«

»Mega. Wir müssen ... besprechen, bevor ...«

Die erneute Unterbrechung beunruhigte sie. Die Leitung war für mehrere Sekunden tot, als wenn das Kabel gerissen wäre. Mega prüfte die Verbindung. Sie war in Ordnung. Alles an seinem Platz. Dann kam der Ton leise und verrauscht zurück.

»Professor? Hallo? Professor, hörst du mich?«

»Ich hör dich gut ...«

Walden war kaum zu verstehen.

»Was ist mit dem Funk? Woher kommen die Störungen?«

»Die Reichweite des Senders ist begrenzt. Es kann sein ...«

»Was? Was heißt das? Was kann sein? Verdammt.«

Die Leitung war tot. Mega wartete ungeduldig darauf, dass sich die Verbindung wieder aufbaute. Weil sie sich so auf den Funk konzentrierte, trat sie, ohne es zu merken, immer langsamer und verlor an Geschwindigkeit.

»Hallo? Hallo? Prof. Walden? Ich hör dich nicht mehr.«

»... wir haben nicht mehr viel Zeit ... viel Glück ...«

»Was? ... Scheiße!«

Mega schlug wütend mit der Hand gegen den Empfänger. Dann fiel ihr etwas ein und sie reagierte sofort. Sie bremste, blieb stehen, löste den Sender und nahm ihn in die Hand. Plötzlich knackte es. Prof. Waldens Stimme war für den Bruchteil einer Sekunde wieder zu hören. Mega öffnete die Verkleidung des INDU, löste den Empfänger aus seiner Halterung und nahm ihn vorsichtig, samt Verkabelung, mit nach draußen, während sie ausstieg. Kaum hatte sie sich außerhalb des Liegefahrrads aufgerichtet, war die Verbindung wieder da. Sie knackte und rauschte, doch Walden war wieder zu verstehen. Mega fiel ein Stein vom Herzen:

»Ich kann euch hören. Ich hör euch.«

»Mega. Die Verbindung ist wieder da! Was hast du gemacht?«

»Ich bin ausgestiegen und hab den Empfänger in die Hand genommen.«

Mega wurde klar, dass die Wissenschaftler das eigentlich wissen müssten. Sie sahen die ganze Zeit über die Bilder der Videokameras. Prof. Walden erriet ihre Gedanken und bestätigte den Verdacht:

»Wir sehen schon seit zwei Stunden nichts mehr und der Ton wird immer schlechter. Die Funkverbindung wird nicht mehr lang durchhalten. Der Sender ist zu schwach.«

Mega musste schlucken. Das waren schlechte Nachrichten. Sehr schlechte Nachrichten.

»Wie lange noch?«

»Wahrscheinlich ist das unser letztes Gespräch ...«

Walden besann sich und schob schnell hinterher:

»Auf dem Hinweg. Auf dem Rückweg hören wir uns dann wieder. Spätestens morgen wird der Kontakt jedoch abbrechen.«

»Und ... Was mach ich jetzt?«

»Du musst die Reise ohne uns fortsetzen ... Wir wussten, dass der Moment kommt ...«

»Ich schaff das nicht allein.«

»Du schaffst es schon die ganze Zeit allein.«

Damit hatte Prof. Walden natürlich Recht. Doch es war etwas anderes, allein zu sein, aber jemanden zu haben, mit dem man sprechen konnte, oder wirklich und vollkommen allein zu sein. Sie fühlte sich schwach und hilflos, wollte jedoch auf keinen Fall anfangen zu heulen. Sie verabschiedete sich von Walden und den anderen. Alle waren gekommen. Selbst Sophia hatte gegen ihre Prinzipien verstoßen und Fr. Dr. Kobes Labor betreten. Einer nach dem anderen sagte Lebewohl und wünschte ihr Glück. Dr. Kamura, Dr. Hammer, Dr. Kobe, Hr. Bernhard, Fr. Kem, Sophia und als letztes Prof. Walden.

»Falls ich nicht zurückkomme ...«

»Du kommst zurück. Irgendwie bin ich da ganz zuversichtlich.«

Es war Dr. Hammer, der das sagte. Mega lächelte schief.

»Irgendjemand muss ja meine These widerlegen. Ich glaube, du bist die Richtige dafür. Mach's gut ... Halt die Ohren steif, Kleine.«

»Ja. Du auch Dr. Hammer.«

»So, ich denke, wir müssen jetzt aufhören«,

unterbrach Prof. Walden,

»Du musst noch ein ganzes Stück fahren heute.«

»Macht's gut ... Wir sehen uns.«

Es knackte. Walden hatte die Verbindung getrennt. Das abrupte Ende überrumpelte Mega. Sie hatte eigentlich noch etwas sagen wollen. Etwas hilflos ließ sie die Hand, mit der sie den Empfänger in die Höhe gehalten hatte, sinken und befestigte den Sender wieder sorgfältig an seiner Halterung im Innenraum. Dann richtete sie sich auf, seufzte und sah sich um. Die Autobahn lag da wie immer. Still und leer. Mega realisierte, dass sie gefährlich nah an einer Kleinstadt ausgestiegen war. Sie lag keinen Kilometer entfernt in einem flachen Tal. Leere Fenster schienen sie anzustarren, sie zu beobachten. Der Kirchturm war eingestürzt. In einem Hinterhof entdeckte sie einen einzelnen, riesigen Baum, der sich tot und schwarz vom grauen Himmel abhob. Sie konnte sich nicht daran erinnern, jemals einen so großen Baum gesehen zu haben. Alles, was sie über Bäume wusste, hatte sie aus Büchern. Jetzt sah sie zum ersten Mal einen. Er dehnte sich majestätisch aus, riesenhaft und knorrig. Der Stamm so breit, dass dahinter ein ganzes Gebäude verschwand. Die wuchtigen Äste überspannten den gesamten Platz, doch kein einziges Blatt wuchs an ihnen. Er musste uralt sein und hier gestanden haben, lange bevor Menschen in die Region kamen. Warum stand er noch? Alle anderen waren gefällt und zu Brennholz verarbeitet worden. Ein Windstoß strich durch die leeren Straßen, trieb Asche vor sich her und verriet Mega das Geheimnis. An Stricken, Drahtseilen und Ketten baumelten Skelette. Stoffsäcke über den Schädeln. Dutzende. Bis in die Krone. Dicht an dicht hingen sie, wie überreife Trauben an zu dünnen Ästen.

In Megas Freude, endlich einen Baum zu sehen, mischte sich übler Nachgeschmack. Ihr wurde klar, dass sie von nun an allein sein würde. Vollkommen allein. Genau wie dieser Baum.

29. DER SCHMUCK DES KRIEGERS

Die Sonne brannte erbarmungslos aus dem blendend weißen Himmel auf die flachen Rigips-Jurten, die still und bewegungslos in der flimmernden Hitze ausharrten. Viele Jahre waren vergangen, seit Tito sie schnell und heimlich errichtet hatte. Die Wellblechdächer bedeckte schwarzes Moos, das Aluminium war rau und fleckig geworden. Sie standen hinter den hohen, dichten Dornenhecken mitten im Moor. Eine unsichtbare, uneinnehmbare Festung, die dennoch gefallen war.

Hagen hatte die Bewohner aus den Hütten auf den Versammlungsplatz treiben und in die Knie zwingen lassen. Feierlich trat er vor sie hin und stützte die Hände auf den Gürtel. Gesichter, Oberkörper, Arme und Hände hatten sich die Söldner rot gefärbt. Danach mit Holzkohle ihre Waden geschwärzt, sich Rippen aufgemalt und breite, dunkle Ränder um die Augen gezeichnet. Flammende Totenköpfe. Archaische Wesen aus grauer Vorzeit. Erddämonen, die dort standen und die Bewohner anstarrten, bis sie vor Angst zu zittern begannen.

Der Dunst staute sich so dick zwischen den Hecken, dass man das Ende der Siedlung nicht mehr erkannte. Tito blinzelte. Feuchtigkeit sammelte sich auf den Augenbrauen. Nach der Dunkelheit des Gefängnisses hatten sich die Augen noch nicht an die Helligkeit gewöhnt. Das Licht schmerzte, als hätte es geschneit. Er legte den Kopf in den Nacken und sah verzweifelt in den Himmel.

Was mochte er dort suchen, fragte sich Hagen. Die Sonne konnte es nicht sein, sie war nicht zu sehen. Früher hatte es Religionen gegeben, die ihr Heil dort oben gesucht hatten. Er hatte schon immer die Meinung vertreten, dass es keinen Sinn machte, sich auf sie zu verlassen. Dort oben hatte es nie Antworten gegeben. Keine Ermunterung, keine Erklärung. Nichts. Mit größer werdendem Abstand kamen Hagen diese heiligen Konzepte immer abstruser vor. Die Menschen hätten doch merken müssen, dass man ihnen nur von dort oben erzählt hatte, um sie von hier unten abzulenken. So dumm konnten sie doch nicht gewesen sein. Die Geschichte hatte das Gegenteil bewiesen. Und sie hatten nichts dazugelernt. Nach all den Jahren war es alles, was ihnen einfiel. Sie sahen nach oben und wieder gab es keine Antwort.

Hagen war zu einer anderen Überzeugung gelangt. Alles, was es gab, war hier unten. Jede Wahrheit, jede Erklärung und jede Gewissheit lag in ihm selbst. In seinem Körper. Wenn es etwas Göttliches gab, etwas Heiliges, dann wurde es geboren und verschwand mit seinem Körper. Er war der Tempel. Er war die Marter, der Inquisitor. Davor und dahinter gab es nichts. Die Söldner ehrten diesen Tempel, den eigenen Körper. Je härter die Prüfungen waren, die er bestand, je schlimmer die Qual war, die er erlitten hatte, je tiefer die Narben, die Landkarte der Schmerzen, die man auf ihm lesen konnte, desto heiliger, desto stärker war er. Hagens Leidensfähigkeit galt als das Maß der Dinge. Seine Wunden waren legendär und mythisch das Maß der Schmerzen, die er ertrug. Und so, wie die Männer den eigenen Tempel ehrten, so ehrten sie auch den Tempel des Feindes. Des starken, würdigen Feindes.

Die Gefangenen knieten in zwei Reihen mit hängenden Köpfen und schmutzigen Gesichtern. Sie jammerten und flehten, ahnten, dass ihnen Schlimmes bevorstand. In der Mitte des Platzes lagen die nackten Leichen von Vaith, Lischka und Alvo. Ramsan und Bassajew hatten sie von Dreck und Blut gesäubert, sie gewaschen, rasiert und mit einer öligen Kräuterpaste bestrichen. Sie lagen auf einfachen Podesten, für deren Erbauung eine Hütte abgerissen worden war. Die Aufbahrung besaß den Charakter einer Bestattung. Und in gewisser Weise war die Zeremonie genau das. Nur dass diese Körper nicht der Erde als Nahrung dienen sollten.

Hagen sah, wie Tito den Kopf wegdrehte, und gab Ruben, der sich hinter Tito aufgebaut hatte, ein Zeichen. Ruben hob das Sturmgewehr, drückte Tito den Lauf auf die Wange und zwang ihn, die Augen wieder nach vorn zu richten. Er duldete keine Ausnahmen. Alle mussten hinsehen.

»In der letzten Nacht gab es einen Aufstand. Diese Gefangenen haben auf dem Feld vier meiner Männer getötet. Haben sie töten können, obwohl sie bewaffnet waren ...«

Hagen war klar, dass die Inszenierung auf Tito, den Anführer der Moorbewohner, wie eine böse Posse wirken musste, als wären sie von der andauernden Gewalt schlicht wahnsinnig geworden. Doch das Ritual diente weder der Unterhaltung, noch hatte er die Kontrolle verloren. Es war wichtiger Bestandteil des Truppenlebens. So wichtig, dass Hagen nicht mehr darauf verzichten konnte. Die Zeremonie schweißte die Gruppe zusammen, gab ihr Identität und Sinn. Gleichzeitig diente sie der Initiation neuer Mitglieder und ihrer Aufnahme in die Gemeinschaft. Sie brauchten die Kraft dieser magischen Handlung und den Glauben an seine Wirkung. Er stärkte sie, half ihnen zu überleben. Denn dies war ihre Religion geworden. Neu und doch eigenartig vertraut. Ihre Körper schienen sich zu erinnern. Aus den Tiefen der Zeit waren Wissen und Einklang zu ihnen zurückgekommen. Doch erst jetzt, in der Nachwelt, entfaltete sie ihre ursprüngliche, reine Kraft. Hagen hob erneut die Stimme:

»Wir legen Zeugnis ab für den Mut, die Tapferkeit und den Willen dieser Krieger. Sie starben ehrenhaft. Sie sind würdige Männer.«

Er machte eine Pause, dann fuhr er fort:

»Wir feiern die Kraft dieser Krieger, ihre Größe auf dem Schlachtfeld. Sie wird nie vergessen werden. Wir nehmen sie in uns auf und tragen sie fort. Sie wird auf uns übergehen und in uns weiterleben. Die Kraft dieser Männer ist der Schmuck meiner Krieger. Sie wird uns im Kampf beistehen, uns den nächsten Sieg bringen.«

Hagen fügte eine zeremonielle Pause an. Dann trat er zur Seite und gab den Blick auf die Leichen frei. Die vor Entsetzen gelähmten Bewohner der Moorfestung mussten mit ansehen, wie Ramsan und Bassajew einen schweren Metallspieß anschleppten. Die Frauen begannen zu schreien und sich die Haare zu raufen. Die Männer sprangen auf und schrien oder versuchten nach hinten auszuweichen. Doch dort standen Söldner und zwangen sie zurück in die Knie. Keiner durfte sich abwenden. Wer es wagte, bekam den Gewehrkolben zu spüren. Einige wollten sich nicht beruhigen. Hagens Männer schlugen so lange auf sie ein, bis sie bewusstlos zu Boden gingen. Tito saß aufrecht mit geradem Rücken. Ruhig, mit offenen Augen, als würde er meditieren. Er sah nach vorn und sah doch nicht, was sich vor seinen Augen abspielte. Sein Blick war nach innen gerichtet.

Ramsan und Bassajew nahmen den Spieß in beide Hände, öffneten den Mund des Toten und überstreckten seinen Hals. Dann wurde der Spieß eingeführt und durch den Leib gerammt. Die Köche holten aus und die Stahlspitze durchstieß mit knirschenden Geräuschen Hals, Brustkorb und Unterleib und trat zwischen den Beinen wieder aus. Füße und Knie wurden mit Draht befestigt, die Hände auf dem Rücken gebunden. Dann wurde der Spieß über eine Feuerrinne gehängt, die Hagens Männer vorbereitet hatten. In mühsamer

Kleinarbeit hatten sie unter den Hecken Dornen gesammelt und mit ihnen eine heiße, intensive Glut angefacht.

Es dauerte Stunden, bis das Fleisch durchgebraten war. Die Bewohner durften sich weder erheben noch abwenden. Viele resignierten und starrten unter Tränen Vaiths Leiche an, die langsam eine spanferkelartige, goldrote Bräune bekam. Unter den Frauen war eine, die lauter weinte als die anderen und nicht mehr aufhören konnte. Ihr schwangerer Körper sackte immer wieder nach vorn. Irgendwann hatte sie nicht mehr die Kraft, sich aufrecht zu halten. Sie war blau und blutig im Gesicht von Tritten und Schlägen. Schließlich traf Marthe ein Kolben an der Schläfe. Sie sackte lautlos zusammen und bewegte sich nicht mehr.

Hagen trat zum Spieß und schnitt ein Stück Fleisch von Vaiths Bein ab. Mit dem Stück in der Hand näherte er sich Marko, dem Traurigen, der die ganze Zeit über laut- und bewegungslos nach vorn gestarrt und still vor sich hin geweint hatte. Hagen blieb vor ihm stehen:

»Marko, willst Du den Eid schwören und dich uns anschließen?«

Marko, der Traurige, hob den Kopf, sah Hagen an und nickte, weil er keine Zunge mehr hatte, mit der er hätte sprechen können. Und Hagen reichte ihm das Fleisch und Marko aß es.

30. DIE DRITTE BLOCKADE

Tagsüber fuhr Mega, abends suchte sie sich ein Versteck in der Nähe der Autobahn und versuchte zu schlafen. In der ersten Nacht schloss sie kein Auge. Zu sehr war sie damit beschäftigt, über eine Taktik nachzudenken, wie sie Angreifer bemerken konnte, wenn sie schlief. Aber so sehr sie sich auch den Kopf zerbrach, eine Lösung wollte ihr nicht einfallen. Es gab keine. Sich gut zu verstecken und nicht gefunden zu werden, war alles, was sie tun konnte. Als sie am Morgen aus dem Biwak kroch, fühlte sie sich wie gerädert, als ob sie überhaupt nicht geschlafen hätte. Ihr war klar, dass es so nicht weitergehen konnte. Sie musste schlafen. Sie musste eine Möglichkeit finden, sich zu beruhigen. Erschöpft und verkatert schob sie den INDU den Hang hinauf. Als sie ihn über die Leitplanke heben wollte, merkte sie zum ersten Mal, dass ihre Kräfte nachließen. Sie blieb mit einem Reifen an der Leitplanke hängen und musste absetzen. Nachdem sie sich beruhigt und durchgeatmet hatte, nahm sie erneut Anlauf und schaffte es mit Mühe und Not. Doch so konnte es nicht weitergehen. Auf keinen Fall. Sie schwor sich an diesem Morgen mehr zu essen als Konzentrat und Regenwasser. Nach kurzem Zögern brach sie die eiserne Reserve an. Schokolade und selbstgebackene Kekse. Der Geschmack erinnerte sie an den Keller, glückliche Tage, an denen sie Geburtstage gefeiert hatten. Wenn sie sparsam war, hielt der Vorrat eine Woche. Danach würde sie sich etwas zu essen suchen müssen. Am Wegesrand. Ihr graute vor dem Gedanken.

Trotz Erschöpfung und Schlafmangel steckte sie sich ehrgeizige Ziele. Sie wollte die Durchquerung des Ödlands so schnell wie möglich hinter sich bringen. Noch zweimal hob sie morgens den Empfänger in die Höhe und versuchte, Kontakt zum Keller aufzunehmen, doch die Leitung blieb tot. Nichts drang aus dem Lautsprecher des Headsets. Kein Rauschen, kein Knacken. Traurig packte sie alles wieder ein. Kurz überlegte sie, ob sie Empfänger, Kameras und Kabel an Ort und Stelle ausbauen und zurücklassen sollte, schließlich waren sie im Moment nur Ballast. Sie hätte die Stelle markieren und auf dem Rückweg alles wieder einbauen können, doch sie entschied sich dagegen. Material und Kabel wogen fast nichts und vielleicht gab es hier draußen ja doch noch ein Funkgerät, das funktionierte und sendete.

Am sechzehnten Tag nach Megas Aufbruch und am vierten Tag der Funkstille erreichte sie mit schmerzenden Beinen den Kamm einer Hügelkette. Immer weiter und immer höher ging es hinauf. Nach einer Stunde pausenlosen Anstiegs schaltete sie den Elektromotor zu, um sich das kräftezehrende Strampeln im zweiten Gang zu ersparen und kam mit Unterstützung wesentlich komfortabler voran.

Auf dem Kamm wurde sie langsamer und atmete durch. Auf der anderen Seite ging es endlich wieder bergab. Es herrschte verhältnismäßig gute Sicht an diesem Tag. Der schimmernde Asphalt führte schnurgerade Richtung Osten. Erleichtert schaltete sie den Motor aus.

Doch das, was sie vor sich im Dunst auf der Autobahn erkennen konnte, ließ die Euphorie, die sich gerade einstellen wollte, sofort wieder verfliegen. Ein großes Teilstück am Fuß des Hügels, Mega schätzte es auf knapp einen Kilometer, war pechschwarz. Sämtliche Fahrspuren bedeckten ausgebrannte Wracks. Zu Beginn der Katastrophe musste es an dieser Stelle einen entsetzlichen Unfall, eine Art Massenkarambolage, gegeben haben. Dichter Verkehr war mit hoher Geschwindigkeit ineinandergerast, hatte die Leitplanken durchbrochen, sich verkeilt und war in der Hitze verheerender Brände zu bizarren Skulpturen verschmolzen. Mega stockte der Atem. Offensichtlich hatte es keine Rettung gegeben. Niemand hatte die Flammen gelöscht und niemand den Eingeklemmten geholfen. Die Autobahn war endgültig zum Massengrab geworden.

Sie rollte das beginnende Gefälle noch ein Stück hinunter, dann hielt sie endgültig an, stieg aus und sah sich vorsichtig um. Nur einen Steinwurf von der Unfallstelle entfernt ging im Süden eine verfallene Fertighaussiedlung in ein Gewerbegebiet über. Kastenförmige Bürocontainer mit aufgerissenen Luftbetonwänden. Eingestürzte Flachdächer, die quadratischen Fenster zerschlagen oder blind vor Dreck. Nirgendwo bewegte sich etwas. Weder am Ort der Karambolage noch im angrenzenden Gewerbegebiet. Der Ort schien verlassen zu sein. Mega griff trotzdem zum Fernglas, sah sich die Fassaden genauer an. Bis auf den stetigen Ostwind, der ihr seit zwei Tagen entgegen kam, war es still. Und trotzdem. Irgendetwas beunruhigte sie. Irgendetwas stimmte nicht.

Vor den zerschlagenen Fenstern hingen Decken, Plastikfolien und alte Kartoffelsäcke. Die behelfsmäßigen Konstruktionen schienen nicht besonders alt zu sein. Zumindest nicht so alt wie der Unfall. An den Wracks hatte die Zeit deutliche Spuren hinterlassen. Rost hatte ungehindert gefressen. Plastikteile waren ausgeblichen. Die Decken vor den Fenstern jedoch waren weder steif noch ausgehärtet und die Plastikfolien nicht brüchig. Im Gegenteil. Die Gebäude machten den Eindruck, als wären sie bewohnt. Möglicherweise waren die Bewohner sogar noch da. Und wenn dem so wäre, könnten sie sie bereits entdeckt haben. Plötzlich roch sie etwas. Kaum wahrnehmbar, doch es reichte für eine Ahnung. Feuer. In der Nähe war Plastik verbrannt worden. Es war länger her und das Feuer kalt, doch Mega war sich sicher. Menschen hatten hier gelebt und vielleicht lebten sie noch immer hier.

Dies war ihre Bewährungsprobe. Zum ersten Mal stand sie vor einem Problem und musste allein eine Lösung finden. Ohne die Unterstützung der Wissenschaftler. Für einen Hinterhalt war der Ort bestens geeignet. Wenn sie ein Wegelagerer wäre, würde sie sich an dieser Stelle auf die Lauer legen. Egal, womit man fuhr, an dieser Stelle musste man die Geschwindigkeit reduzieren. Mega suchte nach einer Möglichkeit, das Hindernis zu umgehen. Eine Lücke in der Leitplanke, ein Pfad, der an der Karambolage vorbei führte. Sie fand nichts, doch je länger sie den Ort betrachtete, desto sicherer wurde sie sich, dass die Hälfte der Fahrzeuge erst nach der Katastrophe hinzugekommen sein konnte. Ahnungslose Reisende waren in die Falle gegangen.

Schließlich entdeckt sie etwas. Mitten im Chaos. Ein Steg aus Metallplatten, breit genug für einen Menschen. Ein Weg, um die Wracks schnell und bequem zu überqueren, über die Distanz kaum zu erkennen. Sie stützte das Fernglas auf die mittlere Leitplanke, versuchte es stillzuhalten und den Weg nachzuvollziehen. Mit ruhigen Fingern drehte sie an der Schärfe und ließ den Fokus über die Trümmer wandern.

Der Steg verlief im 45-Grad-Winkel, wechselte von der Gegenfahrbahn auf ihre Seite, blieb dort eine Weile, vollzog dann wieder eine Kurve und kehrte zurück. Die provisorische Fußgängerbrücke kam ihr verhältnismäßig stabil vor und sie überwand, abgesehen von den Rampen am Anfang und am Ende, kaum nennenswerte Höhenunterschiede. Der INDU war lang, doch nicht besonders breit. War das

Provisorium breit genug für ihr Fahrrad?

Mega ließ das Fernglas sinken. Sie hatte einen Plan. Er war kühn. Doch wenn sie sich beeilte, könnte sie schneller sein als mögliche Angreifer. Sie ging fest davon aus, dass jemand auf der Lauer lag und dieser Jemand rechnete möglicherweise sogar damit, dass sie kam. Doch er rechnete nicht damit, dass sie seinen Fußweg benutzte.

Ihr war bewusst, dass sie ein erhebliches Risiko einging. Der Steg konnte marode, die Metallplatten scharfkantig sein. Davon mal ganz abgesehen war der ganze Ort eine einzige Falle. Wer auf dem Steg stand, war Angriffen von der Seite schutzlos ausgeliefert. Es gab nirgendwo Deckung. Von allen Seiten konnte man beschossen oder beworfen werden. Und wer vom Steg aus in die verbrannten Überreste fiel, saß erst recht in der Klemme. Sich einen Weg durch das Dickicht aus scharfkantigem, rostigem Metall zu bahnen, war aussichtslos. Die einzige Alternative schien einmal mehr der Fußmarsch zu sein. Die weiträumige Umgehung der Stelle mit dem INDU auf dem Rücken. Mega hasste es, die Entscheidung allein treffen zu müssen. Sich gegen jemanden durchzusetzen, war etwas anderes, als sich selbst zu überstimmen. Das machte keinen Spaß. Sie hatte jetzt die Verantwortung. Niemand sonst. Genervt seufzte sie. Sie hatte sich bereits entschlossen. Warum zögerte sie? Irgendetwas mahnte sie zur Vorsicht. Sie hatte gelernt auf ihren Bauch zu hören, auch wenn sie nicht immer hundertprozentig verstand, was er ihr sagen wollte.

Kurzentschlossen hob sie den INDU über die Leitplanke auf die Gegenfahrbahn. Der Wind hatte gedreht und kam aus Westen. Schwach, kühl, ein wenig lustlos. Angespannt kroch sie ins Cockpit und legte den Sicherheitsgurt an. Ein letztes Mal lauschte sie dem leisen Pochen der Außenhaut. Dieser Ort machte sie nervös. Würde sie ihre Entscheidung später bereuen? Entschlossen trat sie in die Pedale und schoss wenig später lautlos den Hang hinunter.

Der Trümmerberg wuchs bedrohlich vor ihr an. Fahrzeuge lagen kreuz und quer. Durch die Feuersbrunst bis zur Unkenntlichkeit deformiert. Sie peilte den Anfang des Steges an und stellte erleichtert fest, dass er breit genug war und erstaunlich gerade verlief. Immer wieder wanderte ihr Blick zu den leerstehenden Bürogebäuden im Süden. Sie erwartete Bewegungen, Alarmsignale, rechnete damit, angegriffen zu werden, doch es passierte nichts. Alles blieb ruhig. Zu ruhig, dachte Mega. In diesem Moment spürte sie ein massives Ziehen im Magen. Sie schwebte in Lebensgefahr. Sie war kurz davor, scharf zu bremsen und umzudrehen. Nur mit größter Willensanstrengung konnte sie sich davon abhalten.

Der Steg rückte näher. Sie bremste leicht, dann schlug das Vorderrad des INDU mit Wucht auf die erste Metallplatte. Es schepperte so laut, dass sie sicher war, dass sie im Umkreis von drei Kilometern jeder gehört haben musste. Wieder krachte es, diesmal noch lauter. Die Hinterräder. Dann ging es drei Meter steil nach oben. Sie trat kräftig in die Pedale, durfte keine Schlenker machen und nicht die Spur verlieren. Wenige Zentimeter zu weit seitlich und sie würde abstürzen und alles wäre vorbei. Sie hatte nur einen Versuch. Auf der ebenen Fläche am oberen Ende der Rampe ging erneut eine Erschütterung durch die Konstruktion. Wieder krachten die Metallplatten mit haarsträubendem Lärm aufeinander. Mega verstand, dass es keines Alarms bedurfte. Jede der zahllosen Metallplatten, aus denen der Steg bestand, machte mehr Lärm als alle Alarmglocken des verdammten Ödlands zusammen. So schnell es ging, ohne unvorsichtig zu werden, steuerte sie den INDU über das vorsintflutliche Gerüst, das krachte und ächzte. Nervös zuckte ihr Kopf hin und her, während sie versuchte die Umgebung nicht aus den Augen zu lassen. Die Metallplatten schepperten, sie wurde wild hin- und hergeworfen und versuchte krampfhaft das Steuer gerade zu halten.

Der Steg überquerte die Mittelleitplanke. Mal wurde er schmaler, mal war er so schief, dass sie hart gegensteuern musste, um nicht abzurutschen. Mit wild hämmerndem Herzen zirkelte sie zu schnell durch die zweite Kurve. Der linke Hinterreifen hob ab. Sie sah sich schon von rostigen Metallstreben durchbohrt auf der Müllhalde verenden, da kippte der INDU, der trotz geringen Gewichts über eine erstaunlich gute Straßenlage verfügte, wieder in die Spur zurück. Mega beschleunigte, während sich die verkohlte Müllhalde auf das Niveau des Asphalts senkte. Zu spät wurde ihr klar, was das bedeutete. Sie hatte das Trümmerfeld noch nicht überwunden, sondern gerade erst das Zentrum erreicht, die Stelle, an der der Schrott am dichtesten lag.

Vom Getöse der Metallplatten begleitet, setzte der INDU unsanft auf dem Asphalt auf. Aus irgendeinem Grund hatte sich hier ein Canyon zwischen den Wrackbergen gebildet. Die Schlucht teilte sich. Mega musste sich entscheiden, riss am Lenker und wählte den rechten Hohlweg. Vor ihr tauchte ein Sattelschlepper auf. Er hatte sich quergestellt und die Mittelleitplanke abrasiert. Neben dem

Schwertransporter wirkte der INDU klein, wie ein Insekt neben einem Dinosaurier. Die Sonne verschwand hinter dem Kamm des Schrottgebirges. Im Schatten übersah Mega rußgeschwärzte Metallaufbauten, die in die Fahrbahn ragten. Eine Metallstange schlitzte die Außenhaut mit einem trockenen Geräusch auf. Mega erschrak so sehr, dass sie zu lenken vergaß und beinah auf der anderen Seite erneut mit den Schrottbergen kollidiert wäre. Sie war eindeutig zu schnell für die enge Kluft. Der Fahrtwind ließ die ausgefransten Ränder des teflonbeschichteten Gewebes flattern. Mega bekam Angst, dass der Riss sich vergrößern und über die gesamte Fläche ausbreiten könnte. Sie wollte gerade anhalten und den Schaden reparieren, als ein lautes Hornsignal sie zusammenzucken ließ. Der Alarm. Da war er. Langgezogen, unheilvoll.

Heftige Schauer durchfuhren ihren Körper. Adrenalin pumpte Blut durch ihre Adern und ihr wurde heiß und kalt. Für einen Moment hatte sie sich an die dumme Hoffnung geklammert, sie könnte den Engpass ohne Zwischenfall passieren. Das Hornsignal wiederholte sich. Mega versuchte das Getöse zu ignorieren, doch das funktionierte nicht. Die Wirkung setzte unmittelbar ein. Ihr brach der Schweiß aus, Rauschen füllte ihre Ohren und ihr Sichtfeld verengte sich. Ihr Körper schien sich bereits auf den Schockzustand vorzubereiten. Was sie besonders beunruhigte: Das zweite Signal ertönte nicht hinter ihr. Es kam von vorn. Sie fuhr direkt darauf zu. Wachsende Panik ließ sie trotz Enge kraftvoll in die Pedale treten. Angst zu haben war gut. Es half. Jetzt galt es, die Kontrolle zu behalten.

Tatsächlich öffnete sich der Schrottcanyon hinter der nächsten Kurve und wurde zu einem breiten Tal. Mega atmete auf. Es war so lang, dass die tiefstehende Sonne wieder den Boden berührte. Elegant schoss sie in das unwirkliche Biotop hinein. Eine fremde Welt aus seltsamen Schrottskulpturen zog in atemberaubender Geschwindigkeit an ihr vorüber. Links und rechts des Weges standen große, schwarze Tische aus Metall. Dreckige Stofffetzen hingen wie Segel an Fahnenmasten und blähten sich träge im Wind. Es stank erbärmlich. Süße Fäulnis. In den Schatten entdeckte sie Leichenberge, menschliche Überreste, Kleiderhaufen. In unverblümter Direktheit offenbarte sich der wahre Zweck des Ortes. Sie hatte sich geirrt. Es gab keinen Ausweg. Sehenden Auges war sie in die Falle gegangen.

Wachsende Panik schnürte ihr die Luft ab. Verzweifelt versuchte sie sich einzureden, dass es noch Hoffnung gab. Das Zentrum des

Tals bildeten zwei Lkw-Schlangen, die sich bei hoher Geschwindigkeit ineinandergeschoben hatten. Zwei stabile Wände, die eine Gasse bildeten. War die linke Reihe ausgebrochen, hatte dies auch die rechte Seite getan. Einige Lkw hatten sich über vorangehende Fahrzeuge geschoben und bildeten Brücken, die Mega hoch genug schienen, um sie zur Not unterqueren zu können. Ihr blieb keine Zeit, um nachzudenken. Sie beschleunigte, schoss in die Lücke hinein und begann zwischen den Sattelschleppern hindurchzuzirkeln.

Zwischen verbrannten Reifen entdeckte sie huschende Bewegungen. Eigenartiges Geheul ertönte, wurde aus mehreren Richtungen beantwortet. Sie näherten sich von allen Seiten, liefen parallel zu ihr. Dann krachte es. Die Ersten sprangen von Schrottbergen auf Lkw-Dächer. Menschen in zerschlissenen Uniformen. Ehemalige Soldaten oder deren Nachfahren. Manche trugen Stahlhelme, andere Gewehre. Sie zielten, während sie rannten, und drückten ab. Das Krachen ließ Mega zusammenzucken. Kugeln schlugen wenige Zentimeter vom INDU entfernt in den Asphalt ein. Irgendjemand brüllte Befehle.

Verwilderte warfen vor ihr etwas in die Gasse. Instinktiv riss sie den Lenker zur Seite, wischte unter einem aufgebockten Anhänger hindurch und entkam der Explosion. Der Druck war so heftig, dass es den Lkw hinter ihr zur Seite schob und den Durchschlupf schloss. Mega hatte Schwierigkeiten, die Spur zu halten. Metallschrott lag auf der Strecke. Sie wurde wild hin- und hergeschleudert. Das Aluminiumskelett knackte. Plastikkeile schnippten durch den Innenraum. Stoisch hielt sie das Steuer gerade und trat verbissen in die Pedale. Sie war wild entschlossen. Pausenlos trat sie mit voller Energie. Ihre Beine begannen zu brennen. Lang würde sie das Tempo nicht mehr durchhalten können.

Ein Schrei vom Dach eines Lkw ließ sie zusammenzucken. Ein hagerer Mann landete mit flatterndem Ledermantel und erhobenem Messer auf dem Liegefahrrad. Das Aluminium krachte unter der zusätzlichen Belastung und die restlichen Steckverbindungen zerplatzten. Der INDU schlingerte gefährlich, doch die Konstruktion hielt. Der Angreifer krallte sich wie ein Cowboy auf einem scheuenden Pferd mit einer Hand am Rahmen fest, mit der anderen hob er ein Kampfmesser, durchstieß die Außenhaut und begann wie von Sinnen auf sie einzustechen. Mega wich den Streichen erschrocken aus und riss dabei das Steuer hin und her, was den INDU hart und eckig über verrostete Stoßstangen, Türen und Kofferraumhauben tanzen ließ. Großflächige Narben entstellten das Gesicht des Verrückten. Fehlende Lippen verzogen es zu einer Totenkopfmaske. Mega verriss vor Schreck das Steuer und touchierte den Radkasten eines Lkw. Sie wurde heftig nach vorn geschleudert, doch vom Sicherheitsgurt aufgefangen. Der Mann jedoch landete mit dumpfem Krachen an einer offenen Fahrertür, die ihn vom Dach des INDU herunterfegte. Er landete unsanft auf dem Rücken und bewegte sich nicht mehr.

Zitternd trat sie in die Pedale, versuchte verlorenen Boden gutzumachen. Distanz zwischen sich und den Kerl zu bringen. Entsetzt stellte sie fest, dass der Weg vor ihr immer enger wurde. So eng, dass sie ihn unmöglich passieren konnte. Es war so weit. Hier ging es nicht mehr weiter.

Sie musste wieder zurück in die Mitte, doch zwischen Zugmaschinen und Anhängern gab es kein Durchschlupf mehr, nirgendwo entdeckte sie eine Lücke. Unaufhaltsam schoss sie dem toten Ende entgegen. Die Gasse wurde schmaler und schmaler, die Möglichkeit, Schrott auszuweichen immer geringer. Hinter ihr brüllten wütende Stimmen. Schüsse krachten. Projektile schlugen in die Außenwände von Containern und Zugmaschinen ein. Sie musste die Spur so schnell wie möglich verlassen. Doch wie sollte sie das anstellen? Wenn sie stehen blieb, würden die Verfolger sie einholen. Sie trat weiter in die Pedale, als hätte sie die Lösung unmittelbar vor Augen.

Von einem Anhänger, der Metallprofile geladen hatte, hing eins schräg von der Ladefläche und lag im Weg. Mega war klar, dass der INDU zu schmal für diesen Träger war, doch sie musste nur mit dem Vorderrad richtig treffen und schnell genug sein. Ein Schuss krachte. Sie duckte sich. Wenige Zentimeter von ihrem Kopf entfernt hinterließ er rauchende Löcher in der Außenhaut. Überall flatterte das wertvolle Gewebe und Mega blutete das Herz, weil sie nicht wusste, womit sie den INDU reparieren sollte. Teflonbeschichteten, elastischen Stoff gab es hier draußen nicht. Ersatz zu finden war so gut wie ausgeschlossen. Mega beschleunigte ein letztes Mal, peilte das Metallprofil an, erwischte es mit dem Vorderrad und setzte grob mit der Unterseite auf. Die Hinterreifen hingen in der Luft, als sie nach oben rutschte, dort unsanft über die restlichen Profile holperte und mit einem Satz die Ladefläche auf der anderen Seite wieder verließ. Es krachte unangenehm, als sie in der Gasse, zwischen den Lkw-Reihen, mit dem Vorderrad voran, wieder auf dem Asphalt aufschlug. Sie wurde heftig hin- und hergeschleudert, touchierte Fahrzeugwracks auf beiden Seiten. Weitere Fetzen der Außenhaut rissen ab, doch das Liegefahrrad überschlug sich nicht. Die angeschrägten Orbitalräder hielten es stumpf auf Kurs und sie schoss unbeirrt weiter.

Im Rückspiegel entdeckte sie, dass unmittelbar hinter ihr ein Pkw eingekeilt worden war. An dieser Stelle wäre sie unter keinen Umständen weitergekommen. Trotz wachsender Panik hatte sie bisher richtige Entscheidungen getroffen und sie hoffte inständig, dass ihr das Glück noch ein wenig treu bleiben würde. Genau in diesem Moment erkannte sie, dass das Schrottgebirge vor ihr endete. Hier lag das tote Ende, das sie befürchtet hatte. Ein Schwertransporter war aus der Spur geraten und umgekippt. Seine Ladung, der Turm einer Windkraftanlage, hatte sich gelöst, mehrere Pkws überrollt und war quer zur Fahrbahn liegen geblieben. Möglicherweise war dies vor langer Zeit der Auslöser der Massenkarambolage gewesen. Eine massive Betonwand. Ein unüberwindbares Hindernis.

Mega zögerte nicht. Im Gegenteil. Sie beschleunigte, dass die teflonbeschichteten Fetzen nur so flatterten. Kurz vor dem Turm gab es links eine schmale Lücke. Auf diese Lücke hatte sie es abgesehen. Sie legte die rechte Hand auf die Bremse. Nur wenige Meter trennten sie von der Abzweigung. Den Rückspiegel füllten heranstürmende Gestalten, warfen Speere und Steine von Fahrerkabinen und Anhängern herab, quollen wie eine dreckige Flutwelle aus Spalten und Löchern zerstörter Fahrzeuge. Ein Stein durchschlug das Gewebe und traf Mega am Kopf. Sie schrie vor Schmerz, geriet ins Schleudern. Immer mehr Zerlumpte tauchten auf und schlugen mit Keulen und Ketten auf den INDU ein. Doch sie unterschätzten Megas Geschick und erwischten sie nicht. Der INDU war zu flach und zu schnell.

Sie peilte eine Gestalt in der Lücke an, die mit einer Armbrust auf sie zielte und um Haaresbreite verfehlte. In letzter Sekunde machte sie einen Schlenker und zog scharf die Bremse. Die Hinterreifen blockierten. Das Liegefahrrad rutschte und rammte den Wegelagerer mit der Wucht beider Hinterräder, während sie in Richtung Leitplanke davonschleuderte. Ein letztes Mal bremste sie hart, schlidderte erneut um die Kurve und verschwand.

Vor ihr lagen nur noch der dunstige Horizont und die leere Autobahn. Keine Wracks, keine Angreifer mehr. Sie hatte es geschafft. Um jedes weitere Risiko auszuschließen, zog sie den Hebel auf Stufe 3 und aktivierte den Elektromotor. Im Rückspiegel sah sie, wie die Soldaten hinter dem Turm der Windkraftanlage hervorschossen. Auf dem geraden Rücken der Betonwalze erschien ein Mann in Paradeuniform. Breitbeinig, hohe schwarze Lederstiefel, Barett. Offensichtlich der Anführer. Er hob eine Reitpeitsche, die er in der rechten Hand hielt, und deutete auf sie, doch niemand reagierte auf den Befehl.

Die Wegelagerer gaben sich plötzlich keine Mühe mehr, ihr zu folgen. Sie wurden langsamer und blieben schließlich sogar stehen. Das passte nicht ins Bild. Irgendetwas stimmte nicht, doch sie kam nicht darauf, was es sein könnte. Es sah gut aus für sie. Die Straße vor ihr war frei. Der Elektromotor beschleunigte stetig, drückte sie so sehr in den Sitz, dass ihr die Arme schwer wurden. Nach wenigen Sekunden war sie uneinholbar schnell und in weiteren Sekunden würde sie außerhalb der Sichtweite der Angreifer sein. Trotzdem hafteten Zweifel an ihr. Sie hatte etwas übersehen. Etwas Entscheidendes.

Als sie die Gefahr endlich erkannte, war es zu bereits spät. Winzige Metallgegenstände bedeckten den Asphalt. Zu klein, um sie zu erkennen. Stachlige Kugeln, wie Miniaturmorgensterne. Das Vorderrad berührte einen von ihnen und löste die erste Explosion aus. Allein wäre sie harmlos gewesen, hätte den Reifen vermutlich nicht mal beschädigt, doch die nachfolgende Kettenreaktion des Autobahnabschnitts riss das Liegefahrrad katapultartig in die Höhe und zerfetzte es.

Ihr Gehör setzte aus. Es fühlte sich an, als hätte sie einen Schlag auf den Rücken bekommen. Genau auf die Wirbelsäule. Ein Schleier legte sich über ihre Augen. Der INDU überschlug sich, krachte ein paar Meter weiter auf das Dach und blieb rauchend liegen. Mega hing im Gurt. Arme und Beine baumelten herab. Sie war nicht bewusstlos, nahm jedoch alles verzerrt und ausschnittartig wahr. Das beschädigte Trommelfell ließ ihre Ohren bluten. Ein lauter Pfeifton war alles, was sie hörte. Sie stöhnte, versuchte sich zu orientieren, wusste nicht mehr, wo sie war und in welcher Gefahr sie schwebte. Eins ihrer Beine hing verdreht herab. Benommen begann sie mit eckigen Bewegungen am Sicherheitsgurt zu fummeln, doch die gestörte Motorik verhinderte die Öffnung. Schließlich gelang es ihr. Aus zahlreichen Wunden blutend plumpste sie in das zerrissene Dach. Der Rauch kleiner Schwelbrände, die sich gebildet hatten, zog vom Aluminiumgerippe auf das leere, stille Land hinaus. Der Anblick des zerfetzten INDU und ihres hilflosen Körpers trieb ihr Tränen in die Augen. Heulend wälzte sie sich auf den Rücken, robbte aus dem Wrack und betastete zitternd das krumme Bein. Es blutete weder, noch tat es weh, doch sie hatte kein Gefühl mehr, konnte den Fuß nicht mehr bewegen. Sie wälzte sich zur Seite und realisierte, wie wenig von ihr und dem INDU übrig geblieben waren. Eine Felge hatte der Explosionsdruck zerfetzt. Die Außenhaut bestand nur noch aus verschmorten Resten. Sie blinzelte hilflos, zitterte und weinte.

Aus dem Rauch traten die Soldaten. Die Waffen locker in den Händen. Keiner von ihnen rechnete mit Gegenwehr. Der Vernarbte mit dem erstarrten Lächeln führte sie an. Mega versuchte sich aufzurichten, doch sie rollte nur auf den Rücken, ließ die Arme auf den Asphalt fallen und starrte in den Himmel. Auch sie würde also auf der Autobahn enden. So wie alle anderen vor ihr. Alle, die es versucht hatten. Niemand hatte das Ende der Strecke erreicht. Niemand wusste, wie viele Straßensperren es gab. Auch sie würde es nicht erfahren.

Die Soldaten bildeten einen Kreis. Der Vernarbte stieß sie mit einem Speer an, dessen Spitze aus geschliffenem Autoblech bestand. Sie stöhnte, bewegte sich ein wenig. Der Vernarbte lächelte kalt. Seine Stimme war so roh, wie das Fleisch, das man ihm aus dem Gesicht geschnitten hatte:

»Niemand rührt sie an! Sie gehört dem General.«

Die Hälfte seines Gesichtes, auf der er seine Züge noch kontrollieren konnte, hörte plötzlich auf zu lächeln. Er zog den Speer zurück und hob die freie Hand.

Ein Mann, dessen Gesicht vollständig mit Tüchern verhüllt war, stand neben den glimmenden Resten des Liegefahrrads und zielte mit einem großkalibrigen Scharfschützengewehr auf seinen Kopf. Ein Turban, der nur stahlblaue Augen frei ließ, verlieh dem Vermummten das Aussehen eines Wüstenkriegers. Er starrte nur, ohne zu blinzeln, ohne sich zu bewegen. Wie eine Statue. Der Vernarbte legte den Kopf schief. Die anderen Männer begannen auszuweichen, den Verhüllten zu umkreisen. Etwa dreißig von ihnen, bewaffnet mit Keulen, Speeren und Jagdgewehren, standen auf der Autobahn in den Rauchfahnen. Der Verhüllte war allein. Doch er wich keinen Millimeter zurück, zielte weiterhin auf den Kopf des Vernarbten. Mega blinzelte. Sie merkte, dass etwas geschah, konnte jedoch nichts erkennen. Vor ihren Augen verschwamm alles.

»Du kannst es nicht mit allen aufnehmen.«

»Nicht mit allen. Aber mit zehn von euch. Zehn von euch nehme ich mit.«

Der Vernarbte fluchte leise, überlegte noch einen Moment, dann hob er die Hand und gab seinen Männern ein Zeichen. Sie blieben stehen. Weitere Sekunden verstrichen. In der Stille war nur das Knistern der Brände zu hören.

»Wir wissen, wo du dich verkrochen hast.«

»Das wisst ihr seit zehn Jahren.«

»Wir können uns doch einigen. Wir sind uns bisher immer einig geworden, oder? Du bekommst drei Frauen. Was sagst du?«

»Nein.«

»Wir kriegen, was wir wollen. Früher oder später.«

»Früher oder später kriegt ihr, was ihr verdient. Aber nicht jetzt.«

Eine Sekunde zögerte der Vernarbte noch, dann streckte er die Hand aus und deutete drohend mit dem Zeigefinger auf seinen Widersacher.

»Wir sehen uns wieder.«

Dann drehte er sich um. Die Soldaten folgten ihm, einer nach dem anderen. Der Vermummte behielt sie im Auge und zielte weiterhin auf sie, bis sie in den Rauchschwaden verschwunden waren. Dann erst ging er in die Knie, befreite Megas Fußgelenk, das sich im Sicherheitsgurt verheddert hatte, packte es und begann sie hinter sich herzuschleifen, wie ein Stück Wild, das in die Falle gegangen war. Megas Arme klappten nach hinten und holperten über den Asphalt, genau wie ihr Kopf. Ihre tränenden roten Augen waren zu schmalen Schlitzen zusammengesunken. Sie blinzelte in den Rauch, unfähig sich zu bewegen. Sie wollte sich beschweren, brachte jedoch keinen Ton heraus. Sie registrierte, wie der Vermummte sie anhob und auf einen Holzkarren warf, zu anderen Dingen, die er in der Nähe der Autobahn gefunden hatte. Elektroschrott, alte Fernseher, Plastikplanen. Müll, der auf der Straße gelegen hatte. Ein letztes Mal sah Mega in den wolkenverhangenen Himmel hinauf. Sie suchte die Sonne, konnte sie jedoch nirgendwo entdecken. Dann wurde ihr schwarz vor Augen.

Der Vermummte blieb neben ihr stehen, griff in den abgewetzten Mantel und holte ein altes Foto hervor. Der Computerausdruck war ausgefranst, hatte sich zur Hälfte aufgelöst, doch das kleine Mädchen war auch nach all den Jahren noch gut zu erkennen. Es hatte rote Haare, wilde Sommersprossen und eine Tätowierung unter dem rechten Auge. Einen fünfzackigen, blauen Stern. Der Vermummte hielt das Foto neben Megas Gesicht und starrte beides an. Es bestand kein Zweifel. Er hatte sie gefunden.

ENDE
des ersten Buches.

Megas Geschichte wird fortgesetzt im zweiten Buch:

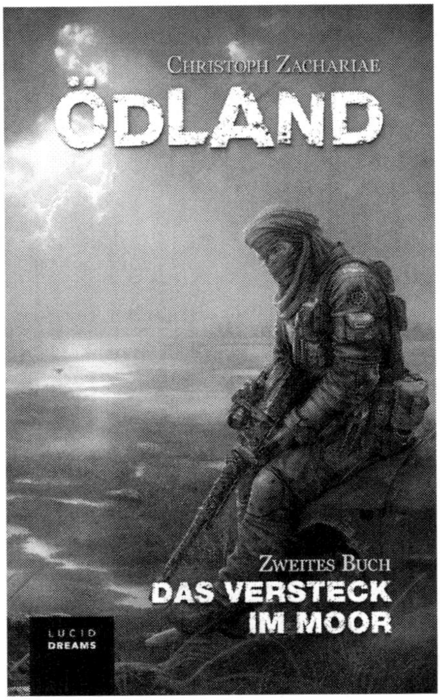

ÖDLAND

Zweites Buch

Das Versteck im Moor

Wie geht es weiter? Was wird aus Mega? Was plant Hagen? Bleiben Sie auf dem Laufenden:

Folgen Sie LUCID DREAMS auf Facebook: facebook.com/Luciddreams.de oder auf Twitter: twitter.com/LucidDreamsREM

Klicken Sie auf LIKE oder FOLGEN und erhalten sie regelmäßig Neuigkeiten zum Verlauf der Arbeit an den Büchern der ÖDLAND-Reihe und zu anderen Projekten von Christoph Zachariae.

Der Autor

Christoph Zachariae
wird 1972 als Sohn eines Flugzeugingenieurs und einer Lehrerin in Bremen geboren. Vom Vater übernimmt er die Begeisterung für Technik und Raumfahrt, von der Mutter die für Kunst und Museen. Im Alter von 12 Jahren schreibt er seine erste Kurzgeschichte.

Ab 1993 studiert er Filmwissenschaften und Philosophie an der Ruhr-Universität Bochum und realisiert Fotoausstellungen. Aus eigenen Drehbüchern entstehen Kurzfilme, die auf zahlreichen Festivals laufen. 1996 wechselt er an die Filmakademie Ludwigsburg und schließt ein Regiestudium ab. Seine Leidenschaft gehört der Phantastik und der dunklen Seite der menschlichen Seele.

Seit 2002 lebt und arbeitet er in Berlin. Hier entstehen u.a. die mehrfach preisgekrönte Thriller-Serie DARKSIDE PARK und die Endzeit-Thriller-Reihe ÖDLAND. Neben Drehbüchern für Kinofilme schreibt Christoph Zachariae für deutsche TV-Serien und produziert eigene Kurzfilme.

Der Illustrator

Colin M. Winkler
wird 1983 in Oberndorf bei Salzburg geboren. Er stammt aus einer Familie von Bildhauern und Malern. Früh nimmt er an Ausstellungen teil und zeigt Kohle- und Kreidezeichnungen.

Aus Liebe zur klassischen Kunst beginnt er 2001 eine Lehre zum Kirchenmaler und beendet diese nach 3 Jahren mit Auszeichnung. 2005 besucht er die Akademie für Gestaltung und Design und erhält im Jahr darauf sein Bachelor-Diplom.

Gemeinsam mit seiner Lebenspartnerin, der Kommunikationsdesignerin und Autorin Theresa Winkler, gründet er 2007 das Design-Atelier MOMMONO und arbeitet als Designer/Illustrator an Covergestaltungen und Konzeptzeichnungen für Romane, Hörspielreihen, Film- und Game-Projekte.

Die Dramaturgin und Lektorin

Karin Ostertag
2003 schließt Karin Ostertag ein Studium in Kultur- und Theaterwissenschaft ab. Seitdem lektoriert, entwickelt und produziert sie vorrangig Krimi- und Actionserien (u.a. 'Im Namen des Gesetzes', 'MEK8') für den deutschen Fernsehmarkt.

Dieses Buch und weitere Bücher von Christoph Zachariae finden Sie im Amazon Online-Shop auf der Autorenseite von Christoph Zachariae.

Informationen und Neuigkeiten zu aktuellen Projekten und Büchern von Christoph Zachariae finden Sie auf Facebook unter: *facebook.com/Luciddreams.de* oder auf Twitter unter: *twitter.com/LucidDreamsREM*

36638728R00137

Printed in Poland
by Amazon Fulfillment
Poland Sp. z o.o., Wrocław